活法

梁晓声 著

贵州出版集团
贵州人民出版社

图书在版编目（CIP）数据

活法 / 梁晓声著． -- 贵阳：贵州人民出版社，2022.8（2024.1重印）

ISBN 978-7-221-17010-1

Ⅰ．①活… Ⅱ．①梁… Ⅲ．①散文集－中国－当代 Ⅳ．①I267

中国版本图书馆CIP数据核字（2021）第281355号

活法
HUOFA

梁晓声 / 著

出 版 人	朱文迅
责任编辑	周湖越
出版发行	贵州出版集团　贵州人民出版社
地　　址	贵阳市观山湖区会展东路SOHO办公区A座
邮　　编	550081
印　　刷	三河市宏达印刷有限公司
开　　本	890mm×1240mm　1/32
印　　张	7.5
字　　数	200千字
版次印次	2022年8月第1版　2024年1月第2次印刷
书　　号	ISBN 978-7-221-17010-1
定　　价	49.00元

如发现图书印装质量问题，请与印刷厂联系调换；版权所有，翻版必究；未经许可，不得转载。

目录

第一章 —— 闲话少年梦

人之初：画框与画笔　　002
我与儿子　　005
体恤儿子　　009
恰同学少年　　013
"过年"的断想　　032
新蕾初绽最喜人　　036
"理想"的误区　　040
飘扬起你青春的旗　　043

第二章 —— 惑与不惑

母亲播种过什么？　　048
扫描中国女性　　052

知青与知识	102
中年感怀	110
也谈"四十不惑"	114
别样人生别样情	118

第三章 —————— 同代人的别样年华

回眸看"小丫"	122
酷老头范圣琦	125
中国农民宝贵的儿子	137
我看"知青"	141
同代人赋	162

变成海绵	182
站直了，不容易	185

第四章　　　　　　　　　　　　歌者在桥头

达丽之死	190
歌者在桥头	199
关于"家"的絮语	205
爱读的人们	207
读书与人生——在国家图书馆的演讲	212
仅仅谴责是不够的	220
论"不忍"	225

第一章

闲话少年梦

人之初：画框与画笔

我曾在一篇短文中写过这样一段话——少年和少女时期的人生，仿佛刚刚绷紧于画框内的画布；其后上面的每一线条，每一色彩，都是要由自己来一笔笔画上，一笔笔涂上的，是谓人生之底色……

如今想来，我的话并不完全符合人生的真相。甚至，简直可以说很不符合。或更干脆地说，对于"人之初"而言，世上根本不同的例子举不胜举。

因为我的话无疑会给人一种不是人生真相的意思，那就是——仿佛一切人之人生的底色，皆由是少年和少女的他们或她们自己来决定。

其实，人生的真相哪里是这样的呢？

人生的一种真相便是——在一个人尚未出生之时，就已开始有人为之定制画框了，就已开始有人在他或她以后之人生的画布上，画最初的线条涂上最初的色块了。

三十几年前，瑞典上着小学的王子，因为学年考试有两门主科不及格，不仅整个王家忧心忡忡，几乎全国家的人都陷于焦灼不安。有许多人竟为此失眠，还有许多人竟流泪不止。补考成绩公布那一天，瑞典全国半数以上的人守在电视机前，期待着"重要新闻"……当新闻播音员报道：王子的补考及格了！于是举国一片欢庆……

小学生,"人之初"也。

但如此这般的"人之初"的线条和色块,哪里是由自己画在和涂在自己人生的画布上的呢?

大约是在去年或前年吧,日本的天皇夫人怀孕了,于是成为全日本的新闻和大多数日本人关注的焦点之事。日本人都希望她生下的是儿子而非女儿,因为日本的天皇一向是由男人来接位的。他们还不情愿像英国人那样以顺其自然的心理接受一位女天皇。日本的社会学家和经济学家甚至预测,如果皇后生的是儿子,那将会对日本的股市行情有积极的刺激;会抑制通货膨胀;会削弱失业率造成的社会不稳定状况……

看,一个人还没出生呢,其人生的画布上,不是有了太复杂也太古怪、太超现实主义的线条和色块了吗?

记不清是英国的哪一代王子了,大约是乔治六世的事吧——他在玩具店里看到了一架木马,特别喜欢,又没有勇气向父母要钱买,于是给外祖母写了一封信,满以为可以获得两英镑;不料是上代女王的外祖母郑重地回信道:"你已经到了该懂事的年龄了,所以你应懂得金钱对人的重要性,它必须花在值得的方面……"

虽然王子并没从外祖母那儿获得两英镑,但他还是得到了那架特别喜欢的木马——他以四英镑的价格,将外祖母的信卖给了收藏家……

看,他人生画布的底色上,已经有了极具商业色彩的线条和色块……

古时的中国,指腹为亲是常事;一九四九年前的中国,童养媳现象也是常事;而即使在今天,私生子现象在外国仍屡见不鲜……

如此这般的人生底色,皆非自己情愿的,而且是自己无可奈何的。

贫富差距,使"人之初"的画布,往往在人出生前便有了不同的框子，或根本没有；家庭变故，使"人之初"的画布，往往底色阴暗，线条扭曲，甚至在自己还一笔没往上画什么、一笔没往上涂什么时，已有破洞……

"人之初"，有的框子是金镶玉的；有的框子是银饰珠的；有的框子是名贵之木的；有的框子本身已是艺术品；而有的框子却可能是很旧的，上几代人的"人之初"一代代用过的；而有的框子可能已经快散了，背面用些胶条加固着；而有的人的"人之初"，既没画框，也没画笔和颜色，只不过是一片麻袋片充当着画布。笔和颜色，是得自己以后满世界去发现去寻找的；不像另外一些人的"人之初"，一排一排的画笔和一盒一盒的颜色，和一个华丽的画框，和一匹上等的画布，已为之预备好在那儿了。最初画得多么不成样子也不打紧，等于练笔……

然而，世界上一概人的"人之初"，有一点却是相同的，也是公平的，那就是——无论男女，在二十岁，最迟二十五岁以后，所谓"人之初"的年龄都将一去不返。而人生其实是从这时才真正开始的。上好的框子也许恰恰框住了某些人的人生；那"人之初"几乎一无所有的人，没有什么可沉湎其中，倒反而走出了自己的，而非是别人替自己竖立了路标的路。我们都知道的，后一条路，往往倒更多些人生的况味和精彩……

我与儿子

我曾以为自己是缺少父爱情感的男人。

结婚后,我很怕过早负起父亲的责任,因为我太恋爱安静了。一想到我那十二平方米的家中,响起孩子的哭声,有个三四岁的男孩儿或女孩儿满地爬,我就觉得这简直等于受折磨,有点儿毛骨悚然。

妻子初孕,我坚决主张"人流"。为此她倍感委屈,大哭一场——那时我刚开始热衷于写作。哭归哭,她妥协了。妻子第二次怀孕,我郑重地声明:三十五岁之前绝不做父亲,她不但委屈而且愤怒了,我们大吵一架——结果是我妥协了。

儿子还没出生,我早说了无穷无尽的抱怨话。倘他在母腹中就知道,说不定会不想出生了。妻临产的那些日子,我们都惴惴不安,日夜紧张。

那时,妻总在半夜三更觉得要生了。已记不清我们度过了几个不眠之夜,也记不清半夜三更,我搀扶着她去了几次医院。马路上不见人影,从北影到积水潭医院,一往一返慢慢地小心地走,大约三小时。

每次医生都说:"来早了,回家等着吧!"妻子哭,我急,一块儿哀求。哀求也没用。始终是那么一句话——"回家等着,没床位。"有一夜,妻看上去很痛苦。但她咬紧牙关,一声不吭。她大概因为自己老没个准儿,觉得一次次折腾我,有点儿对不住我。可我看出的确是"刻不容缓"了——妻已不能走。我用自行车将她推到医院。医生又训斥我:"怎么这时候才来?你以为这是出门旅行,提前五分钟登上火车就行呀!"反正我要当父亲了,当然是没理可讲的事了。总算妻子生产顺利,一个胖墩墩的儿子出世了。而我半点喜悦也没有,只感到舒了口气,卸下了一种重负。好比一个人被按在水盆里的头,连呛几口之后,终于抬了起来……

儿子一回家,便被移交给一位老阿姨了。我和妻住办公室。一转眼就是两年。两年中我没怎么照看过儿子。待他会叫"爸爸"后,我也发自内心地喜爱过他,时时逗他玩一阵。但那从所谓潜意识来讲是很自私的——为着解闷儿。但心里总是有种积怨,因为他的出生,使我有家不能归,不得不栖息在办公室。

夏天,我们住的那幢筒子楼,周围环境肮脏。一到晚上,蚊子多得不得了。点蚊香,喷药,也是起不了多大作用的。蚊子似乎对蚊香和蚊药有了很强的抵抗力。

有一天早晨我回家吃早饭,老阿姨说:"几次叫你买蚊帐,你总拖,你看孩子被叮成什么样了?你真就那么忙?"

我俯身看儿子,见儿子遍身被叮起至少三四十个包,脸肿着。可他还冲我笑,叫"爸……"我正赶写一篇小说,突然我认识到自己太自私了。我抱起儿子落泪了……当天我去买了一顶五十多元的尼龙蚊帐。

上海文艺出版社的编辑修晓林初次到我家,没找到我。又到了办公室,才见着我。我挺兴奋地和他谈起我正在构思的一篇小说,他打断我说:"你放下笔,先回家看看你儿子吧,他发高烧呢!"

我一愣,这才想起——我已在办公室废寝忘食地写了两天。两天内吃妻子送来的饭,没回过家门。

从这些方面讲，我真不是一位好父亲。人们都说儿子是个好儿子，许多人非常喜欢他。我的生活中，已不能没有他了。我欠儿子的责任和义务太多，至今觉得对儿子很内疚。我觉得我太自私。但正是在那一二年内，我艰难地一步步地向文坛迈进。对儿子的责任和自己的责任，于我，当年确是难以两全之事。

儿子爱画画，我从未指导过他。尽管我也曾爱画画，指导一个十几岁的孩子，那点儿基础还是够用的。

儿子爱下象棋。我给他买了一副象棋，却难得认真陪他"杀一盘"。他常常哀求："爸爸，和我杀一盘行不行啊？"结果他养成了自己和自己下象棋的习惯。

记得我有一次到幼儿园去接儿子，阿姨对我说："你还是作家呢，你儿子连'一'都写不直，回家好好儿下功夫辅导他吧！"

从那以后，我总算对儿子的作业较为关心。但要辅导他每天写完幼儿园的两页作业，差不多也得占去晚上的两个小时。而我尤视晚上的时间更为宝贵——白天难得安静，读书写作，全指望晚上的时间。

儿子曾有段时间不愿去幼儿园。每天早晨撒娇要赖，哭哭啼啼，想留在家里。我终于弄明白，原来他不敢在幼儿园做早操。他太自卑，太难为情，以为他的动作，定是极古怪的，定会引起哄笑。

我便答应他，做早操时，到幼儿园去看他。我说话算话。他在院内做操，我在院外做操。有了我的奉陪，他的胆量壮了。

事后我问他："如果你连当众伸伸胳膊踢踢腿都不敢，将来你还敢干什么？比如看见一个小偷在公共汽车上扒人家腰包，你敢抓住他的手腕吗？"

他沉吟许久，很严肃地回答："要是小偷没带刀，我就敢。"

我笑了，先有这点胆量也行。

我又对他说："只要你认为你是对的，谁也别怕。什么也别怕！"

我希望我的儿子在这一点上将来像我一样。谁知道呢？

总而言之，我不是位尽职的父亲。儿子天天在长大，我深知我对他的责任将更大了。我要学会做一位好父亲，去掉些自私，少写几篇作品，多在他身上花些精力。归根到底，我的作品，也许都微不足道。但我教育出怎样一个人交给社会，那不仅是我对儿子的责任，也是我对社会的责任。

我不希望他多么有出息——这超出我的努力及我的愿望。

体恤儿子

现在,儿子是一点儿良好的自我感觉也没有了。稍微的一点儿也没有了。起码我这个父亲是这么看他的。

由小学生到中学生,他已算颇经历了一些事,或直白说是一些挫折。在学业竞争中呛了几次水,品咂了几次苦涩。

儿子自小就受到邻居的喜爱。"干妈"不少。"干妈"们认他这个"干儿子",绝非冲着我认的。一个写作者的儿子没有什么稀罕的,在人际关系中对谁都不可能有实际的帮助。犯不着走"干儿子"路线,迂回巴结。当然也绝非冲着他亲妈认的。他亲妈,我的"内人",乃工人阶级之一员,更是谁都犯不着讨好的。别人们喜爱他,纯粹是因为他自己有招人喜爱之处。长得招人喜爱,虎头虎脑,一副憨样儿。性情招人喜爱,不顽不闹,循规蹈矩,胆子还有些小,内向又文静。

在小学六年里,他由"一道杠"而"两道杠",由小组长而班委,连续三年是"三好生"。这方面那方面,奖状获了不少。而优于我的一点是,"群众关系"极佳。同学们都乐于跟他交朋友。小学中的儿子,是班里的一个小"首领",不是靠了争强好胜,而是靠了随和亲善。

六年级下学期,他非常在乎的一件事,便是能否评上"三好生"

了。评上了，据他自己讲，就可以被"保送"了。然而儿子小学的最后一次考试，亦即毕业考试，却并没有考好。在我印象中，似乎数学九十六分，语文八十五分，平均九十点五分。结果可想而知，他在全班的名次排到了第二十几名。儿子终于意识到，"保送"是绝无希望了！

"但是我们老师说，一百二十三中也不错！以后可能升格为区重点中学呢！"

他这么安慰他自己，也希望他的父亲能从这番话中获得安慰。

我当然有些沮丧，但主要是替他感到的。

我说："儿子，好学生不只出在重点中学里。你能自己往开了想，这一点爸爸赞成。"

在我印象中，一百二十三中是我们那一市区普通得不能再普通的一所中学。然而儿子连这一所中学也没去成。两天后他回到家里，表情从来没有过的抑郁。他说："爸，老师说去一百二十三中的同学，名次必须在二十名以前。"我说："那，你如果连一百二十三中也去不成的话，能去哪一所中学呢？"

"老师悄悄告诉我，推荐我去北医大附中。"听来倒好像老师们格外惠顾着他似的。而北医大附中，据我想来，已属"最后的退却"了。

我问："你们老师不是说，考卷要发给家长们看看的吗？"——我这么问，是因为我凭着大人的社会经验，开始起了些疑心的。

"又不发了。"

"为什么？"

"不知道。"

"你自己怎么想？"

"我……怎么想也没用了……"

我说："儿子，听着。如果你希望进一所较好的中学，爸爸是可以试着办一办的，只不过太违反爸爸的性格。爸爸从来没给你开过一次家长会，觉得很愧疚，也是肯在你感到需要时……"

"爸你别说了！我不怪你。我去北医大附中就是了。"看得出，儿子是不愿使我这个"老爸"做什么违心求人之事的。然而儿子连北医大附中也没去成。第二天他接到同学打来的一个电话后，伤心地哭了。他被分到了一所仿佛是全市最差的中学。我说："别哭，也许是不一定的事儿呢！"发榜那一天，结果却正是那么一回事儿。只不过他拿回了小学的最后一份"三好学生"证书。于是该轮到我安慰他了。

我说："哪怕最差的中学，只要学生自己努力，也是有可能考上最好的高中的。你难道没有信心做一名这样的中学生？"

他流着泪说："有的……"

于是开学那一天，我亲自送他去报到……

但是他的"干妈"们，和一直关心着他升学去向的我的朋友们，获知消息后，一个个都感到十分意外了，纷纷登门了——有的严厉地批评我对子女之不负责任，有的"见义勇为"地向儿子保证着什么……

在正式开学的第三天，儿子转入了一所重点中学——这是我根本没有能力扭转，也不知究竟该怎么去办的事。全靠别人们的热心……

如今，上了重点中学的儿子，仅仅一年，性情彻底变了，也成了家中最没有"业余时间"的成员——早晨我还在梦乡之中，他就已经离开家骑着自行车去上学了。晚上，妻子都已经下班了，儿子往往还没回到家里。一回到家里，就一头扎入他自己的小房间，将门关起来。吃过晚饭，搁下饭碗就又回到他的小房间……

有次我问他："在同学中有新朋友了吗？"

他摇头。摇过头说："都只顾学习。谁跟谁都没时间建立友谊。"

倒是他小学的同学们，星期天还常一伙一伙地来找他玩儿。瞧着这些小学的学友们在一起那股子亲密劲儿，我真从内心里替孩子们感到忧伤——缺乏友谊，缺少愉悦的时光，整天满脑子是分数、名次和来自家长及学校双方的压力。这样的少年阶段,将来怕是连点儿值得回忆的内容都没了吧?几分之差,往往便意味着名次排列上前后的悬殊。所以为了几分乃至一分半分,他们彼此间的竞争态势,绝不比商人们在商场上的竞争性缓和……

由我的儿子,我也很是体恤中国当代的所有上了中学的孩子们。他们小小年纪,也许是活得最累的一部分中国人了……

恰同学少年

"我常想在纷扰中寻出一点闲静来，然而委实不容易。目前是这么离奇，心里是这么芜杂。一个人做到了只剩回忆的时候，生涯大概总要算是无聊了罢，但有时竟会连回忆也没有……"

这是鲁迅为他的《野草集》所作的"小引"。

文中还有一段，进一步告白他的回忆感觉："我有一时，曾经屡次忆起儿时在故乡所吃的蔬果——菱角、萝豆、茭白、香瓜。凡这些，都是极其鲜美可口的，都曾是我思乡的蛊惑。后来，我在久别之后尝到了，也不过如此；唯独在记忆上，还有旧来的意味留存。他们也许要哄骗我一生，使我时时反顾。"

鲁迅写这"小引"时是一九二七年的五月，在广州。

鲁迅文章的遣词，有时看似随意，然细一品咂，却分明是极考究的。比如形容街上的人流如织为"扰攘"；形容屏息敛气为"悚息"；而形容隐蔽又为"伏藏"。他是不怎么用司空见惯的成语的，每自己组合某些两字词，使我们后人读到，印象反比四字成语深刻多了。一九二七年的中国，居然用"离奇"二字来加以概括，这也是令我有"离奇"之感的，我咀嚼出了吊诡的意味。

近来便一再地回忆起我的几名中学同学。在我的中学时代，和我关系亲密的同学是刘树起、王松山、王玉刚、张运河、徐彦、杨志松。我写下的皆是他们的真实姓名。我回忆起他们时，如鲁迅之回忆故乡的菱角、萝豆、茭白、香瓜，那都是养育百姓生命的鲜美蔬果。而我的以上几名中学同学，除了徐彦家的日子当年好过一些，另外几人则全是城市底层人家的儿子。用那些生长在泥塘园土中的蔬果形容之，自认为倒也恰当。与鲁迅不同的是，我回忆他们与思乡其实没什么关系，更是一种思人的情绪。自然，断不会生出"也不过如此"的平淡，而是恰恰相反，每觉如沐煦风，体味到弥足珍贵究竟有多珍贵。

　　我和树起在中学时代相处的时光更多些。我家算是离校较远了，大约半小时的路。树起家离校更远，距我家也还有二十分钟左右的路。那么，我俩几乎天天结伴放学回家是不消说的了。走到我家所住那条小街的街口中，通常总是要约定，第二天我俩在街口相等，一块去上学。路上是一向有些话题可说的——学校里的事、班级里的事、各自家里发生的烦恼、初中毕业后的打算、谁在看一部什么小说，等等。有时什么也不说，只不过默默往前走，那是要迟到了的情况下。还有时一同背着课文或什么公式往前走，因为快考试了。树起家在一片矮破的房屋间，比我的家还小，还不成个样子。如今，中国的城市里绝对见不到那样的人家了，在农村也很少见了，一旦见了，会令富有同情心的人心里难受，潸然泪下的。那样的家，简直可以说成是土坯窝。回到那样的家，差不多可形容为一头钻进窝里。但在当年的哈尔滨，那样的人家千千万万。正因为比比皆是，所以小儿女们并不觉得自己多么可怜，并且照样爱家、恋爱，在乎家之安全和温暖，仿佛小动物之本能的喜欢家。树起和他的老父母以及弟弟、妹妹住在那样的家里。当年他的父母亲都已经快六十岁，在我们几个同学眼中是确确实实的老人了。然而他的父亲还在工作着，是拉铁架子车的。如今在全中国乃至全世界找到那样一种车肯定是很难的了，可在当年那是哈尔滨市特别主要的一种运载车。一般情况下不是谁有钱就容易买到的，得凭证明，属于"劳动资产"。

我和树起一起上学去，有时他会给我一个大的蒸土豆，或半块烙饼。若是夏天，或一个大的西红柿、一条黄瓜。那是挨饿的年代，给人任何可吃的东西都是一份慷慨，一份情义。他心里就是那么有我。记得有次他还给了我几块很高级的软糖，我极享受地吃着时，他告诉我他的三姐结婚了。他有四位姐姐，这着实是令我们几个羡慕的。

树起学习很好，数理化及俄语四科成绩在班里一向名列前茅。他耿直、善良，具有天生的似的同情心，眼见不正义的事他是很难做到上前干涉的，而发现一位老人或孩子当街跌倒了，他是那种会赶紧跑过去扶起来的少年。"文革"前，我们之间从没发生过争论。这么好的同学，我和他争论什么呢？他对人对事的看法，我一向认为是客观公正的。

"文革"中，他的表现也很"特别"。他是班里的好学生，完全置身事外不行。他从没亲笔写过大字报；别人写了让他签名，以示支持，那他也要认认真真地看一遍，倘觉得批判的内容不符合事实，那么他就会拒绝签名。倘觉得其中一句话甚或一个词对被批判的人具有显然的侮辱性，他竟会要求对方将那句话或那个词涂抹了。若对方不，也不签名。他决不会打人的，不管对方是谁。即使是一个公认的"反革命"，他也并不认为于是便有权利进行侵犯。谁做过那样的事，他对谁是极嫌恶的。他这一种"特别"，当年深获我的敬意。

但我们之间发生了一次激烈的争论，因为有次在我家里，我说了一句对伟大领袖极不敬的话。

"文革"前我已看了不少外国小说，那些文学作品对我潜移默化的影响，在"文革"中凸显了。树起他当时瞪大双眼吃惊地看着我，半晌才说出一句话是："你再也不许这么胡说八道！"我说："这不是在家里，只对你一个人说嘛。"他说："我没听到。什么没听到。你发誓，以后再也不说类似的话了，对我也不说了。"直至我发了誓，他才暗舒一口气。当年他替我极度担心的样子，以后很多年，都经常浮现在我眼前。然而事情并没完，后来他又召集了张云河、王松山、王玉刚三个再次郑重地告诫我。云河就问："晓声他说什么不该说的话了？"玉刚说："别问了呀，肯定是反动的话啊！"而松山则说："这家伙，一贯反动，哎，你想哪一天被打成现行反革命啊？"云河又说："也不见得就一定是反动的话呢？树起你说来我们听听，一块儿评论评论，果然反动，再一起警告他也不晚嘛！"树起张张嘴，摇头道："我不重复！"

　　我只得自己承认："是有点儿'反动'。"

　　树起又说："你如果哪天打成现行反革命了，让我们几个怎么办？跟你划清界限？那我们难受不？揭发你，那我们能吗？我们几个都不会在政治上出什么事，就你会！你今天不再当着他们三个发出重誓，我根本不能放心你……"

　　他们三个，见树起说得异常严肃，一个个也表情郑重起来，皆点头说对，之后就一起看着我，等待我发誓……

　　当年我们五个初三生，真是好像五个拜把子兄弟一样，虽然我们不曾那样过。"情义"观念，怎么一下子就在我们五个之间根深蒂固了，如今却记不清楚了。似乎，起初主要是由于我们的家在上学去的同一路线上。虽说是同一路线，但上学是不可能一个找一个的，那我和树起要多走不少路。但放学回家，则都走得从容多了，便常常一齐走。先陪云河走到家门口，依次再陪玉刚和松山走到家附近，最后是我和树起分手。寒来暑往，一个学期又一个学期走下来，共同走了三年多，走出了深厚的感情。另外的原因便是，我们都是底层人家的孩子，家境都接近着贫寒。不管一块儿到了谁家，没什么可拘束的，跟回自己家了差不多随便。而家长们，对我们也都是亲热的。当年我们的父母那样一些底层人家的家长，对与自己儿子关系密切的同学，想不真诚都不会。而既真诚了，亲热也就必然了。

但我们之间的"情义"，主要还是在"文革"中结牢了的。云河、松山和树起一样，也是班级数理化及外语四科的尖子生。玉刚则和我一样，综合成绩也就是中等生。在"文革"初期，有文件说——初、高中生们，以后或升学或分配工作，皆要看"文革"中表现如何。弦外音是，表现不好的，那时会有麻烦。

这无疑等于"头上悬刀"。

为了不至于落个"表现不好"的结果，大字报起码总得写几张吧？然而对于云河、松山、玉刚三个，让他们提起毛笔亲自写大字报，如同让他们化了妆演街头戏。他们平时都是讷于语言表达，即使被迫作次表态性发言，往往也会面红耳赤，三分钟说两句话都会急出一头汗来，当然也会急出别人一头汗来。

于是写大字报就成了我和树起的义务，他们只管签名。我一个人不时在他们的催促之下写一张，我们五名学生的表现也就都不至于被视为不好了呀。每次都是，我起草，树起审阅，我再抄。树起说"没问题"，他们就都说"完全同意"。

其实呢，我每次都将写大字报当成写散文诗，也当成用免费的纸墨练毛笔字的机会，从不写针对任何具体个人的大字报。

玉刚的话说得最实在，他当年曾一边看着我写一边说："那么高层的事，咱们知道什么呀？还是晓声这么虚着写得好。"

而松山曾说："'啊'少几个也行。你别往纸上堆那么多词，看着华而不实。"

云河曾说:"词多点儿可以的,蒙人。该蒙人的时候,那就蒙吧。不多用点儿词,怎么能显得激情饱满呢?"

树起则作权威表态:"那就少抄几个词,找一段语录抄上,反而显得字多。"

我们自幼从父母那儿接受的朴素的家教都有这么几条:不随帮唱影,不仗势欺人,不墙倒众人推,不落井下石。

且莫以为以上那些词,只有文化人口中才能说出。谁这么以为,真是大错特错了。事实上长大在城市贫民大院里的我们,从小经常听到目不识丁的大人们那么评说世上人事的是非对错。在民间,那不啻为一种衡量和裁判人品如何的尺度。我们都是"闯关东"的山东人的儿子;我们的父母,尽管都是没文化的人,却都知道——如果在做人方面失败了,那么在生存方面便也不会有什么希望,故都自觉地恪守某些做人原则。

多少年后,我反思"文革"时悟到,我们实在是应感恩于父母的。

据说评定一名学生在"文革"中的表现如何,还要看是否主动与工农相结合过。我们五人中,树起是团员,在政治方向上,我们都与他保持一致。

树起认为,如果严格按照"学生也要学工、学农"的"最高指示"去做,学工强调在前,我们应该先学工。

于是我们去到了松江拖拉机厂。那完全是没有任何报酬的义务性劳动。我们是不怕累的。因为累而多吃了家里的口粮也在所不惜。但,那厂里的工人阶级分裂为势不两立的两派,一派人多势众,叫"革命造反团";一派人少,以老工人为主,叫"红色造反团"。"红色"的先是被"革命"的视为"不可救药的保守组织",后又干脆被宣布为"反动"的了。偏偏,我们参加劳动的那一车间里,基本全是

"红色造反团"的老工人。他们对我们很爱护,我们觉得他们都很爱厂,都很可敬。学工的学生只埋头苦干地劳动是不行的,还要积极参加工厂里的"造反劳动"。"革命"的造反,"红色"的也造反,究竟应该跟随哪一派造反,我们困惑了,为难了。

树起倒很民主,其实也是没了主张。他说:"听大家的。"云河说:"我觉得曲师傅一点儿都不反动,是个好工人,使人家伤心的事我不做"——曲师傅是带领我们劳动的老工人。松山说:"我觉得这车间里的老工人个个都是好工人。"玉刚说:"我的看法和他俩一样。"树起又说:"那,我明白你们三个的意思了。晓声,你的态度呢?"我果断地说:"咱们支持'红色'的,帮他们把'反动'的帽子还给'革命'的!"

于是我们在"革命"的和"红色"的之间做出了坚定的选择。若能使这个厂的一批老工人不再被视为"反动"的,我们觉得也不枉学工一场了。

我又写起"文革散文"来,仿"九评"的风格,一评、二评、三评连续《评这些老工人谁都不反动》……看的人居然还很多,反响还很大。曲师傅不安了,老工人们感动了;他们劝说我们没必要卷入厂里的派性斗争。而我们心中都充满了政治正义感,将那种卷入视为己任,还都有股子不达目的誓不罢休的劲头。

有天早上我们又结伴去厂里,在大门口被阻拦住了。前一天夜里"革命"的一派单方面夺权了,"红色"的一派都被集中起来,办所谓的"悔过学习班"了。

我们五名中学生,被一些青年工人扛跑了。后来,厂里连续贴出了评我们的大字报的大字报,也仿"九评"的风格,曰一评、二评、三评……

那个冬季,我们多次去曲师傅家看望他,最后一次才见到他。他的思想很顽固,被放出得晚。他没写"悔过书"。"革命造反团"的头头是他徒弟,拿他没奈何,没写也只得恢复了他的自由……

来年,也就是一九六八年的五月,黑龙江生产建设兵团到哈尔滨市一展开动员,我就报名下乡了。一则是,家里生活太困难了,太缺钱了,我急切地要成为能挣钱养家的人;二则是,我对"文革"厌烦透了。因为我每天所耳闻目睹之事,非是闹剧是悲剧。即使以闹剧开始,到头来也还是会以悲剧结束,于是有人搭赔上血和命。

我不但第一批响应了"上山下乡"的号召,而且此前还曾是为全班同学服务的"勤务员",所以有了一种光荣的资格——参与为全班同学做政治鉴定,那一项工作由军宣队员主持。鉴定分为四等——无限热爱伟大领袖毛主席,热爱伟大领袖毛主席,积极参加"文化大革命",参加了"文化大革命"……

军宣队员说,别看多了"无限"或少了"无限",多了"积极"或少了"积极",一入档案,随人一生,将来的用人单位,凭这一种微妙区别,一看就会心知肚明,决定这样看待谁或那样看待谁。

既然兹事体大,我岂能掉以轻心?

但在议到云河、松山和玉刚时,军宣队员说有人反应——他们属于不常到学校参加运动的同学。

我据理力争,说他们的运动表现和我起码是一样的。我写过的大字报上他们都属了名的,我们是一块儿去学工的。如果他们的鉴定中居然没有"无限"和"积极"四个字,那我的鉴定中也宁可没有。有了,对他们不公平。

在我的极力争取下,他们的鉴定中也有了当年被认为举足轻重的四个字。

我的坚持感动了一位参加做鉴定的校"革委会"的老师,他提议在我的鉴定中加上了"责人宽,克己严"四字。

不久就要分别了，四个好同学对我依依不舍，几乎天天都到我家去一次。没事也去。没什么话说也陪我一块儿沉默。他们因为没报名和我一块儿下乡，都挺内疚，仿佛意味着愧对友情似的。我则安慰他们，各家的具体情况不同，没人逼到头上，何必非走？何况，树起、云河、松山，他们学习都特好，考高中、考大学是手拿把掐的事。他们的家长也都有意培养他们，那为什么要放弃志向呢？至于玉刚，他只有姐妹，是家中独生子，他父亲长年生病，不走也有不走的原因。万一不久能分配工作了，那不是更好吗？

我这么劝慰，他们个个释然了。

和我同一批下乡的只有杨志松。那一批全校才走了十二名学生，我们班就走我俩。

志松也到家里来过一次，恰巧树起他们四个在。志松家住学校附近，所以此前他与我们接触较少。但在全班男生中，我们都觉得最与我们性情投合的，那就非他莫属了。

树起郑重地说："你来得正好，有头等大事托付给你。"

志松愣愣地问什么事。

云河反应快，立刻就明白什么事了，朝我翘翘下巴说："我们把他托付给你。没我们在身边了，你一定要多操点儿心，别让他哪天被打成'现行反革命'……"

松山附和道："对对，这可真是头等大事！别的方面我们对他都没什么不放心的，就是他这里边太复杂了。只想不说还行，万一不该那么想的还偏要那么想，还要忍不住说，后果严重了！"——他说时指自己太阳穴。

玉刚最后说："我们授你权，他一胡思乱想，你就替我们敲打他。"

志松乐了，指点着我说："你听到没有？听到没有？他们几个把你交给我了！如果到了广阔天地你还胡思乱想，想了还说，看我不收拾你！……"

当年的我们，本不过个个都是贫家子弟，而且又都是中学生，哪里谙知政治风云？又怎么能参与什么国家大事？于我，实在是由于耳闻目睹人斗人的冷酷乱象，厌恶之极，也压抑之极。每欲一逞少年之勇，以图释放罢了。对"文革"反动一下，却枉有此心，并无此胆。顾及家境，于是顾及自身，学做一个隐忍之"愤青"。于树起、云河、松山、玉刚四个，实在是怕他们的情义册上，哪天不得不划掉了我的姓名，痛心不已。

树起是一心要做"革命人"的。但"革命"在他那儿，是被充分理想化了的。他想做的是完全符合人道主义甚至足成楷模的"革命人"。"革命"一表现为凶恶，他内心就挣扎了，郁闷了，认为是"革命"的耻辱，不屑为伍了。

而云河、松山、玉刚三个，却只想本本分分地做人，什么"革命"不"革命"的，都当成是"专门好那个"的人的事。何况那等样的所谓"革命"，在他们看来是"集体演戏"，还怎么邪性怎么演。他们做"逍遥派"做得心安理得。志松也是那样。

当年倒是他们比我和树起都活得超然，活得明白，活得纯粹。

杨志松的父亲和刘树起的父亲一样，也是拉车的，当年也快六十岁了。他上有两个哥哥、两个姐姐，下有一个妹妹。他当年下乡的想法也和"革命热情"无关。那一年他父亲病了，看起来以后不能再干拉车运货那么辛苦的活了；而大姐、二姐、大哥都已成家，自己小家庭的日子也都过得很拮据，二哥刚参加工作，每月仅十八元工资。仅以学习成绩而言，他也是那类升高中考大学不成问题的学生。但出于对全家今后生活的考虑，他下乡的决心毫不动摇。

有他这一名同班同学跟我一块儿下乡，真是我的幸运。知青专列一开，车上车下一片哭声，我俩却是微笑着向同学们挥手的，仿佛只不过是很短暂的离别。志松在哭声中对我说：到了地方，咱俩都得要求分在一个连队啊！

我说："当然。树起他们托付你管住我的嘴嘛！"

他乐了，又说："明白就好，那以后就得服管。"

事实上，到了北大荒以后，我并没太使他操心过我的思想和我的嘴。远离了城市，家愁不再是每天直接面对的了，令我嫌恶的"文革"现象也看不到了，便有一种心情豁然开朗的感觉。不太习惯的是每天三顿饭前必得正儿八百地"敬祝"一番。以前都是在家里吃饭，完全可以不那样的。但一到了连队，别人都那样，自己不习惯也得习惯！在食堂吃饭的老战士们原本并不那样的，见知青们那样，也只得那样了。而这一"革命"的日常仪式，是由几名女知青带的头。志松倒是很适应。我看出他还有几分喜欢那样。当然，他也看出了我的不情愿。

某日，他背着人问我："'敬祝'时你为什么好像是被迫的？"

我告诉他："我读过一本法国人写的关于宗教的书。那本书里说，一日三餐是每人每天最重要的事，三餐不保，人心发慌。而宗教规定了餐前祈祷，其实从心理学上看，是一种日复一日的暗示方法。而使人革命，不该借助宗教手段……"

他问："你怎么能看到那么一本书？"

我说："我家隔壁收破烂的邻居收回来的一本残书，没头没尾。我一翻，觉得里边在讲我从不知道的知识，所以带回家读完了。"

他又问："后来书呢？"

我说："一本没头没尾的书，不值得收藏起来，做饭时烧了。"

他一拍我肩："烧了就对了！我也同意你的想法。但你也得装出高兴'敬祝'的样子，还绝不许对别人说你刚才那番话！"

其实，不仅志松、树起、云河、松山、玉刚四人，也都多次同意过我对当年现实的不少看法。我记得云河曾当着我面对另外三个说："有时候我喜欢听晓声的一些想法。"而平时最为少言寡语的玉刚则说过："难怪'文革'一起，首先要烧书……"

志松又这么说："忘了那本书里怎么写的！你要把'敬祝'当成好玩儿的事，我就是当成好玩儿的事。或者，内心里也可以这么想，咱们真敬祝的是咱们爸妈。"

我愣了愣，问："你内心里这么想过？"

他说："对！"

麦收一开始，每一名知青都领教了什么才叫"累"。一累，谁都没那种坚持下去的精神头了……

我下乡前，家中被褥刚够铺盖，所以我只带走了一床旧被子，没带褥子。第二年的布票棉花发下来之前，一年多以来，我一直睡在志松的半边褥子上。半夜一翻身，每每和他脸对头上脸了。正所谓"同呼吸，共命运"。他家替他考虑得周到，他带的东西全。而他的，基本上也可以说是我的。他的手套、袜子、鞋垫、短裤、衣服，我都穿过用过。他还多次向其他知青声明："我对梁晓声负有保护的责任啊，谁欺负他就是欺负我！"尽管没什么人欺负我，但是分明的，他真的随时准备为我和别人打架。

一九六九年的十月末，又一大批一百多名知青于深夜被卡车送到了连队。他们还没全从车上下来，我和志松就听到谁在一声接一声喊我俩名字。循声找过去，车上站着云河、松山、玉刚三个！

沉默寡言的玉刚一见我俩，乐了，大声说："要是你俩不在这个连了，那我们仨不下车了，肯定再坐这辆车返回团部，打听清楚你俩在哪个连后，要求团里重新把我们分去！"

我和志松自是喜出望外，逐个拥抱之，亲得流泪了。

他们三个是可以到离哈尔滨较近的一个团的，为了能和我俩在一起,却报名到了离哈尔滨最远的一团。

志松埋怨他们没先写信告知一下。

云河说:"要给你俩一个惊喜嘛!"

松山老诚,承认是因为临时决定,走得急,从志松家和我家各要到一个家信信封就来了。

那时树起已如愿以偿上高中。不过仅仅一年之后,他也下乡了。而且失去了来兵团的机会,去黑龙江边的以饶河鄂伦春族为主的一个小村插队了。我们接到他寄自那个小村的信后,一个个都嗒然若失,感到实在是我们的也是他的大遗憾。

如今回忆起来,我在兵团最觉舒心的时光,便是那以后的两年。与四个亲如兄弟的好同学朝夕相处,一概艰苦,几乎也都同时有着快乐的色彩。友谊确如一盆炭火。

那两年我如同有着多位家长的独生子——我因家事而犯愁了,他们几个会一起围着我进行安慰和劝解,志松还会为我唱歌;冬天到了,云河见我的棉裤太破了,处处露棉花了,就将他自己舍不得穿的、兵团发的一条新棉裤"奉献"给我了;玉刚和松山亲自动手,为我缝做了一床新被子;我要探家了,都主动问我打算往家带多少钱,由他们来凑;我探家回来了,路上将志松家捎给他的包子吃得一个不剩,他也只不过这么抱怨:"你这家伙太不够意思了吧?怎么也得给我们一人留一个呀!……"但那样的时光仅仅两年多一些日子。

先是,志松调到团报道组去了,在国庆和春节的长假期间才有机会回连队看我们几个,最多也就住一两天。接着云河调到别的连队当卫生员去了。而两年后,志松上大学了,松山和玉刚随他俩的排调往别师的化工厂去了。

我自己,则经历了当小学老师、团报道员以及被"精简"到木材厂抬大木的三次变动。

正如我亲密的同学们所经常担忧的,我的知青生涯落至孤苦之境,最终竟真是由于思想由于话语。

但即使在那两年里,我的思想也还是有着一处可以安全表达的港湾,这便要说到徐彦了。

徐彦的家境,在我们班级里,当年也许是最好的了。他父亲是市立一院的医生。他母亲原本也是医生,因为患有心脏病,长年在家休养,但享有病假工资。而他哥哥曾是海军战士,复员后分配在哈市著名的大工厂里。徐彦是我们班几个没下乡的同学之一,也在他哥哥那个厂里当车工。我在班里当"勤务员"时,几乎去遍了全班男女同学的家,徐彦的家当年是最令人羡慕的家。不只我羡慕,每一个去过的同学都印象深刻,羡慕不已。房子倒不大,前后皆有花园,是有较高地基的俄式砖房。前窗后窗的外沿,砌出了美观的花边。门前还有数级木板的台阶,冬季一向扫得很干净,夏季徐彦还经常用拖布沾了水拖,那大约是他主要的一项家务。哈尔滨人家,很少人家能直接用上自来水。但徐彦家厨房里有自来水龙头,而我们几个,都从小抬过水,长大后以挑水为己任。我们在中学时代也是都没穿过皮鞋的,但他既有冬天穿的皮鞋,也有夏天穿的皮鞋。不论冬夏,他一向衣着整洁。最令我们向往的,是他自己有一小套屋子可住。不是一间,而是有"门斗"、厨房,分里外间的单独一小套,并且也是木地板。说到地板,我们几个的家里竟都没有。云河家的屋地要算"高级"一点儿了,却也只不过是砖铺的。另外几家的屋地,泥土地而已。那样一套小屋子,与他父母和妹妹住的屋子在同一个大院里。在那个大院里,几户有四五口人的人家,所居便是那么一套小屋子。他居然还拥有一架风琴,就在那小屋子里。总而言之,在我们看来,他当年实在是可以算作"富家子弟"了。他还是美少年,眉清目秀,彬彬有礼,我们几乎从没听他大声嚷嚷着说过话。他如果生气了,反而就不说话了。他的性格属于沉静的女孩子那种类型。

倘以我们的学校为中点，我们几个的家在同一边，而他的家在另一边。每天放学，一出校门，我们和他便反向而去了。在学校里，课间我们和他也是不太主动接触的。他终究还是成了我们情义小团体的一分子，起先是由于"文革"。"文革"中我们的身份虽然还是中学生，却没课可上了。于是以前不太来往的同学之间，相互也开始靠近了。后来，则是由于我和他的关系一下子变得亲近了。在我们初一下学期，我的哥哥患了精神病。在我们初二上学期，他才读小学三年级的妹妹，因为一点儿在学校里受的闲气，隔夜之间也不幸成了小精神病患者。我母亲听我说了，非要求我带她去徐彦家认认门，为的是以后经常向他的父母取经，学习怎样做好患精神病的儿女的家长。我无奈之下，只得于夏季里的一个晚上引领母亲去到了徐彦家。恐怕自己陪得无聊，我还带上了一部小说，是《希腊悲剧选集》，也是从邻居卢叔家收的旧书堆中发现的。

母亲和徐彦的父母说话时，徐彦将我带到了他住的屋里。由于他的沉默寡言和我的自卑心理作怪，我表现得极矜持，低头看书而已。他则坐在我旁边表现着主人应有的热情，隔会儿一句找话跟我说。而他不说什么时，我则不开口。终于，他也问我看的是什么书。这一问，帮我打开了我的话匣子，对他讲起了书里的故事。两个多小时后母亲才告辞，而徐彦还没听够呢。几天后他受他父亲的吩咐，到我家来送安眠药，我向他展示了我犯禁仍收藏着的十几部书，建议他选一两部带回家去看。

他说："这些书以后不会再有了，如果别人在我家看到了也向我借，万一还不回来怎么办？我这人嘴软，别人一开口借，我肯定会借给的。"

我说："失去了，我认了，绝不埋怨你。"

他想了想，却说："我还是不借的好。以后咱俩在一起，我听你讲就是了，我爱听你讲。"

后来，母亲经常独自去他家，成为他家常客。因为儿女患同一种病，我的母亲和他的父母之间，渐生相互体恤的深情。当年即使有证明，也只能一次从医院买出十几片安眠药，而徐彦的父亲，可为母亲一次买出一小瓶来，这减轻了母亲总去医院的辛苦。自然的，我和徐彦的关系也逐渐亲密了。我以每次见到他都给他讲故事的方式报答他父亲对我家的帮助。

他哥哥参军了，他妹妹有那样的病，他母亲还有心脏病——这些综合理由，使他可以免于下乡。

我下乡后，每从兵团给他写信，嘱他去我家替我安慰我的母亲；教导我的弟弟妹妹们听母亲的话；实际看一下我哥哥的病情。而他对我的嘱托一向当成使命，往往去了我家，一待就是半天。其实我觉得他是不善于安慰人的，但却是特有耐心的倾听者。他的心也善良得如同一位院长嬷嬷。我想我的母亲向他倾诉心中的悲苦时，一定也仿佛是在向对具有宗教般善良情怀的人倾诉吧。

他是个天生看不进书的人，也是一个天生懒得给别人回信的人。他竟回了我几次信，那于他真是难能可贵的事了。

"我到你家去了，带去了我父亲替你母亲买的药，和大娘聊了两个多小时的家常。你家没什么更不好的事，你也别太惦家……"

"我也很寂寞。厂里还有许多人热衷于搞派性斗争，很讨厌。同学们都下乡了，周围缺少友谊，更没人给我讲有意思的故事听了……"

他信上的字写得很大，也很工整，却看得出，每多写一行字，大概要想半天。

我虽精神苦闷，情绪消沉，但给他写的信，内容一向不乏发生在兵团的极有趣的事。我不愿用我的不快乐影响他。

故他给我的回信中,也曾有过这样的文字:读你的信,是我愉快的时候……

在我上大学前的一年,被黑龙江出版社借调了三个月。那三个月里,他家的一位常客不再是我的母亲,而是我自己了。出版社自然仍是"知识分子成堆"的单位;比之于平民百姓,知识分子显然是更加忧国忧民的。我每天在出版社都会加入值得信任的人之间的私议之中。而我在他家里,也就不仅仅是只讲故事给徐彦听了,而是"讲政治"给他的父母听了。至于他,倒成了一旁的陪听者。他的父母,既不但是知识分子,而且还是有社会良知的那类。每逢我讲到义愤时,竟也情不自禁地插话,诅咒祸国殃民者流。我讲到希望所在时,他父亲还会激动地陪我吸一支烟。我是极少数由他父亲陪着在他家吸过烟的人,他父亲一年也吸不了几支烟的。

每次我走他都送我,有时送出很远。

他不止一次告诫我:"千万记住我爸妈的叮嘱,那些话绝不能跟别人说。你以为有的人值得信任,可万一你的感觉错了呢?人出卖人的事咱们知道的听到的还少吗?……记住行吗?"

他那时的口吻,更像一位院长嬷嬷了。我就说:"行。"他说过:"我可不是怕万一你出事了,我和我父母受你牵连。枪毙你,你都不会出卖我们的,这我绝对相信。可……你是我最不愿失去的朋友啊!你如果出事了,我不是就连个与我通信的朋友都没有了吗?……"

那时我不由得站住,睇视他,整个心感动得发烫。当年,当年,当年真是不堪回首,思想成了令亲友们极度担心的事。当年,当年,当年真是难以忘怀,有那样一些中学同学的情义,如同拥有过美好爱情。因为那样一种情义,我决定我死前要对这个世界虔诚地说:"谢谢。"

去年我回家乡城市，我们所有以上几名同学聚在了一起。大家都老了，也都还在为各自的家庭劳作。树起两口子都退休了，他曾为了增加家庭收入开过一个小饭店，没挣到多少钱还累出了心脏病；徐彦为了帮婚后的儿子还买房贷款，虽也退休了仍得找活干，在外县的一处工地上开大型挖土机；志松从一份医学杂志总编的位置退下来后，在家带孙子，偶尔打麻将；云河、玉刚、松山也都白了头发，而我已十几年没见到他们了。彼此脸上都有被人生折腾出来的倦容，却又都竭力表现出快乐，争取给朋友们留下毫无心事的印象。然而我清楚，每人都有各自的远忧近虑。

树起缓缓饮了一口茶（他心脏做手术后滴酒不沾了），看着我慢条斯理地说："现在，咱们对这家伙，终于可以放心了。"

志松反应快，紧接着说："当年你们几个托付给我的责任，我可尽到了啊！他后来在复旦大学上学，我已大学毕业分配到了北京，有次出差南京，还专程绕到上海，告诫他务必学会保护自己呢！……"

云河说："做得对，应该表扬！他上大学那三年，据说中国被打成现行'反革命'的人更多了。"松山说："要说现在咱们对这家伙可以放心了，那也还是早点儿。什么时候他不写了，咱们才能彻底放心。"玉刚说："现在中国没有'反革命'罪了。而且，我看这家伙的思想也不像当年那么'反动'了……"

大家就都笑了。徐彦待大家笑过，也看着我说："别深沉了，讲讲吧！"我问："讲什么啊？"他说："讲国家呗。你当年最爱讲国家大事的呀！"我想了想，这么说了一番话："中国现在问题很多，有些社会矛盾又突出又尖锐。可即使这样，我也还是觉得，倒退回去肯定不是出路。我们要告诉我们的儿女，从前的中国，与现在的中国相比，是一个无望的国家和一个大有希望的国家的区别……"

玉刚乐了："都听到了吧？不但不'反动'了，还特革命了呢！"

志松接着不客气地说："你小子打住！当你是谁呀？大领导呀？在对我们做报告呀？不许装模作样了，喝酒喝酒！"于是除了树起，都擎起杯来一饮而尽。我也是。大家刚放下杯，树起又说："但这家伙刚才的话，我完全同意。"云河问："咱们刚才反对了吗？"松山他们几个就摇头。志松一一往大家的杯里斟满酒，站起来，朗声道："本人提议……"我抢着说："为情义干杯！"志松说："错。我要说的是为中国的大有希望！咱们晚年的幸福指数还指望一点呢，过会儿再为情义干杯！"于是都站了起来，都一饮而尽。连树起，也将杯里的茶水喝光了。都老了的我的亲爱的几位中学同学，那时记得一个个写着倦意的脸上，呈现着难掩的期盼了……

"过年"的断想

我曾问儿子:"是不是经常盼着自己快快长大?"

他摇头断然地回答:"不!"

我也曾郑重地问过他的小朋友们同样的话,他们都摇头断然地回答并不盼着自己快快长大,说长大了多没意思哇。现在才是小学生,每天上学就够累了。长大了每天上班岂不更累了?连过年过节都会变成一件累事儿。多没劲啊!瞧你们大人,年节前忙忙碌碌的。年节还没过完往往就开始抱怨——仿佛是为别人忙碌为别人过的……

是的,生活在无忧无虑环境之中的孩子是不会盼着自己快快长大的,他们本能地推迟对任何一种责任感的承担。而一个穷人家庭里的孩子,却会像盼着穿上一件新衣服似的,盼着自己早一天长大。他们或她们,本能地企望能早一天为家庭承担起某种责任。《红灯记》里的李玉和,不是曾这么夸奖过女儿么——提篮小卖拾煤渣,担水劈柴也靠她,里里外外一把手,穷人的孩子早当家。

我从童年起,就是一个早当家的穷人的孩子。

有时我瞧着自己的儿子,在心里默默地问我自己——我十二岁的时候,真的每天要和比我小两岁的弟弟到很远的地方去抬水么?真的每天要做两顿饭么?真的每个月要拉着小板车买一次煤和烧柴么?

那加在一起可是五六百斤啊！在做饭时，真的能将北方熬粥的直径两尺的大铁锅端起来么？在买了粮后，真的能扛着二三十斤重的粮袋子，走一站多路回到家里么？……

连我自己也不敢相信，残存在记忆之中的童年和少年时期的生活情形都是真的。而又当然是真的，不是梦……

由于家里穷，我小时候顶不愿过年过节。因为年节一定要过，总得有过年过节的一份儿钱。不管多少，不比平时的月份多点儿钱，那年那节可怎么个过法呢？但远在万里之外的四川工作的父亲，每个月寄回家里的钱，仅够维持最贫寒的生活。我从很小的时候就懂得体恤父亲，他是一名建筑工人，他这位父亲活得太累太累，一个人挣钱，要养活包括他自己在内一大家子七口人。他何尝不愿每年都让我们——他的子女，过年过节时都穿上新衣裳，吃上年节的饭菜呢？我们的身体年年长，他的工资却并不年年涨。他总不能将自己的肉割下来、血灌起来，逢年过节寄回家呵。如果他是可以那样的，我想他一定会那样。而实际上，我们也等于是靠他的血汗哺养着……

穷孩子们的母亲，逢年过节时是尤其令人怜悯的。这时候，人与鸟兽相比，便显出了人的无奈。鸟兽的生活是无年节之分的，故它们的母亲也就无须在某些日子将来临时，惶惶不安地日夜想着自己格外应尽什么义务似的。

我讨厌过年节完全是因为看不得母亲不得不向邻居借钱时必须鼓起勇气又实在鼓不起多大勇气的样子。那时母亲的样子最使我心里暗暗难过，我们的邻居也都是些穷人家。穷人家向穷人家借钱，尤其逢年过节，大概是最不情愿的事之一。但年节客观地横在日子里，不借钱则打发不过去。当然，不将年节当成年节，也是可以的。但那样一来，母亲又会觉得太对不起她的儿女们。借钱之前也是愁，借钱之后仍是愁，借了总得还的。总不能等我们都长大了，都挣钱了再还。

母亲不敢多借。即或是过春节,一般总借二十元。有时邻居们会善良地问够不够,母亲总说:"够!够……"许多年的春节,我们家都是靠母亲借的二十元过的。二十元过春节,在今天看来仿佛是不可思议之事。当年也真难为了母亲……

记得有一年过春节,大约是我上初中一年级十四岁那一年,我坚决地对母亲说:"妈,今年春节,你不要再向邻居们借钱了!"

母亲叹口气说:"不借可怎么过呢?"

我说:"像平常日子一样过呗!"

母亲说:"那怎么行?你想得开,还有你弟弟妹妹们呢!"

我将家中环视一遍,又说:"那就把咱家这对破箱子卖了吧!"

那是母亲和父亲结婚时买的一对箱子。

见母亲犹豫,我又补充了一句:"等我长大了,能挣钱了,买更新的、更好的!"

母亲同意了。

第二天,母亲帮我将那一对破箱子捆在一只小爬犁上,拉到街市去卖。从下午等到天黑,没人买。我浑身冻透了,双脚冻僵了。后来终于冻哭了,哭着喊:"谁买这一对儿箱子啊……"

我将两只没人买的破箱子又拖回了家。一进家门,我扑入母亲怀中,失声大哭……

母亲也落泪了。

母亲安慰我:"没人买更好,妈还舍不得卖呢……"

母亲告诉我——她估计我卖不掉,已借了十元钱。不过不是向同院的邻居借的。而是从城市这一端走到那一端,向从前的老邻居借的,向我出生以前的一家老邻居借的……

如今,我真想哪一年的春节,和父母弟弟妹妹聚在一起,过一次春节,而父亲已经去世了。母亲牙全掉光了,什么好吃的东西也嚼不动了,只有看着的份儿。弟弟妹妹们已都成家了,做了父母了。往往针对我的想法说——"哥你又何必分什么年节呢!你什么时候高兴团聚,什么时候便当是咱们的年节呗!"

是啊,毕竟,生活都好过些,年节的意义,对大人也就不那么重要了。

所以,我现在也就不太把年当年,把节当节了,正如从来不为自己过生日。即便是有所准备地过年过节,多半也是为了儿女高兴……

新蕾初绽最喜人

友人荐来魏廷屹的数篇散文，嘱我点评。

这名字使我以为她是男青年，看了简介，方知是女孩，还在读高三。那么，是"九零后"了。

读罢六篇散文，不禁从心底赞道：好一个文心细腻、笔触深情的女孩！难怪小小年纪，已是宜宾市及四川省作家协会会员了！

我读到的六篇散文是：《马尔代夫的海在流泪》《一克拉的眼泪很珍贵》《想念一米阳光》《黎明前的星空》《那年小小》《墨隐》。

前两篇散文短，是廷屹十五岁时写的。

先说第一篇。世人皆知，二零零四年印度洋发生海啸，几乎瞬间吞没二十余万人生命，举世悲哀，而马尔代夫，亦遭海啸蹂躏，成为印度洋很深的一道伤口。这篇散文写的是他者，一个叫任小乔的男孩。他五岁时产生一个大愿望，要在三十五岁前"走遍全世界"。至二十三岁，最想去马尔代夫，但父母都不同意。母亲直接说"危险"，父亲反对的理由是"马尔代夫在流泪"。又过了五年，他的愿望实现了，在马尔代夫住了一个月，并在日记中留下了这样的感言：原来太阳也可以拭干马尔代夫的泪水，伤口也可以不流血，世界上真的没有什么可以永垂不朽……

十五岁的女孩，关注到了世界重大灾难，是心有大情怀的证明。然时间足以解构幸福感，消弭悲哀，却是不言而喻的。不言而喻之事理，其实也就不劳任何人写了。"永垂不朽"一词用在此篇散文中，又是不怎么恰当的。我读出了隐性的调侃意味——但调侃会抵消大情怀的真诚，这是应注意的。调侃只有用对地方，才呈现好的效果。

故坦率地讲，我认为这一篇是不成功的散文。

然而第二篇大为不同了。确乎，克拉只用来计量钻石的重量。

此篇的题目真的很好。感悟也好。

我想，相对于迄今为止一切印在纸上的文字，廷屹大约是将眼泪、钻石、克拉三个关键词联想在一起的第一人吧？眼泪也珍贵吗？她认为眼泪也珍贵，认为某些人在某些情况下所流的眼泪堪与钻石相比，甚至比钻石还珍贵。不是对眼泪每有所思所想之人，断无此等体察入微的感受。眼泪当然是从眼中流出的，可我们也会常说"心在流泪"。那么，写眼泪之珍贵，其实也是在写人心中某些"东西"是如钻石般珍贵的。十五岁的女孩而能有此联想、感悟，着实令我顿起敬意。此篇最短，但其联想同样珍贵，其感悟值得别人收藏。

但这一篇也有遗憾。不是所有的眼泪都珍贵，被情调吸引出来的眼泪是廉价的；"追星族"冒着鼻涕泡同时横流满脸的眼泪，在我看来也一钱不值。感动的眼泪、同情的眼泪、忏悔的眼泪，在我看来才是珍贵的眼泪。对于难以被感动、缺乏同情心、没有忏悔意识的人，则就更珍贵了。其泪一流，证明一颗心软化了，一个灵魂获得救赎了。此时之泪，比之亲情、爱情、友情、乡情、恋物情所流的泪更高一个等级，是极品泪。

此篇若能加入以上感想，虽短，可谓短美文矣。

《想念一米阳光》是一篇回忆性散文——回忆是小孩子的时候，曾经由南方去往北方，与为生计而创业的父母住在"一间阴暗，窄小的屋子里""床似乎总是紧挨着几十个酒箱子"。房间里充满酒糟味儿，看不到阳光，因为仅有的一扇小窗几乎被摞得很高的纸箱挡严了；陪伴她的只有小小的录音机和儿童节目中所讲的童话故事。某一天早晨醒来，终见一米阳光照进屋里，于是欣喜若狂，又恢复了开朗活泼的性格。从此，与那一米阳光结下了醇醇亲情……

我喜欢这一篇散文。

乃因，在许多"八零后""九零后"那儿，清贫仿佛是可耻的、讳莫如深的、需要遮蔽的。所以，断不肯由自己写出来给人看。

清贫当然是人人都不愿过的生活。

但若觉得清贫可耻，那么天下所有含辛茹苦的父母，岂不是就都该自杀了吗？

廷屹意识中显然并没有那么一种错觉。她写得特坦率。而这一点，证明她是个内心极阳光的女孩。这是难得的。也是我喜欢此篇散文的理由。

《黎明前的星空》是一篇缅怀抗日烈士赵一曼的议论文——"我很幸运，与英雄是同乡"。赵一曼烈士也是我所崇敬的英雄人物。故廷屹发自内心的议论，与我有共鸣。前边我谈到，"永垂不朽"一词，用在《马尔代夫的海在流泪》中不恰当，我认为用在此篇中才适当。

永垂不朽不是天天都被人们纪念着；而是，即使过了一百年甚至更长的时间，人们面对一个历史人物时，仍会从内心里油然而生敬意。

这样的历史人物是确实存在的。故我同时认为——怀疑"永垂不朽"有时是有意义的；而相信也是有意义的。

《那年小小》是写他者的散文。此篇中的他者是廷屹的姨妈，一位大约比我小不了几岁的女性。

作为"九零后"的廷屹，试图了解五六十年代人的经历，对于喜欢文学写作的她，这种自觉应予肯定。尽管姨妈少女时期的一段朦胧的梅竹恋情并不足以多么打动我这种年龄的人，但关注、关怀他者的人生、命运，不一味只写自己，以为唯有自己才最值得写——这一写作的方向是我一向主张的。

我希望这一方向，逐渐成为廷屹今后的写作理念。一味写"自我"难以持续。而他者构成社会，社会永远大于"自我"，故谁也写不完的。

《墨隐》是六篇中最长的写人物的散文。那一人物是一位居住在北京一条胡同里的、实际上终生未嫁的、孤身一人每月仅靠退休津贴过着普通生活的老人。她本富贵之身，曾是敌军某党高级将领的宝贝女儿。那英俊的男子不仅是她父亲的副官，还是她的未婚夫。他一次次窃取的绝密军事文件……他继续潜伏……读来像谍战片情节，然而却是真人真事。

难以想象，还是高三女生的廷屹，不但捕捉到了这么一种线索，而且成功地进行了采访，并在六七千字以内，从容不迫娓娓道来地写出了《墨隐》这样一篇散文！

此篇散文体现了廷屹相当不凡的采访能力和相当成熟的叙事水平。老实说，我认为，怎样诠释如此这般令人唏嘘不已的一段儿女情长的史事，委实有些超出了一名女高中生的认知范畴。但廷屹是明智的。她将笔墨集中于一个"情"字上，读来令人感慨万千。爱情在此篇散文中，被写得接近是信仰。此篇证明，廷屹这一名高中女生，在文学写作方面肯定是大有前途的。她这样的高中女生日后倘不成为作家，我觉得简直是不可能的……

祝她继续写出好作品！

"理想"的误区

依我看来,"理想"这一词的词性,是不太好一言以蔽之地确定的。我总觉得它也可以被当成形容词,因为它所象征着的目标必是引诱人的。它还可以被当成动词,起码可以被当成动词的前导词,因为有了理想往往接着便有追求,追求跟着理想走。

人类有理想,国家有理想,民族有理想,每一个具体的个人,通常也都有理想。而具体的、个人的理想,皆以他人的人生作参照。在我们这个地球上,有一些人,一出生就已经是贵族了,甚至是王储,或公主……有一些人,一出生就已经是亿万富豪了,因为他或她命中注定是庞大遗产的继承者……有一些人,生逢其时,吉星高照,以几十年的苦心经营,终换来了累累商业硕果……有一些人,靠着天才的头脑,抓住了机遇,成了发明家,名下的专利自然而然地转化为滚滚钱钞……有一些人,赖父辈的家族的权力背景而立,捷足易登,仅仅几步就走向了奢侈的生活水平……有一些人,受"上帝"的青睐,胎里带着优秀的艺术细胞,于是而名而富……有一些人,由时代所选择,青年得志,功名利禄集齐一身……商业时代的媒体,一向对这一些人大加宣传。仿佛他们的人生,既不但是大家的人生的样板,也是大家只要有志气,便都可以追求到的"理想"似的。

这一种宣传的弊端是，使我们这个时代的，尤其是青少年群体之相当多的一部分，陷于对社会普遍规律、对人生普遍规律的基本认识的误区。

我这样说，并不意味着我对以上"一些"人之人生持什么否定的态度。我又不是傻瓜，和每一个不是傻瓜的人一样，毫无保留地认为以上"一些"人的人生，乃是极其幸运的人生。谁若能成为以上"一些"人中的任何一类，无疑将活得特别潇洒。那样的人生确是一种福分。姑且不论那样的人生也包含着可敬的或可悲的付出。

我要指出的是，那样"一些"人，实在是我们这个地球上极少数的一类人，统统加起来，也只不过是几百万分之一。这还是指那样"一些"人中的"普通"类型。至于那样"一些"人中的佼佼者，则就是千万分之一了，比如整个亚洲半个世纪以来只出了一位李嘉诚和一位成龙。

那样"一些"人之人生，有的足以为我们提供成功人生的经验，有的却几乎没有任何可比因素。时代往往一次性地成全"一些"人的人生。时代完成它那一种使命，往往要具备不少先决的条件。时过境迁，条件改变了，那样"一些"人的人生，便非是靠志气和经验所能"复制"的了，只在精神激励的方面有"超现实"的积极意义了……

我主张有理想有志气的青少年，不必一味仰视着那样"一些"人，开始走自己的人生之路：首先要扫视一下自己的周围再确立自己的人生目标，再决定自己的人生究竟该怎么走。

扫视一下自己的周围便会发现，许许多多堪称优秀的男人或女人，在物质生活方面，其实都正过着仅比一般生活水平稍高一点儿的生活。他们毕业于名牌大学，他们留过学，他们有双学位甚至顶尖级的高学位，他们敬业而且在自己的专业领域有所成就，他们已经青春不再，人届中年，他们有才华和才干，也有所谓的"知产"……

但他们确乎的非是富有的"一些"人。

他们的月薪相对高点，但绝非"大款"。

他们住的相对宽敞但绝不敢奢想别墅。

他们买得起私车但必是"捷达"或"普桑"。

他们的人生能达到这样的程度，少说是在大学毕业后靠了五年的努力，多说靠了十年十五年的努力……

如果算上他们从小学考初中，从初中考高中，从高中考大学，进而考硕、考博所付出的孜孜不倦丝毫也不敢懈怠的学习方面的努力，那他们为已达到的现状在激烈竞争的社会中付出了多么沉甸甸的代价可想而知……

对于最最广大的中国人而言，没有他们那一种付出和努力，欲使自己的人生达到他们那样的程度也简直是异想天开！或曰：那也算是成功的人生吗？究竟可不可以算是成功的人生我不敢妄下断言。但我知道，那一种人生是很不容易争取到的。我主张正为自己的人生蓄力储智的青少年，首先应将这样的人生定为追求的目标。它近些，对它的追求也现实些。我并不是在主张无为的人生，我只不过主张人生目标的追求要分阶段，每一阶段都要脚踏实地去走。至于更高的人生的目标，更大的人生的志向，似应在接近了最近最现实的人生目标以后再拟计划……这便是我认为的社会的普遍规律和人生的普遍规律。倘连普遍都还难以超越，竟终日仰视"一些"人的极个别的人生，并且非那一种"理想"而不"追求"，则也许最终连拥有普遍的人生的资格都断送了……

飘扬起你青春的旗

青春是短暂的。

当我们"分解"任何一个男人或女人的人生时,便尤见青春之短暂了。

从一岁到六岁,人牙牙学语,跟跄学步,处在如小猫小狗的孩提时期。除了最基本的饮食需要,再有一种需要那就是爱了,而且多多益善。孩提时期的人还不太懂得爱别人,无论对别人,包括对爸爸妈妈表现出多么强烈的"爱",也只不过是最本能的依恋,所需要的爱也只不过是关怀与呵护。

人生的每一阶段都有着近乎天然的诗性成分。

孩提时期的诗性成分乃是人性的单纯。

一个孩子酣睡在母亲怀里的情形是特别美特别动人的,他或她被父亲扛在肩头时的笑脸,是人类最烂漫的笑脸。

一个孩子所依恋的首先还不是父母,而是父爱与母爱。如果一个孩子失去了双亲,倘有另一个女人真能像慈母一样地爱这孩子,那么不久这孩子在她的怀里也会睡得像在最安全的摇篮中一样踏实;倘有一个男人真能像慈父般爱这孩子,并且也喜欢将这孩子扛在肩头上,那么这孩子脸上也会绽出同样快活的笑容。

孩子用本能感觉别人对他或她爱的程度，几乎纯粹是本能，不加入什么理性的判断，但孩子的本能也往往是极其细微的。某些孩子很善于从大人的表情、大人的眼里看出爱的真伪，这也几乎是本能，不是后天的经验。

在《悲惨世界》中，小女孩珂赛特夜晚到林中去拎水时第一次遇到了冉·阿让——他说："我的孩子，你提的这东西，对你来说，太重了一点儿吧。"——于是替她拎着那桶水……

书中接着写道："那人走得相当快。珂赛特却也不难跟上他。她已经不再感到累了。她不时抬起眼睛，望着那人，显出一种无可言喻的宁静和信赖的神情。从来不曾有人教过她敬仰上帝和祈祷，可是她感到她心里有种东西，仿佛是飞向天空的希望和欢乐……"

珂赛特当时的心情，正是我所言——人性在孩提阶段所体现出的那一种又本能又单纯的诗性啊。

珂赛特当时八岁，倘她是今天中国城市人家的一个孩子，那么她已经该上小学二年级了。

小学时期人有整整六年可度。

小学这一人生阶段的诗性体现在人开始懂得爱别人了。"懂得"这个词不太准确，实际上人生开始就生出对别人的爱来。小学生望着他或她所感激的人，目光中往往充满着柔情了。这时一名小学生的眼睛，无论是男孩或女孩，都是会说话的眼睛。"眼睛是心灵的窗口"——我认为这一点是从小学时期开始的。

中学时期人已是少男少女了，人生处在花季的第一个节气。这时人生的诗性无须赘言，但这时的人生还不是"青春"。因为这时的人生还缺少青春最本质的特征，那就是生命饱满外溢的活力。

到了高中，人开始形成自己相当独立的思想了。人心里开始萌生出不同于以往的爱意了。这爱意已不再是对别人给予自己的关怀和呵护的回报了，而体现为主动的对异性的暗怀其情的爱慕了。也有爱得缠绵难分的情况，但大抵是暗怀其情。此时人生进入了青春期的第一个节气，正如惊蛰的节气之于四月。但高中是通向大学的最后阶梯，但凡是个初谙世事的儿女，都不敢松懈学业上的努力。这个人生最诗意盎然的阶段，其实最乏诗意可言。

整整三年的埋头苦读，或者考上了大学，或者遗憾落榜。

此时，当年的孩子十八九岁了。

考上了大学的，自我补偿式地品咂青春。而一到了大三大四，便又为毕业后的人生去向而时时迷惘、惶惑。遗憾落榜的，则难免陷入悲观。

青春有了另外的许多负重感。

如此"分解"起来，看得分明——青春从十八九岁真正开始，一直到一个人组成家庭的时候结束。

有些人做了丈夫或妻子，心理仍然处在六月般美好的青春期。他们青春期的诗性延续到了婚后。他们是幸福的，也是幸运的。但大多数人未必如此幸运，因为做丈夫或做妻子的角色责任、角色义务，因为家庭生活的诸多常规内容，制约着人惜别青春，服从角色的要求……所以许多中年人回眸人生，常喟叹青春短暂，而这也正是我的人生体会。我将青春短暂这一个事实告诉青年朋友们，当然不是想使青年朋友们对人生产生沮丧。恰恰相反，青春既然那么短暂，处在青春阶段的人，就应善待青春！珍惜青春！

而我最终想说的是——人啊，如果你正处在青春时期，无论什么样的挫折，无论什么样的失落，无论什么样的不公平，都不要让它损害或玷污了你的青春！

青春应该经得起失恋……

青春应该经得起一无所有……

青春应该经得起社会对人生的抛掷……

　　青春应该经得起别人的白眼和轻蔑……

　　因为,人在生命充盈着饱满外溢的活力的情况之下都经不起的事,在生命的另外时期就更难经得起了……

第二章

惑与不惑

母亲播种过什么？

这些平民家庭的小儿女啊,似些孤独的羔羊,面对今天这样明天那样的政治风云,彷徨、迷惘、无奈、亲情失落不知所依。

预感竟是真的有过的。似乎父亲和母亲逝前,总是会传达给我一些心灵的讯息。

十月中旬,我和毕淑敏见过一面。她告诉我她在师大进修心理学,我便向她请教——我说今年以来,无论白天还是夜晚,无论睡着还是醒着,我眼前常有这样一幅画面移动着——在冬季,在北方小村外的雪路上,一只羊拉着一架爬犁,谨慎又从容地向村里走着。爬犁上是一桶井水,不时微少地荡出,在桶外和爬犁上结了一层晶莹的冰。爬犁后同样步态谨慎而又从容地跟随着一位少女,扎红头巾,脸蛋儿亦冻得通红,袖着双手。而漫天飘着清冽的小雪花儿……

并且,我向毕淑敏强调,此电影似的画面,绝非我从任何一本书中读到过的情节,也绝非我头脑中产生的构思片段。事实上一年多以来,尽管此画面一次比一次清晰地向我浮现,但我却从未打算将这画面用文字写出来……

毕淑敏沉吟片刻,答出一句话令我暗讶不已。

她说:"你不妨问问你母亲。"

我母亲属羊，母亲的母亲也属羊，而这都是毕淑敏所不知道的。

而母亲于昏迷中入院的第二天，哈尔滨降下了入冬的第一场雪……

我的思想是相当唯物的，但受情感的左右，难免也会变得有点儿唯心起来——莫非母亲的母亲，注定了要在这一年的冬季，将她的女儿领走？我没见过外祖母，但知外祖母去世时，母亲尚是少女……

那么那一桶清澈的井水意味些什么呢？

在医院里，在母亲的病床前，以及在母亲出殡的过程中，我见到了母亲的一些干儿女。

我早知母亲有些干儿女，究竟有多少，并不很清楚。凡三十余年间，有的见过几面，有的竟不曾见过。但我清楚，在漫长的三十余年间，他们对母亲怀着很深很深的感情。

他们当年皆是我弟弟那一辈的小青年。

话说当年，指的是"上山下乡"运动开始以后。许多家庭的长子、长女、次子、次女，和我以及我的三弟一样，都恋恋不舍地告别了家庭和城市。城市中留下的大抵是各个家庭的小儿女，年龄在十六七岁和十八九岁之间。那个年代，这些平民家庭的小儿女啊，似些孤独的羔羊，面对今天这样明天那样的政治风云，彷徨、迷惘、无奈、亲情失落不知所依。他们中，有人当年便是丧父或失母的小儿女。

既都是平民家的小儿女，所分配的工作也就注定了不能与愿望相符。或做街头小食杂店的售货员，或做挖管道沟的临时工，或在生产环境破败的什么小厂里做学徒……

某一年夏天，是知青的我回哈尔滨探家，曾去酱油厂看过我四弟的劳动情形。斯时他们几名小工友，刚刚挥板锹出几吨酱渣，一个个只着短裤，通体大汗淋漓，坐在车间的窗台上，任穿堂凉风阵阵扑吹，唱印度电影《流浪者》中的"拉兹之歌"——我和任何人都没来往，命运啊，我的星辰，你把我引向何方引向何方……

他们心中的苦闷种种，是不愿对自己的家庭成员吐诉的。但是这些城市中的小儿女，又是多么需要一个耐心倾听他们吐诉的人啊！那倾听者，不仅应有耐心，还应有充满心间的爱心。还应在他们渴望安慰和体恤之时，善于安慰，善于劝解，并且，由衷地予以体恤……

于是，他们后来都非常信赖也不无庆幸地选择了母亲。

于是，母亲也就以她母性的本能，义不容辞地将他们庇护在自己身边。像一只母鸡展开翅膀，不管自家的小鸡抑或别人家的小鸡，只要投奔过来，便一概地遮拢翅下……

那些城市中的小儿女啊，当年他们并没有什么可回报母亲的。只不过在年节或母亲生病时，拎上一包寻常点心或两瓶廉价罐头聚于贫寒的我家看望母亲。再就是，改叫"大娘"为叫"妈"了。有时混着叫，刚叫过"大娘"，紧接着又叫"妈"。与点心和罐头相比，一声"妈"，倒显得格外的凝重了。

既被叫"妈"，母亲自然便于母性的本能而外，心生出一份油然的责任感。母亲关心他们的许多方面——在单位和领导和工友的关系；在家中是否与亲人温馨相处；怎样珍惜友情，如何处理爱情；须恪守什么样的做人原则，交友应防哪些失误；不借政治运动之机伤害他人、报复他人；不可歧视那些被政治打入另册的人，等等。

母亲以她一名普通家庭妇女善良宽厚的本色，经常像叮咛自己的亲儿女一样，叮咛她的干儿女们不学坏人做坏事，要学好人做好事。

此世间亲情，竟延续了三十年之久。我曾很不以为然过，但母亲对我的不以为然也同样不以为然。她不与我争辩，以一种心理非常满足的、默默的矜持，表明她所一贯主张的做人态度。直至她去世前三天，还希望能为她的一个干女儿和一个干儿子促成一次大媒……

而他们，一个帮着四弟将母亲送入医院，一个一小时后便闻讯匆匆赶到医院,三十几个小时不曾回家,不曾离开过医院!母亲逝后,她的干儿女们都纷纷来到了弟弟家。我说——不必在家中设灵位了吧!他们说——要设。我说——不必非轮守四十八小时灵了吧!他们说——要守。这些三十年前的城市平民家庭的小儿女啊,三十年前是小徒工们,如今仍是工人们。只不过,有的"下岗"了;只不过,都做了父母了。他们都是些沉默寡言之人。我离开哈市时,仍分不清他们中几个人的名字。他们不与我多说什么,甚至根本就不主动与我说话。他们完完全全是冲与母亲之间那一种三十年之久的亲情,而为母亲守灵,为母亲烧纸,为母亲送丧的。三十年间,我下乡七年,上大学三年,居京二十年,我曾给予母亲的愉快时日,比他们给予的少得多。回到北京,我常默想——从今后,我定当以胞弟胞妹视待他们和她们啊!至于我自己的几名中学挚友与母亲之间的亲情,比三十年更长久,从我初一时就开始着了。那是世间另一种亲情,心感受之,欲说还休。每独坐呆想,似乎有了一种答案——那时时浮现过我眼前的画面中那一桶清澈的井水,是否便意味着是人世间的一种温馨亲情呢?母亲的母亲,给予在母亲心里了。而母亲只不过从内心里荡出了一些,便获得了多么长久又多么足以感到欣慰的回报啊!这么想很唯心,但请不要责怪儿子的痴思。

愿此亲情在我们中国老百姓间代代相传。

没了它,意味着是我们普通人的人生多么大的损失啊!

母亲我爱您。

母亲安息吧……

扫描中国女性

你对当代女性有什么评价?
你对同代女性有什么评价?
你对你上一代的女性有什么评价?
你觉得这几代女性之间有什么不同?
你更亲近哪一代中国女性?
……

近年,诸如此类的女性话题,是我经常"遭遇"的话题之一。

用"遭遇"这词,意在表明,我非研究女性问题的专家或学者,也从未动过变成的念头。故几乎对一切与女性相关的话题,不管成了"焦点"还是"热点",都不怎么去想的。所以常陷于窘境,怔怔然无从答起。不消说,发问的差不多皆女性,有青年,有中年。十之三四是读者,问题提出在信中。十之六七是记者,每每的,话锋陡转,冷不丁就当面掷过来。于是我渐渐形成了这样一种印象,当代女性,无论现代的还是传统的,其实仍比较在乎当代男人们究竟是如何看待自己们的。的确,大多数当代女性,自我意识早已不受男人们的好恶所主宰,但有时候却依然希望从男人们对女性的评说中获得某种好感觉。而这意味着,现代的其实并不像她们自我标榜的那么思想独立,传统的仍自甘地习惯于传统。

有意思的是，我觉得——当代中年女性，似乎很希望从当代男人口中听到比当代青年女性更高的评说，而当代青年女性也是。当代中年女性和当代青年女性，谁们更具风采，真的仍需由男人们来作结论吗？这现象不仅有意思，也有值得分析的意义。遭"考问"的次数既多，心静之时，难免就漫忆琐思，一忆一思，便产生了写的冲动。所写绝对没有文学的价值，但会有那么一丁点儿认知价值。一丁点儿而已。既有，也就不算无聊了……

二十世纪五十年代的母亲们，我以少年的眼所识之女性，当然皆二十世纪五十年代的女性。

道里区是哈尔滨最有特点的市区。一条马蹄石路直铺至松花江畔，叫作"中央大街"。两侧鱼刺般排列十二条横街，叫作"外国"一至十二道街。因是早年俄人所建所居，故得"外国"之名。

少年时期的我，家在道里区。但不是在道里区的"中央大街"那一带，而是在距"中央大街"三四站路的"偏脸子"。

就是在如此这般的一条条街上，一座座院子里，一户户人家中，我的少年的眼和心，观察过亲近过老年的、中年的、青年的各式各样的女人，也领略过与我同龄的少女们的风情。有的是小知识分子之家，有的是工人之家，有的是小干部之家，有的是小贩之家……有的人家在街头开爿小小的杂货铺维持生活；有的人家在街尾开修鞋铺、理发亭；还有的人家靠男人收破烂儿，女人夏天卖冰棍儿、冬天卖糖葫芦养家糊口……总之，没上层人家，但有最底层人家。没太富的人家，但有很穷的人家……

我的少年的眼和心，观察过、亲近过的，便是这些人家的母亲们和女儿们——五十年代，中国平民和贫民人家的母亲们和女儿们。

先说那些是母亲的女性们。她们当是我母亲的同辈人，年龄在四十岁左右。年轻的三十七八岁,年龄大些的四十五六岁。她们不仅是那条街上,而且是"偏脸子"千家万户为数最多的母亲。看来,中年母亲,是任何一个时代"母亲群体"的主要成分。

她们大抵没工作,更没职业。五十年代不是女性走出家门竞相谋职的年代。她们大抵是比较典型的传统的家庭妇女,百分之九十七八以上的她们是文盲。她们中一半以上又都是城市中的新一代居民,平均定居城市的时间大约二十余年。有的是在少女的时候进城投亲靠友谋生,如当代的"打工妹",嫁与城里的男人为妻。当年落城市户不容易,最简单的途径是嫁给一个有城市户口的男人。好比今天的出国女性,获得长期居住权的最简单的途径是嫁给外国人。

她们中后来有些人有了文化,是中国开展"扫除文盲"运动的成果。在那一运动中,她们每天晚上成群结队去夜校的身影,是当年城市里一道独特的、具有轻松喜悦色彩的风景线。

家庭妇女的主要责任和使命当然是扮演好家务总管的角色,也是她们互比优劣的主要根据。

她们每天早早起床,尽量轻手轻脚地做饭。那晨光正是丈夫和儿女们睡"回笼觉"的时候,扰醒了儿女无妨,儿女白天尽可以补觉。扰醒了丈夫,丈夫是要生气的。丈夫不生气,她们自己也会觉得罪过。将去上班的丈夫白天无处补觉,这一点她们是知道的。所以,即使谈不上罪过感,也会内疚。夫妻感情好的,便会生出一份儿心疼,这一点和今天的妻子们是很不同的。今天的妻子们虽然也做早饭,但已非义务,而是觉悟,何况自己也要吃了早饭去上班。今天许多人家做早饭的义务已移交给丈夫们了,倘丈夫们弄出大的响动,扰醒了妻子们,她们也是要不满的。今天的丈夫们如果不主动承担做早饭的义务,久而久之,妻子们是要牢骚满腹甚至提出抗议的,但五十年代绝少丈夫们做早饭的现象,那样的丈夫将遭男人耻笑,同时那样的妻子也将遭女人耻笑。五十年代的妻子们，没有因做早饭而发牢骚的权利，更没有抗议的权利，这一种任劳任怨，乃由她们家庭妇女的角色所决定了的。

五十年代以细粮为主的家庭不多。生活较优越的家庭每月三分之二吃细粮。生活一般的家庭一半吃细粮，生活贫穷的，每月仅吃三分之一或更少的细粮，那也就差不多仅够丈夫一个人吃和带饭了。倘家中有老人有小儿女，受优待跟丈夫们沾点儿吃细粮的光，于是，也就几乎只有妻子自己吃粗粮了。

虽然如此，她们也无怨言。甚至，会认为是自然而然天经地义之事。更甚至，不愿实情被外人所知，当然是不愿在这一点上被别人家的妻子们同情和怜悯。因为在这一点上来自别人家的妻子们的同情和怜悯，对于她们，似乎意味着自尊所受的伤害。

五十年代也有羡人富笑人穷的现象。与现在比，不是什么咄咄逼人的现象，但也毕竟不是令穷人家愉快的现象。

"瞧她，哪儿像个妻子，像雇的个老妈子！做在前，吃在后，而且只能吃粗粮糙饭！"

这是当年左邻右舍口舌尖刻的女人们，对穷家妻的讥嘲之一种。话里包含着对穷家丈夫的谴责，实际上也包含了对穷家妻的女主人地位的贬损，因而使穷家妻的自尊最受不了。

于是，她们常常嘱咐儿女，对外人要讲全家都吃一样的饭菜。

经母亲告诫过的小儿女们就回答吃一样的饭菜。

于是维护了母亲家庭地位的尊严。

未经母亲告诫过，或忘了母亲告诫的小儿女们，往往"泄密"。

于是其母亲每每遭别家女人们背后的议论。

五十年代的中国女性，尤其平民阶层以及底层人家的女性，在社会上完全无地位可言。其家庭地位如何，自然的，往往的，就成了暗比高低的唯一方面。这一种互比，又往往构成女性之间的伤害。但属于只要心理承受能力强些，完全可以不当一回事儿的小伤害。不涉及直接利益冲突，企图造成更大的伤害也没可能性。但也有一方心理承受能力薄弱，或另一方尖刻得放肆，于是引起争吵之事。争吵起来，也无非由是街道组长的女人出面两厢批评一通，各打五十大板了事。

丈夫们早饭吃得满意，对饭盒里的内容面呈悦色，则他们出门后，妻子们的心情那一天从早舒畅到晚，直保持到丈夫们下班回到家里，笑脸迎之。否则，妻子们一整天忐忑不安，并会一整天都在自责做妻子的最主要的义务之一没尽到，开门迎夫之际，表情和言语倍加小心。

对于五十年代的妻子们，侍奉好丈夫们似乎是第一位的责任。而抚育儿女反是第二位的责任了。

丈夫们上班后，家才是女人们的天下。她们的女主人的地位，才开始较充分地体现。丈夫们在家，就好比皇帝座驾金銮宝殿。哪怕他是"明主"，而她在他眼中的地位又颇高些，也不过就是近身侍臣的角色罢了。一言一行，免不了总是要察言观色的。更有卑顺者，唯夫之命是从。经济是基础，因她们的操劳并不直接体现于奠定家庭经济基础方面，故腰板怎么也挺不起来。一半是妻，一半是仆妇。由于家庭文化背景的先天欠缺，以及夫妻二人文明意识的长期蒙昧，这一种情况，在平民之家和贫民之家，反而尤普遍，尤甚。

当年我以少年的眼，在许许多多这样的家庭里，见惯了那些衣来伸手，饭来张口，凳子横于前一脚跨过去，油瓶倒了也不弯腰扶一下的丈夫们。不以为怪。渐渐觉得天下做丈夫的男人们，不但必定都是这样的，而且理所当然应该是这样的。

这样的丈夫们在家时，妻子们的真性情是很受束缚的，心理也很受压抑。甚至可以说，很受心理的压迫。

当年我又以少年的眼，观察到过这样的生活现象——丈夫前脚出家门，妻子立刻获得了解放似的。她倏忽地变了，整个人的状态完全轻松了。她竟会一边干这干那,一边哼着唱着。她以熟练工的麻利里里外外同时兼顾,有条不紊,从容不迫,居然比丈夫在家时做得还有章法。此时家务之对于她仿佛已不再是义务,而简直是喜欢干的事,从中体会着别人不大体会得到的愉快……

接着,她唤醒儿女,安排大的吃了饭去上学,帮小的穿衣服洗脸。儿女们吃饭时,她在叠被子,整理床。

待儿女们也都吃罢了,她才坐到饭桌旁,结果是饭菜凉了。倘家中还有老人,那么她得像照料儿女们一样再照料一番老人。她得热一遍饭菜,服侍老人吃。无老人,则省了份儿心。

待她也吃罢了,上学的儿女上学去了,不上学的儿女或在家里待在一个角落玩儿着,或出去玩儿了。

此时,家里一般肃静了。于是她刷洗盘碗,扫地擦灰。忙了一通,九点来钟,家清洁了。

于是她摘下围裙,自己才开始洗脸、梳头。随后,她出门了。如果是夏季,各家的女人们,都坐着小凳聚在院子里聊天。聊天是家庭妇女们传统的社交方式。她们嘴上聊着,手却不闲,或补袜子,或缝衣服,或纳鞋底儿,或绣花儿。

五十年代,毛衣属高级之物。毛线非是寻常人家舍得买的东西。所以五十年代的一般家庭妇女们,其实大多数并不会织毛线活儿。她们中有些人是后来会的。是长大了的女儿们将毛线买回家,并将织毛线活儿的针法带回家,她们首先向自己女儿们学的。

如果相互关系处得都很亲近,聊天是五十年代家庭妇女们最美好的时光。在那一种美好时光里,不仅愉快地完成了她们分内的事,而且增强了感情。家境好些的女人,尽量对家境艰难的女人表示怜悯,娓娓地劝说她们化解心中忧愁。她们往往会替后者们的命运一声声长叹一把把抹泪,也往往会放下自己手中的活,帮后者缝缝补补,拆拆洗洗。此时,她们因自己心中的善而自我感动,自我满足。后者们当然也会受感动,也会获得被怜悯的满足。

倘非夏季而是冬季,则家庭妇女们就彼此串门儿,串门儿是她们冬季里的社交方式,自然,往往也都带着针线活儿。常有这样的事儿——张家的女人,腋下夹着没做成的一卷棉袄片儿或棉裤片儿去到李家。如果李家的女人也正做着同样的活儿,立刻让出一半儿炕面。于是两个女人相向而坐,一边各做各的,一边聊家常,聊她们少女时期的往事和家世。倘李家的女人没什么活可做,也会热情地腾出炕面,情愿帮着张家的女人做。

如若张家丈夫的鞋底儿是李家女人帮着纳完的,李家儿女的衣服是张家女人帮着做成的,乃不足为奇的寻常之事。

倘同院女人关系相处得不睦,或某一户的女人与别家的女人关系紧张,那么聊天和串门儿便由本院转移到别的院去了,可叫作交际的"外向型发展"。

于是,五十年代男人们训斥自己的女人或私议别人家女人的一句话往往是——"就生了一张嘴两条腿,串遍了街!"

倘在同一条街上也知音难寻,那么她们便向别的街上去寻。

由这一条街到那一条街,每是极方便的事。往往从本院或邻院的什么地方,比如矮墙的豁口处,比如两间房子的夹隙,就可以穿行到前一条街或后一条街的某个院子里,哈尔滨叫"钻院儿"。

家庭妇女们喜欢聊天和串门儿,实在是人渴望彼此交流的基本心理需求之一项。除了这一项传统的交流方式,她们当年再没有另外的什么交流方式。她们的真性情,通过此方式呈现和舒展。如果连这一种方式也遭硬性禁止,她们作为女人的生气也就迅速萎靡了。

十一点左右,她们又都回到了各自家里。丈夫虽不在家,儿女们还要吃午饭呢。

下午，她们可小睡一会儿。下午的聊天和串门儿，必得在四点半以前结束。六点钟左右，丈夫们下班回家了。他进门片刻，喝杯水，吸支烟，饭菜就上齐在桌上了。出色的妻子，无论做什么饭菜，时间是掐算得极准确的。如果饭桌上有馒头、白米粥，照例首先由丈夫、老人和小儿女分享。还剩，有她的份儿。不多，自然没她的份儿。

没她的份儿她也早就习惯了。因为她是妻子，是母亲，是儿媳。她自己的意识里，承认自己是家庭中最不重要的成员。吃穿方面，无论与谁比，她自己往后排永远是合情合理的。

七点钟左右，她开始为丈夫、儿女和老人烧洗脚水。如果家里有收音机，丈夫往往一边吸烟一边听什么，等着洗脚水端到脚前。而上学的长子长女，必在埋头写作业。无论夏天还是冬天，八点半后，一般人家准拉窗帘了。夏天，男人们吃罢晚饭也喜欢坐在院子里聊一会儿天，或下一盘棋，但绝不会聚到很晚。冬天，若非星期六晚上或星期日，男人们是不太串门儿的。九点，十之八九的人家皆熄灯。有的人家睡得更早，往往八点多就熄灯。没电视的年代有一个好处——那就是无论大人孩子，睡眠都较充足。五十年代，并非家家户户都有收音机，可以说大多数平民家庭并没有。谁家有，也是老旧的，只能听一两个台。记得我家住的那条街上，有人家买了一台八十几元的国产名牌收音机，几乎一时轰动整条街……

当丈夫和儿女们发出鼾声，家庭妇女的一天终于结束了。她们周而复始，一年又一年，过着内容完全相似的日子。直至发白了，脸皱了，在不知不觉中老了。

她们当然也是爱美的。她们往头上抹的叫头油；往脸上擦的叫雪花膏；润手的叫蛤蜊油——两片蛤蜊壳扣装的某种油脂，八分钱。而这三样，对她们而言是奢侈品，加起来一元钱左右。如此廉价的东西，有的女人一辈子也没用过几次。

平素她们洗发用碱水，洗脸用肥皂，手上的皮肤干裂了，涂点儿豆油。过春节了，才舍得预先买块香皂用。

她们也很少穿新衣服，新衣服毕竟是会有一两件的，比如结婚时穿过的，但婚后不久可能就叠起来压在箱底儿了。有人家的箱底儿，甚至压着她们当年穿过的旗袍。某个日子，往往是夏季的好天晒箱底儿的时候，她会一高兴心血来潮地穿上，在院子里招摇一番。那旗袍当然已瘦了，穿着不合体了。同院的女人们就围拢了观赏、赞叹，或遗憾。

除了结婚时拥有的新衣服，据我估计，她们中的大多数，婚后又为自己做过五六套新衣服，就算多了。说是五六套，其实不可能同时做，往往新衣服前年做的，新裤子去年做的，今年打算为自己做双新鞋。终于凑齐上下一套，留待特殊的日子特殊的心情下穿。

新的衣服，无非是用平纹布或斜纹布做成的。平纹布三角多一尺，斜纹布五角多一尺。她们中大多数，终生在衣着方面的消费，细算下来，二三百元罢了。她们中某人猝死，往往没一套新衣服入殓，现做一套平纹或斜纹的送终。

她们当然是爱名誉的。贤妻、良母、孝媳便是她们的至高无上的名誉追求。家庭妇女真的能在此三方面被公认为榜样，那么她会成为全院乃至整条街上极受尊敬的女人。倘三方面她做到了，那么她在邻里关系方面也肯定是能谦善忍的。即或刁蛮泼悍的女人，对她也不敢过分地冒犯，怕引起公愤。家庭妇女中也有侠肝义胆的女子，她们在一个院子里乃至整条街上主持民间正义，抑强扶弱，专替受欺辱的女人打抱不平。

家是她们每个人的展窗。一位家庭妇女究竟是怎样的女人，别人一迈入她的家门心中便有数了。持家有方的女人，无论她家的屋子大小，家具齐全或简陋，都是一眼就看得出的，是清贫抵消不了的。丈夫、儿女、老人是她们的广告。她们懂得这一点，所以，尽一切能力，使家庭的每一成员都穿得体面些。如果说顾不上考虑到谁,那么顾不上的往往只能是她们自己。而要尽到以上义务,对于她们已实非易事。五十年代,平民之家几乎是舍不得花钱买衣穿的,全靠她们一双手做。

一职业妇女如果嫉妒心强,人们就都会说她"像家庭妇女"。

然而我想说,五十年代,在中国,嫉妒之心最有限的,也许恰恰是家庭妇女。更确切地说,恰恰是普通家庭的家庭妇女。这样说,并不意味着宣扬她们似乎天生地最接近着女性的美德。而是强调——她们并不能直接参与到社会中去进行名利的竞争,同时值得女人嫉妒的现象又几乎皆存在于她们短窄的视野以外。无论男人或女人,根本不可能由自己不知晓的现象生发出嫉妒之心。置身于她们那么一种群体封闭的生活形态,决定了她们对别的女人实在没什么可嫉妒的。

但毕竟也会有嫉妒的时候吧?

是的。

家庭妇女们最嫉妒、真嫉妒的是——谁家的丈夫对妻子比自己的丈夫对自己好。因为这不但是她们视野以内的事,而且是直接触动她们女人感想的事。毫无疑问,其实也是无论任何时代的女性都很在乎的事。只不过,因为她们是家庭妇女,仅能通过丈夫对自己的态度意识到几分自己存在的重要性。故比任何时代的女性尤其在乎这一点。

她们中有人常常公开展示一瓶雪花膏、一瓶头油、几尺布料,炫耀说是自己丈夫给自己买的。

也有人动辄便说:"在我们家里,我可是和他吃一样的饭菜!我不和他吃一样的他不高兴!"

言外之意是丈夫心疼她到了极点。

其实都未必是真事。

大多数女人并不在乎自己和丈夫吃的是不是一样的饭菜,但是极其在乎自己的丈夫连一瓶头油、一瓶雪花膏都不曾给自己买过。她们算算丈夫的收入和家庭的花费，暗自承认其要求虽属正当但未免铺张，心里却总是希望丈夫某一天给予她那一份儿惊喜，而丈夫们又似乎偏偏不予考虑……

于是，她某一天兴许会当众宣布："俺家那口子，说要给俺买一双皮鞋呢！"

家庭妇女们的这一种虚荣，有时简直像比宠的小女孩儿。

五十年代的家庭妇女们，绝大多数是勤俭型的。许多人家床上或炕上，永远放着针线筐儿。几乎家家有袜底板儿。袜底板儿上往往套着没补完的袜子。几乎家家的面板另有一种功用，反过来贴袼褙，纳一双鞋底儿要贴十几层袼褙。解释起来实在啰唆，省略。至于带着针线没缝完补丁没做成的衣服，那便是一眼可见。她们没有八小时以外，总在不停地做这做那。永远也做不完，而且永远也做不烦似的。

家庭妇女没什么个人祈求，她们的祈求体现在丈夫、老人和孩子身上。老人宽厚而长寿，丈夫体贴而本分，孩子听话而健康——便几乎是她们的全部幸运和幸福。

她们最怕的是丈夫经常对自己吼而又经常被邻居们听到。

被丈夫打了是她们最觉丢脸之事。

五十年代的家庭妇女心中很少动离婚之念，她们能忍的程度令今人无话可说。

她们其实并不怎么望子成龙，儿女长大后能有份工作她们就颇感欣慰。而五十年代正是城市青壮年劳动者短缺的时代，所以她们看着儿女一天天长大，对将来是较乐观的。

我亲近她们甚于亲近以后任何时代的女性，因为她们皆是我的同代人的母亲。我一向对她们怀有深厚的敬意，因为她们那一代女性的含辛茹苦任劳任怨。我也非常地同情她们，因为她们作为妻子和母亲，付出太多，享获太少——更因为她们没有生在今天女性也有机会大有作为、大展宏图的时代。

五十年代的职业女性,其风貌与五十年代的家庭妇女们相比,仿佛根本不是同一时代的女性。这不仅是由"职业"二字所决定的,更是由"解放"二字所决定的。"职业"只能使女性发生经济独立的变化,以及由此影响的消费水平、物质生活质量的变化。而全中国的解放这一改天换地的大事件,却使当年的职业女性以崭新的、前所未有的姿态证明着自己不可轻视的社会作用。

二十世纪五十年代的少女和"大姑娘"

二十世纪五十年代的女孩儿,一入中学,母亲们就会经常教诲她:"不小了啊,该有点儿大姑娘样儿了!"

当然,她们还根本不能算是"大姑娘",只不过不再被视为"小姑娘"了。

于是,母亲们的经常教诲,对那些比"小姑娘"大、比"大姑娘"小的少女们的心理发生了重要的暗示作用。她们便开始要求自己像"大姑娘样儿"了。

少女们已不再跳格子、跳皮筋,这些被视为"小姑娘"玩儿的项目。她们尤其较少跳皮筋了,因为跳皮筋是夏季玩儿的项目,夏季她们多穿裙子,跳皮筋有时需撩起裙子,皮筋举多高,一条腿要踢到多高,她们已自觉不雅。而母亲们倘见她们仍玩儿着,就会训斥。自己的母亲不训斥,别人家的母亲也会议论:"那么大个姑娘了,还撩裙子高踢腿的,真没羞。也不知她妈管过没有!"

我一直认为,跳皮筋对于少女们,是极有益于健康和健美的玩法儿。她们当年跳皮筋时灵敏的身姿,至今仍印在我的脑海里。她们母亲当年训斥她们的情形,也一直是我回忆中有趣的片段。

倘她们不属于学习成绩优秀的学生,父母们自然也是遗憾的,但绝不至于像今天的父母们一样着急上火,惶惶然不可终日起来。因为当年上学是为了识字。既已是中学生了,便一辈子不可能再是文盲了,父母们也就觉得对她们尽到了义务,满足于这一点了。大多数的她们,自己也满足于这一点。不就你是优等生,我不是吗?但你能读,我也一样能读;你能写,我也一样能写呀!中学毕业之后,不都是要参加工作的吗?不都是要学三年徒吗?学徒期间不都是只有十八元的工资吗?以后不都是要凭工龄、凭实际工作表现长级吗?……

的确,五十年代的她们中,只有极少极少数,非立志要升高中考大学不可。普遍的她们,自己并无很强烈的愿望。普遍的家长,也只打算供她们读到初中毕业。当年初中毕业生的就业机会较多,这使她们对自己前边儿的人生没有什么太严峻的忧虑。

五十年代的少女的心怀,普遍如一盆清水般净静。说是一盆,而非一池,比喻的是她们心怀范围的有限,净静得当代人既不能说多么好也不能说多么不好。

她们不寂寞,也许因为她们之间有足够装满心怀的友情。一名少女当年伤心了,暗暗哭泣了,往往由于她们之间的友情发生误解了,出现裂痕了。

我小时候,不止一次在别人家里见过这样的情形:一个少女一回家就哭。她母亲问她怎么了。她说:"她妈(或她爸)打她了!"那么那个"她",自然便是她的知心姐妹。

"她"在"她"家里挨打挨骂,她会难过得一回到自己家就哭起来,每一回忆,心为之感动。

不知今天的少女之间,是否还存在着那么样一种不是姐妹胜似姐妹的友情?那真是一种醇香如亲情的友情呢。

五十年代少女之间的此种友情,验证了一条人性的逻辑——对于心灵而言,有空旷,就有本能的填补,无好坏之分。

五十年代的中国,社会现象过于单调,因而世风相对较为纯朴。

打扮一个五十年代的少女是极其简单的——一尺红或绿的毛线头绳儿,一件"布拉吉"——连衣裙,一双黑布鞋,足够了。只要"布拉吉"和黑布鞋是洗过了才穿上的,即使旧,也还是能使她们变得清清爽爽、灵灵秀秀的。有双白袜子穿更好,没有,也好。总之,当年那一种简朴到极点的少女的美,真是美极了美极了。

五十年代,她们中学毕业以后,就被视为名副其实的"大姑娘"了。在早婚的年代,女性的少女期是短暂的,短暂得几乎可以说稍纵即逝。五十年代仍是早婚的年代,到了十八九岁,无论工作与否,如果自己不急于考虑婚事,父母们也会按捺不住地张罗为她们东找婆家西找婆家。倘二十三岁以后居然还没嫁出去,那么就将被视为"老姑娘"了。而一个家庭若有一个"老姑娘",那么父母愁死了,唯恐她被剩在家里。所以"大姑娘"也意味着是一段短暂的年华。从结婚那天起就是"小媳妇"了。从"大姑娘"到"小媳妇",短则三四年,长则五六载。五十年代,二十来岁、二十多岁的"小媳妇",即使在城市也比比皆是。

所幸她们对工作并不怎么挑拣,一般是份工作便高高兴兴去上班。工资是全国平等的,脑体之间基本无差别,机关与行业之间基本无差别,行业与行业之间基本无差别,男女之间基本无差别。在此种种基本无差别的前提之下,对工作条件、工作环境、工作性质不满意的她们,虽也羡慕这些方面比她们幸运的别人,但一般不至于羡慕到怨天尤人自暴自弃的程度。

上班的她们,普遍还买不起自行车。如果单位远,她们每天需六点多钟就离家。从居民区走到有马路的地方,才能挤坐上几站公共汽车。为了不迟到,她们常将工作服穿回家,第二天穿着工作服离家。

那样就省下在厂里换工作服的时间了。

五十年代,青年女性因有工作而自豪,所以穿行业服走在路上觉得挺神气。如果那行业体面,那厂是大厂,有名,则她们穿着工作服走在路上,不仅觉得神气,简直还往往觉得美气。她们穿那样的工作服,能吸引较高的"回头率"。向她们投以热烈目光的,当然都是小伙子。

她们中当护士的,无论冬夏,常喜欢将雪白的护士帽戴在头上。医疗行业是被刮目相看的行业,戴了雪白护士帽的她们,自然也被刮目相看。那时她们就尤其显出大姑娘的矜持来。

餐饮行业也戴白帽子,与护士在医院里戴的白帽子区别不大。故有在小饭馆工作的她们,也戴了白帽子招摇过市,内心里乐于被路人看待成大医院的护士。所谓"过把瘾",但不"死"。

当年有小伙子冲着一顶白帽子而苦苦追求小饭馆服务员的事,因而成了相声、小品和小说、戏剧中的喜剧情节。

她们上班时,邻家没有大儿女的母亲一出门碰上了她们,投在她们身上的目光是很复杂、很微妙的。那一种目光告诉她们,对方们心里在想——盼到哪一天我自己的女儿才也开始上班挣钱呢?她们每月十八元二十几元的工资,对一个平民之家的经济补充非同小可。那时她们嘴上礼貌地问着好,内心里体会到极大的优越感。

如果是星期六,她们也会在厂里换下工作服回家。倘还是夏季,她们往往穿一件"布拉吉"。因为她们自己最清楚,"布拉吉"尤能显示出她们成熟又苗条的"大姑娘"的美好身段。也因为她们明白,一旦做了"小媳妇",再穿"布拉吉"的机会便少了。"小媳妇"们一般是不公开穿"布拉吉"的。

于是许多母亲的目光,都会追随她们的身影久望,互相询问她们是哪条街上,哪个院里,哪一户人家的"大姑娘"。如果她的容貌比较漂亮,那么她的家便出名了。

女人们每每会情不自禁地这么说："瞧人家那大姑娘长得喜人劲儿的！"

　　五十年代的父母，尤其工人家庭的父母，一般认为自己的女婿年轻、健康、英俊、人品好就是女儿的福，当然也是自己的福。健康和人品好是首条，其次是英俊不英俊，至于是工人还是小干部，那倒无所谓。当然，如果前四条"达标"，居然还是位小科长，父母会替女儿高兴得心花怒放。

　　"大姑娘"们下班一回到家里，放下饭盒就帮母亲们做这做那。她们一般不会因为自己也是挣工资的人了便在家里摆什么资格，要求什么特殊待遇。

　　她们明白，自己生活在家里的日子不会太久了，这使她们比从前更体恤她们永远操劳着的母亲们了。回想自己是小姑娘、是少女时，竟不怎么懂得体恤母亲、替家庭分忧，她们每每的心生愧疚，同时心生对她的家的眷眷依恋。虽然它可能很清贫，很拥挤，很杂乱。那一种眷眷依恋又每使她的心情特别惆怅。"大姑娘"们这时望着生出白发了的母亲的目光，是非常之温柔的。

　　"女儿是娘的贴心袄"——这句话主要指的是"大姑娘"了的女儿们。

　　吃完饭，"大姑娘"和母亲争抢着洗碗。

　　"不用你，屋里歇着吧！"

　　"妈，进屋歇着，就让我来吧！我还能替你几次呢？"

　　这每每是母女二人在厨房里悄悄的对话。

　　当母亲的听了，心里一阵热。她感动得想哭。她这时心里边觉得，她将女儿从一个小姑娘拉扯成一个"大姑娘"，所付出的一切操劳都是值得的。她的心满足得快要化了。

　　"大姑娘"洗罢碗，收拾干净了厨房，进屋又拿起了毛线活儿或针线活儿。如果家是两间屋，"大姑娘"准和母亲待在同一间屋。或对坐，或并坐，或"大姑娘"手里运针走线，母亲陪着一递一接地说话儿，或母女俩手中各有各的活儿……

少年时期的我，常在别人家见到这样的母女亲情图。

"大姑娘"有工资了，她可以用自己的工资买毛线了。她心里有种筹划，那就是要在"出门"前，给父亲织件毛衣，给母亲也织件毛衣，再给弟弟织件毛背心，给妹妹织条毛围巾什么的。"出门"前的"大姑娘"，心里装着每一个家庭成员。她要留下念心儿，延续她对这个生于斯长于斯的家的亲情。

"大姑娘"某一天终于是新娘了。男方家里会送她一套料子做的新衣，一般是"哔叽"的，那将是她以后二三十年内最好的一套衣服。

当然还少不了一双皮鞋。那几乎肯定是"大姑娘"生平穿的第一双皮鞋。手表、自行车、缝纫机是当年代表一个家庭物质水平的"硬件"。新婚夫妻极少有同时备齐三大件的，往往由"大姑娘"随自己的心愿任选其中的一件或两件。

五十年代"大姑娘"的娴静，还与较多地占有她们业余时间的编织与针线活儿有关。那些仿佛是她们的"书"。爱读书会使男人变得娴静，正如编织和针线活儿会使"大姑娘"变得娴静。

五十年代的"大姑娘"，普遍而言，也都较腼腆。

腼腆包含有羞涩的意思在内，但又不仅是羞涩。羞涩形容的是内在的心态，腼腆形容的是外态。羞涩是一个发生性的、进行性的词。因为人不可能无缘无故地羞涩起来。

但五十年代的"大姑娘"们，却往往会经常无缘无故地腼腆起来。

比如同院住了多年，邻居关系很好，她们到我家借东西，或春节拜年，也会显出非常腼腆的样子。而我父亲常年在外地工作，我哥哥是中学生，我是少年，我家简直没有能算得上"男人"的人，她们为什么也腼腆呢?

正由于我家只有小男人,我母亲又特别好客,对"大姑娘"们一向特别亲热,一向特别被她们所敬,故不但同院的,而且连邻院的、一条街上的、乃至前街后街的"大姑娘"们,相当一个时期内,都愿结伴儿往我家聚。有时会在窗前聚七八人之多。就着屋里的灯光,各自手里皆钩着织着,你一句我一句地聊天。悄悄地聊,偶尔发出一阵哧哧的轻笑。邻居们都说,我家简直成了"大姑娘之家"了。我母亲也常望着她们说:"我要有这么多大姑娘可美死了!"

正是那么一种情形,使我这个少年的眼,有机会观察很多"大姑娘"。

连我母亲和她们说话,她们也显出腼腆的样子。

同院有个比我大的男孩子心思不良。按今天说法,可叫作"问题少年"。

有次他问我:"你看她们中哪个漂亮?"

我就指着其中一个说:"她最漂亮。"

他怂恿我:"那你敢走到她跟前去对她说'我爱你'吗?你若敢,我给你两个玻璃球儿!"

于是,我逞强地走到那一个"大姑娘"跟前大声说:"我爱你!"

不唯那一个"大姑娘",所有的"大姑娘"们全都倏地一齐红了脸,全都瞪着我呆住了。片刻,这几个伏在那几个身上,一齐笑得前仰后合。

那是我生平第一次见"大姑娘"们笑开怀,她们一个个忍住笑,复一齐瞪着我,脸仍红着,都显出一种很美的腼腆。我母亲因那件事狠狠训了我一通,不许我以后再跟那"问题少年"接触……五十年代"大姑娘"们的娴静和腼腆,单就男性对女性的眼光而言,从我这儿讲,在我记忆里永远是优雅的、美的。姑娘大了,如果只"蹦迪"蹦得好，却从不知娴静何意，如果一味现代，从未羞涩过，从未腼腆过，细想想，也够俗得烦人了……

二十世纪六十年代的中国女性

二十世纪六十年代前三年，是中国的灾荒之年，也是中国人的饥饿之年，更是逢此三年的绝大多数中国女性每忆心悸的艰苦岁月。从母亲怀中的女婴到老妪，几乎概难幸免。

老百姓在那三年里见不到奶粉，凭出生证明供应给婴儿的是"代乳粉"，一种接近奶粉的婴乳品。那证明不仅要证明婴儿的出生，还要证明母亲奶水的不足。倘不证明这后一点，也是不卖给的。春节前，每户人家供应几两茶叶，白糖每月每人二两，吸烟的男人每月供应一条烟。

城市人口中，对男劳动力的最高定量是三十六斤半（搬运工、伐木工、煤矿工享此优待）、一般工人三十二斤，脑力劳动者三十斤。家庭妇女们和中学生高中生们一样定量——二十八斤半。后来，在哈尔滨市，粮食不能保证定量供应了，每人每月减少三斤粮食，以霉质的地瓜干等量代之。许多学生腹中空空地上学，许多学校因而取消了课间操，学生和教师饿昏在课堂的事是经常发生的。陕甘宁的农民大批大批地"闯中原"或"走西口"……事实上，饥饿从一九五八年起，在有些省份就蔓延着了，也并未能全国齐刷刷地结束于一九六三年年底。

那些年，城市里的许多中年母亲们，迅速地白头了，明显地苍老了。

作为妻子，她们必得保障丈夫们不至于被饿倒。丈夫们一饿倒，家庭也就没了基本收入。作为母亲，她们必得保障儿女们维持在半饥半饱的状态，因这是她们的起码责任。如果还有公婆，如果她是个孝顺媳妇，岂忍看着老人挨饿？

但每一个家庭成员的口粮都是定量的。巧妇难做无米炊，她们往往也只有自己吃得比定量更少。

倘有丰富的副食，以上定量并不至于使人挨饿。

但那些年里几乎没有任何意义上的副食，连蔬菜也是按票证供应的。

六十年代的前几年，中国城市里的绝大多数母亲们亦即中年母亲们，总体值得评说之处是母性的坚忍和毫不顾惜自身的家庭责任感。如果她们自己不吃饭也能将就着活，她们中许多人肯定会根本一口饭都不吃；如果她们身上的肉割下一条来半个月就会长合，她们中许多人肯定会每隔半月从身上割下一条肉来给全家人炖汤。

除以上两点，实难再由她们评说出什么折射时代精神的风貌特征。

那么咄咄逼人的饥饿时代里，她们身上还能显示出别种的女性异彩吗？

那些年参加工作了的"大姑娘"，大多数比较自觉地推迟婚龄。一是由于结婚成了很不现实之事。大多数小伙子那些年没心思结婚，整天饿得心慌眼花的，哪儿有结婚的心思呢？念头一闪，便自行地打消了。而小伙子们的消极，正中"大姑娘"们下怀。其实她们都不愿在艰苦岁月里嫁出门去。一嫁出门，工资也就带走了。她们微薄的工资，对于她们的家越发显得重要了。毕竟，在黑市上，花高价还是有可能买到粮食或粮票的。若买粮票，她们的工资也等于十几斤粮食啊！一个家庭每月多十几斤粮食少十几斤粮食，区别是很大的。何况，因为她们参加了工作，每月口粮比母亲高三斤半，比小弟弟小妹妹高六七斤甚至十来斤，自己每顿少吃，家人不是可以多吃几口吗？

那些年，是中国城市结婚率最低的几年。二十四五岁了仍不考虑婚事的"大姑娘"多了，不足为奇了。与五十年代初期至中期相比，她们接近着是"老姑娘"了。

饥饿比宣传号召起了更大的晚婚作用。

但在农村里恰恰相反。

为了拯救家庭,"大姑娘"或者甘愿牺牲自卖自身,或被无奈的父母所暗卖。因为她们没有工资,土地荒芜,工分也没了意义,只有自身还能换点儿吃的。又加中国农民传统的重男轻女的封建思想仍十分严重,卖了女儿,起码家里少了一口"白吃"。保命的重点,是倾斜于儿子的。当然,也有父母,愿望是好的。考虑得极为现实——女儿让一个男人领走,只要他能养活她一条命,总比饿死在家里强。"大姑娘"白白被人领走了,接着,二姑娘、三姑娘也眼睁睁被人领走。只有儿子,要死,也得和自己死在一起。因为只要留住儿子,只要儿子不死,就有能传宗接代那一天……

城市里的少女们、半大姑娘们,亦即中学生们、高中生们,比起农村的少女们、半大姑娘们来,落不到那么悲惨的命运,似乎该算是苦难岁月中的幸运。

但她们中的许多,在身体正待发育着的年龄,由于极度的营养缺乏而中止了发育。如果将今天小学六年级的学生和六十年代前三年的初一、初二学生混编在一起,并且都来一个向后转,那么可能较难分出哪些是今天的小学六年级生,哪些是从前的初一、初二生。如果将六十年代前三年的高中生与今天的初中生混编在一起,那么会比较明显地看出,后者们发育的良好程度远胜前者们。良好中的忧虑,倒是营养过剩现象。

许多六十年代的初中生、高中生,身体发育在不该中止的年龄中止以后,再就永远地矮小了。排除个别遗传因素,共同的原因是三年饥饿。

一进入六十年代,中国城市女性人口的年龄比例发生了显而易见的变化。过去是家庭妇女多,后来是学生多。过去,街头巷尾发生件什么事，哪怕仅仅是出现了个卖彩线的小贩，满街急匆匆聚去的是中青年母亲们的身影，后来，如果正巧是学生们放学的时候，被吸引的往往是许多女学生了。

过去，早晨七点多钟、下午五点多钟，女人们的目光迎送的是上下班的丈夫们，而后来迎送的是上下学的儿女们。成群结队的中小学生从街头络绎经过，情形往往颇为壮观。

六十年代的中学女生与五十年代的中学女生们相比，头脑中对于上学的思想大为不同了。她们已不满足于将来的自己仅仅不是文盲，她们已开始明白，学历的高低，不但关系到自己将来的婚恋和人生的质量，而且足以直接扭转自己的命运。

绝大多数初中女生的志向是升高中。她们上中学不久，便开始了解到市里有哪几所中学是重点中学，而自己就读的中学之教育水平大致属于几等。在课堂上，老师们每每倍感荣耀地告诉学生，本班本校的上一届上几届学生中，有多少考了重点高中。那些使老师谈起来很骄傲的学生中的女生，便渐渐成了她们心中的榜样。

绝大多数高中女生的志向当然是升大学或大专。那些重点高中的女生尤其如此，她们对于全国的名牌大学耳熟能详。"三六一十八，清华北大哈工大。"这是六十年代初开始在哈尔滨初高中生们之间流行的话，代表着他们和她们的学习理想。"三六一十八"——当年指哈尔滨的四所重点中学，三中、六中、一中、十八中。中学生考入此四所中学的高中，意味着离踏进全国名牌大学只有一步之遥了。我的哥哥原在哈二十九中读初中，初中毕业后被保送到一中，前街和后街的"大姑娘"们都对他另眼相看起来。

一九六三年我升入中学，哥哥考入大学，前街后街为之轰动，连派出所所长和社区的干部都纷纷到家里祝贺。一九四九年以来，我们那一居民社区几千户人家中，还没出现过大学生。他到外地上大学前,预先定亲的媒人终日不断。许多"大姑娘"和她们的父母,认为我哥哥将来必是工程师无疑,都愿早结良缘,等上四五年也心甘情愿……

六十年代的"大姑娘"们——她们已不怎么乐于被视为"大姑娘"了,人们已开始顺应她们自己的意识称她们为"女青年"了——无论是学生还是参加了工作的她们,依然是娴静的。

但与五十年代相比,她们已外静内不静,态静心不静。是的,她们不再如五十年代的"大姑娘"们一样娴静得头脑空旷、心思简单了。一九六三年后,饥饿的黑翳从城市里渐退,人们又能吃饱肚子了。"女青年"们择婿的标准在吃饱了肚子以后开始悄悄形成。"蓝制服,白大褂,枪杆子,舵把子",这是当年"女青年"们之间流行的顺口溜儿。如果嫁给有大学文化的男人无望,这是她们退而求其次的择婿标准。

"蓝制服"指公安干警。社会的许多方面,都对"执行无产阶级专政"的男人们礼让三分,故他们在"女青年"们心目中地位颇高。

"白大褂"指医生。中国百姓看病是件麻烦事,有时甚至是件叫天天不应,叫地地不灵的事。嫁给医生,或只不过是在医院工作的男人,全家人包括亲戚朋友都会受益匪浅。

"枪杆子"指排长以上现役军人。军官月薪高些。成了军人家属,不但生活有保障,不但光荣,还会受些优待。但嫁给军人有一点不中她们的心意,那就是将忍受婚后长久的分居生活的苦闷。而随军不但须经部队批准,又有可能离开城市。离开城市是她们所不情愿的。故"枪杆子"在国家那儿虽然排在第一重要的位置,在她们心目中却只能屈尊第三。

"舵把子"指司机。无论开卡车的还是给官员开小车的,总之自己和自己的家人能沾点儿方便。

看来，归根结底，女性自我意识的觉醒，不是由任何其他的条件和因素所决定的，首先是由工业的发展所决定的。工业的发展带来了广泛的城市就业机会，广泛的就业机会增加了许多家庭的收入，收入提高了的家庭有能力承担儿女们的学费。而较普遍的文化教育，使普遍的男人和女人的意识受改变的过程和阶段是有区别的——它使男人开始关心自身以外的事情，它使女人开始思想与自身相联系的事情。好比展开一幅画在男人们眼前，使男人知道世界比自己所了解的广大得多；而展开一幅画在女人们的头脑中，使女人知道女人的命运比自己所以为的丰富得多。那幅画原先就存在于女人的头脑中，只不过它卷着，还捆着，非靠时代的咒语而不能展开。只有极特殊的女性，能凭自己的觉醒先于时代的默许而展开它。她们在任何时代都是具有叛逆精神的女性……

五十年代中后期的许多"小媳妇"，在六十年代的前几年，不但早已是母亲，而且可能已是两三个儿女的母亲了。

那时"计划生育"还没实行。

她们的某些母亲们，在十来年内，尤其在饥饿威胁每一个家庭的三年内，已被老年扯拽得趔趔趄趄，过早地随之而去了……

她们可算是共和国的第二代母亲，她们生下的是共和国的次子、次女们。

由于她们本身已是有些文化的母亲，她们对女儿们的企盼，比她们的母亲在她们小时候对她们的企盼高得多。她们每每因还没上学的儿女居然也会写她们教过的某些字非常惊喜。而她们的母亲们，当年往往只因她们的脸蛋漂亮小嘴儿乖甜笑逐颜开……

尽管，共和国的许多次女幼小时吃过"代乳粉"，但智力却比第一代们开发得早，接受文化的年龄也比第一代们小。普遍的她们，学龄前就已经培养起了学习的兴趣。甚至，连她们的入学年龄，也比第一代们提前了一二岁……

然而，饥饿的黑翳刚刚敛去，中国人刚刚又能吃上两年饱饭，一九六六年，"文革"爆发了。用"爆发"一词形容"文革"是并不夸张的。尽管它在领导人那儿的准备是较周密并是经过了较长期运筹的，但对于绝大多数中国人，它来得还是太突然了。尤其对于中国的初高中学生们，它突然得使他们一时懵懂。四月份"黑云压城城欲摧"，五月份席卷全国，六月初宣布"停课闹革命"，六月中旬公告各省市，"废除旧的教育制度"，取消当年的中考、高考。

全中国初高中学生们的学业，都终结在那一月份里。像许多他们和她们的身体发育，中止在三年饥饿的年代……

"文革"将六十年代力劈为两截，一九六六年以前是一种情形，一九六六年以后是天翻地覆的另一种情形。一九六六年以前的中国人和中国女性是一种常态，一九六六年以后是不可同日而语的一反常态。

因而，"文革"实际上也在中国改变了世界一贯通用的年代划分的常识。我们简直无法不承认，一九六六年虽是六十年代的中间一年，但同时又是另一个疯狂年代的开史元年。从一九六六年到"文革"结束的一九七六年十月——这由六十年代的后五年和七十年代的前五年半"剪辑"组合成的十年，自成一个时代。这个时代的中国女性很有些与此前此后的时代完全不同的表现……

一九七八年至一九八八年的中国女性

在世界美术史上，通过女性和书的关系体现某种美感的名画是不多的。即使那些最伟大的大师们，创作的目光一专注向女性，也往往首先被她们的肉体的美所吸引。不唯画家们如此，连雕塑家们也如此。罗丹和毕加索，都对女性肉体的美说过许多情不自禁、如醉如痴的话，但却都没有为我们留下将女性和书统一在一起的雕塑或绘画。

而我一直觉得——一位静静地看着书的女性，如果她本身是美的，毫无疑问，那样子的她，则就更美了。如果她本身是欠美的，毫无疑问，那样子会使她增添美感。

我一直觉得有四类女性形象是动人的——托腮凝思着的少女；读着书的青年女性；哺育着的成熟女性；编织着的老妇人。我想说的是——入画的托腮凝思的少女我见过；哺育着的成熟的女性我见过；编织着的老妇人我也见过。但是——入画的读着书的青年女性，我只见过两幅。一幅画的是一位公爵夫人，在豪华的房间内静静地仿佛聚精会神地读一部《圣经》——如果《圣经》也算是书的一种的话。另一幅是俄国画家画的——一位少妇坐在小窗前一把旧椅上，聚精会神地读一部差不多与《圣经》等厚的书。她一只细长的手指正打算抚过一页……

女性，尤其青年女性，与书一同入画、入摄影，"变为"雕塑——在我看来，其艺术的魅力，仿佛便具有了某种超凡脱俗的圣洁意味。我记得有这样一幅画——一位面容清秀的姑娘，身着白连衣裙，手捧一册刊物看得忘我。她的身后是街头报刊亭。那一册刊物似乎是《知识》。那一幅画的题似乎是《知识就是力量》，它一经问世，便被许多报刊转载。如果能够统计一下，我们将会更加确信不疑——它可能是当年转载量最高的一幅画。起码是之一。

当年，许多三十来岁的中国男人和女人，一看到这幅画时竟泪光闪闪。尤其那些被时代蹉跎了岁月，永远再没有机会以正式大学生的身份跨入大学校门的男人和女人，面对《知识就是力量》无不百感交集。

"老青年""后知青"，当年的高中生们，从十七八岁到二十七八岁三十余岁的一切城市里的男女，凡求知若渴的无不参与到了同一种竞争中——那就是升学。

当年的升学竞争并不像今天的升学竞争这么激烈。或者反过来说，以今天比当年，今天的升学竞争不但显得尤为激烈，而且简直可以说达到了惨烈的程度。

当年的考题容易，分数线定得低，高考恢复后的前两届，分明的带有体恤性和关怀性。

在大学的课堂上，在女大学生之间，当一名十八九岁的年龄最小的女大学生和她的二十八九岁的可能已经做了妻子的女同学坐在一起时，时代在尊重文化知识方面曾经一度发生的断裂就呈现出来了。

当年，女性要求和向往自身知识化的强烈冲动，远胜过今天时装、减肥、美容、出国旅游对她们的吸引。

这一方面是由于当年还没有那些，甚至可以说主要是由于当年还没有那些；另一方面，不能不承认，中国女性力图通过知识化完善自身的可贵意识开始觉醒。而这一点，对于全世界的女性来说，其实都是最不容易的选择。因为——孜孜苦读考上大学并以优秀的成绩毕业，远比埋头苦干挣上一大笔钱通过整容术将自己的脸整得端正些还需要执着的精神。而当年又恰恰是那些被耽误了十年的大龄大学生，尤其他们中的女性，其苦读之执着精神特别令人钦佩。四五年后曾有报纸做过调查，她们的毕业成绩是令她们的许多老师深为满意甚至深为叹服的。

不能以正式大学生的身份进入大学校门的她们，转而毫不气馁地成了夜大、电大、职工大学里学习态度最具自觉性的"女生"。

从恢复高考到八十年代的最初二三年，中国当代女性，主要指中青年女性，给我留下的最深刻的印象，可用七个字来概括，那就是——学习、学习、再学习。

在城市里，你几乎可以到处看到她们捧读的身影和姿态。有的是在读刊物上发表的最新小说，这倒并不怎么特别值得喝彩，因为支撑文学延续至今的主要读者群，几乎一向是女性。如果某一天连女性也不看小说了，全世界十之八九的出版社就该倒闭了。好比如果某一天连男人也不看足球赛不看拳击赛了，那么足球运动和拳击运动就该寿终正寝了。但当年你也会不经意间发现她们手捧另外一些纯知识性书籍全神贯注地读着的身影和姿态。比如物理、化学、高等数学、历史、文学史以及哲学史等等。或在公共汽车站，或在拥挤的公共汽车上，或在商店的采购队列中。她们惜时如金，令人怦然心动。她们大抵是些上夜大、电大或职工大学的女性。若你发现她们是在公共汽车站或公共汽车上，那么往往是下班的时间。她们的小包儿里装着一个面包和一罐头瓶水，往往直接赶去上课。若你发现她们是在商店的采购队列中，那么那一天往往是星期日，她们又往往是在"放学"回家的路上顺便买些东西。

　　当年我曾见到过一次这样的情形——那一天下着蒙蒙细雨，在前门二十二路公共汽车起点站，有一位三十岁左右的女子没带伞而捧着一册几何书看。她怕雨淋湿了书，将书捧在前边一个人的伞底下，任凭自己被细雨淋着而又似乎浑然不觉。她的衣服分明的已经快湿透了，头发上聚着一层非常细微的雨珠儿。我排在她身后，也没带伞。但我穿着风衣，并不在乎雨淋。我身后是一位老者，他撑着伞。他尽量将伞举过我头顶，撑向前边。那么一来，不但他自己被淋着，伞上淌下来的雨滴也落在了我肩上。我回头正欲开口提出"抗议"，瞬间明白了，他是想用自己的伞替那位女子遮住雨。我立刻闪身将他让到了我前边。那样，他自己不会再被雨淋着，也能将那位女子罩在伞下了。他对我说谢谢时，我内心里却被他的善意感动着，不知该说什么好，只有笑笑。我很希望那位女子回转身，发现有一位老者在她背后为她撑伞遮雨。然而她没有。那老者一直默默将伞向她斜举着，仿佛是她的一位老仆,所做纯属义务。直至一辆公共汽车开来,我们都上了车。那女子站在车上,仍一手握栏杆,一手持书,全神贯注地看。车上,许多人的目光不时投向她。人们的目光中包含着敬意,那是对于女性自强不息之精神的敬意。

车到师范大学那一站,乘务员提醒她:"那位女同志,别用功了,该下车了!"

虽然她不曾开过口,却连乘务员都猜到了,她一准该在那一站下车。

她这才想起还没买票,急将书夹在腋下,打算从小挎包里往外掏钱……

而乘务员说:"算啦算啦,快下去吧!别耽误你上课,也别耽误司机开车……"

在车上许多人善意的笑声中,她匆匆下了车,身影汇入涌进师范大学校门的人流中。

当年,晚六点半至七点之间,某些开设"业大"的大学的校门口,其人流匆匆涌入的情形如同上夜班的工人人群。他们和她们,九点半以后才能离开大学回家,第二天当然要照常上班,所以"业大"又简直可以叫作"夜大"。当年的许多中国城市,包括北京、上海、天津这样的大城市,九点半以后绝对地寂静下来了。斯时如果有许多骑着自行车的身影从马路上鱼贯而过,那么肯定是些早已不再年轻的"业大"生……

如果以为,当年的中国女性那一种求知若渴,纯粹是对知识的毫无功利心的追求,也非实事求是的看法。

人对于知识的追求,大致可归结为两类——一类由于兴趣;一类由于需要。

当年的中国女性,几乎皆是由于需要而追求知识。更确切地说,是追求文凭。

文凭可以助她们较为顺利地谋到符合自己理想的职业。

这一点与现在是一样的,与以后也必是一样的。

但那职业的理想与否,于当年的她们而言,其实又只不过是由性质所决定的。在工资收入方面其实并不能体现出什么差异来。当年中国仍处在工资无差别的年代,也没有什么外资企业或商业集团频频地向她们招手并释放强大的吸引力。故她们追求文凭的原始动力,又几乎可以说与钱无关。

昨天的与钱无关也罢,今天的与钱密切相关也罢,只不过是时代特征下知识或学历价值的区别,只不过是这种区别体现在两个时代的女性身上所折射的不同意识内容,二者之间并不存在着可褒或贬之分。进言之,在中国今天这样一个特征显明的商业时代,无论男人还是女人,追求知识或学历以谋求高薪职业,既不但并不亵渎知识或学历本身,而且完全符合着时代一贯的法则。只有极少数的人才能达到逆商业时代法则而进取的、单纯的、知识追求的境界。这样的人不但历来极少,而且将越来越少,所以是不可以他们为榜样而苛评大多数人顺应时代法则的天经地义的现实态度的……

当年除了以上那些女性,工厂的青年女工们也在补习文化知识。有的工厂明文要求青年女工们进行初中文化考核,通过考核者才发给正式"上岗"证。所以当年找齐一套从初一到初三的课本既不但是不易的,而且是幸运的。当年一套初中的旧课本在地摊上标以高价。当年某些家庭里有这样的情况——上初中的弟弟妹妹做哥哥姐姐的家庭补习教师,甚至儿女做父母的家庭补习教师。

当年许多城市里的中青年女性都体会到一种时间上的紧迫感。

无论是追求学历的女性,还是应付文化补习的女工,见了面,或在电话里所交谈的内容,往往都离不开"考试"二字。有些人是为了和别人不一样而考,有些人是为了能和别人一样而考。无论男人或女人,其实每个人的潜意识里,都存在着企图高于别人的念头。当年的时代说:那么,你知识化起来吧!每个人的潜意识里,又都存在着不甘低于别人的自强。当年的时代说:那么,你知识化起来吧!知识和学历,成为时代抛给人的一种标志。这标志甚至影响着当年嫁龄女性的择偶观。"给你介绍一位男朋友吧,他可是位大学毕业生呢!"倘"他"其余条件不是很差,十之八九的嫁龄女性是乐于一见的。正如今天有人对她们说:"给你介绍一位男朋友吧,他可是位大款呢!"——而她们中许多人眼神会为之顿亮一样。大学毕业这一条,遂成为当年中国嫁龄女性最高择偶标准的项目之一。认为自身条件优越的她们,甚至公开声明非大学毕业生不嫁。当然,今天之中国的许多待嫁女性,择偶要求中往往也是列入这一项标准的。但在当年,那是最高的标准之一。在今天,却差不多是最起码的、最低的标准了。当年,这一最高标准往往是前提。无此前提,对于某些原则如铁的女性,见都不见。今天,这一标准往往只不过是"参考分"。如果其余硬性标准合格,这一标准宁愿主动放弃,根本不再予以考虑。当年,其余的标准无非是相貌、健康情况、家庭负担情况、性情,等等。除了学历一条,与五十年代的标准几乎完全相同。

今天,其余的标准因人而异,天差地别——所异所差所别,往往由男人财力决定。财力往往被视为前提,前提满意之下,余项都显得无足轻重了。

当年的标准,尤其当年的前提,只维系到一九八五年左右,便在时代的一次次"解构"中完结了。

国门开放,许多有钱的,或似乎有钱的港人、台胞、华侨、外国人一批批纷至沓来。

于是一批批年轻貌美的中国姑娘挽其臂而去。

当年大宾馆、大饭店的漂亮女服务员，如今做了境内中国男人之妻的，想来不会超过十之一二。致使后来那些大宾馆、大饭店，因漂亮女服务员们的势不可当地"流失"而烦而恼，再后来干脆一改初衷，不专招漂亮的了，只要看得过去的就录用了。

年轻的中国知识女性们，在那些宾馆和饭店的女服务员们面前，心理曾何等的优越何等的高傲啊！但时代在让她们尝到点儿甜头之后，似乎又开始恶意地嘲笑她们了！

连宾馆和饭店的女服务员们都时来运转，梦想成真，摇身一变成为尊贵其身的娇妻美妾。那些不但拥有了大学文凭，不但外语流利，并且也漂亮的女性，岂肯坐失良机，蹉跎其后，而不捷足先登？

于是，知识和学历相对于当年的中国男人，其优越感在钱的耀眼光辉下一败涂地。

相对于女性，在佳丽的美貌前黯然失色。

当年，大学毕业生刚参加工作的工资还只不过五十几元，硕士毕业生的工资还只不过七十几元。这比没有学历的同龄人的月工资已经高出一二十元了。但对比于境外的男人们，其工资只不过十几美金（按当年的汇率算）啊！

于是，由学历泛起的时代泡沫，也很快灭落下去了，正如政治的时代泡沫灭落下去一样。

从二十世纪八十年代后半叶至九十年代前几年，中国年轻女性的涉外婚姻率直线攀升。尽管其间丑剧、闹剧、悲剧时时披露报端，但孤注一掷者、破釜沉舟者、铤而走险者，源源后继。

这一种现象有什么不对头的吗？

许多中国人当年是这么想的。

尤其某些刚刚用勤奋换来了学历，在女性面前的自我感觉刚刚好起来的待婚男人，内心里感到无比失落。

仅仅几年前,还有女性公开声明非大学生不嫁,不承想才几年后,某些年轻漂亮的女性们却往往这么说了:"哼!穷大学毕业生有什么了不起?硕士又有什么了不起?让他们一边儿稍息去,等我实在找不着中意的了再考虑他们!"

仅仅几年前,各地的形形色色的年轻的男性的骗子,还一而再,再而三地冒充大学毕业生骗取青年女性的芳心——不承想才几年后,他们却开始冒充境外的富商子弟了。

某些拥有了高等学历但天生不怎么好看的女性,内心里当然更是愤愤不平于此一种时代现象的不良。岂止不良,在她们想来,简直丑陋!简直可憎!

当年我也是对此一种时代现象持激烈批评态度的中国男人之一。

但是如今细细想来,此一种时代现象,实在是一种从古至今的极其正常的现象。

因为,无论男人女人,总是希望通过最容易的方式达到某种目的。

因为,无论男人女人,改变自身命运,过上比别人好得多的生活,从来是憧憬。

因为,尤其是女人,在一个商业时代的大门迎面敞开之际,对于物质生活的虚荣追求,自古强烈于男人。例外的女性是有的,但她们在数量上绝对代表不了普遍。

因为,女人要过上比别人好得多的生活,最容易的方式只有一种,而且是最古老最传统的一种——那就是通过嫁给一个能给予她们那一种生活的男人的方式。

这方式虽古老,但绝对地并没有过时。目前仍在全世界许多国家里被许多女性继续沿袭着。

通过最容易的方式达到某种目的——这既不但是人性的特点,也是许多种类兽、禽乃至虫的本能特点。

以上方式符合人性的这一特点，尤其符合女性之人性的这一特点。

八十年代后半叶，中国某些女人以她们比男人敏感的神经，触觉到了时代的兴奋的中枢区。它反射给她们的讯号是——欲望时代的集贸商场即将大开张，你有什么可交易的？容貌即资本，青春即股票。它并且暗示她们——二者之和，远远大于一个女人头脑中所可能容纳的全部知识的价值。就像三角形的任意两边之和大于第三边一样。

那时，社会行业还没有发展到今天这么丰富多彩的程度。即使有才干的知识女性，倘要凭其才干和知识获得比普遍的女性多的收入，仍几乎是痴心妄想之事。

于是她们的目光自然而然地由国内转向国外。在国外，对才干和知识的尊重毫不含糊地体现为金钱的结算方式，并且是以美元兑换价值的。而那时在中国，通过金钱对才干和知识进行结算的方式，仍是一种扭捏的、暧昧的、遮遮掩掩甚至偷偷摸摸进行的方式，仿佛有悖于全体中国人对才干和知识的常规思想观念。谁若获得了数千元的奖金，肯定会引起嫉妒。几万元的奖金，会成为轰动性的新闻。那时在中国，只有"走穴"的歌星例外。

有才干有知识的女性尚活得这么憋屈，企图潇洒也潇洒不起来，那些没才干没知识甚至一无所长，却有容貌资本、有一大把青春股票的女性，又怎会自甘资本闲置股票贬值呢？而她们，在中国，历来对于物质生活质量的向往是最强烈的。这是人类社会中一个关于女性的公开的秘密。

于是，以上两种截然不同的中国女性，那时都渴望着同一种男人出现在她们的命运里——即能带她们离开中国大陆的男人。不管他是香港人还是台湾人，不管他是哪一国家的，不管他是年老的还是年轻人，不管要求她以妻的身份、妾的身份、情人的身份、女儿的身份，或秘书或雇员的身份，包括女佣的身份——总之什么身份都不计较，只要能带她出去，她便如愿以偿。

于是形形色色的境外男人，成了"超度"她们的命中贵人。

今天，我们回顾八十年代，完全可以得出这样的结论——似乎从中期开始，它对折为"两页"。而你不能说它是"两页"，因为它并未从中线那儿被裁剪开；你也不能说它是"一页"，因为"两个半页"上所记载的内容竟是那么不同。

常规的历史进程中，一般不产生这样的时代现象。

此时代现象说明，历史的进程一旦加快，几乎每五年便有大的区别。而普遍的人们，也仿佛每差五岁便如隔代了。所谓道既变，人亦既变。道变速，人变亦速。

八十年代的前半叶，某些中国女性求知若渴的自强不息使中国男人们为之肃然。

八十年代的后半叶，某些中国女性交易自身的迫不及待使中国男人们为之愕然。

尽管，这两类中国女性加起来，在数量上也还是少数。但经她们所体现的中国女性的时代意识的特征，毕竟使八十年代前后"两页"着上了极为浓重的色彩，以至于使其他的色彩显得淡化了，难以成为特征了。

最后值得总结的是——八十年代后期交易自身之目的达到了的女性，如今朝她们扫视过去，其实真正获得幸福的相当有限。她们中不少人，结果甚至相当不幸。有些女性甚至于今无国、无家、无夫、无子、无业、无产，除了跌价的容貌资本和贬值的青春股票，实际上几乎一无所获。证明她们当年的交易自身并不能算是成功之举。

女人通过嫁给某类男人的古老方式达到改变命运，过另外一种生活之目的，虽比较符合女性的人性特点，虽不必加以苛求地批判，但也不值得格外地予以肯定。

因为,那方式所符合的,乃是女性的人性中太古老的特点。无论以多么"现代"的盒子包装了,仍是古老的。它在女性的意识里越强烈,女性在现代中越现代不起来。

因为,无论那目标表面看起来多么能满足自己的虚荣心,多么能引起别人的羡慕,本质上仍是初级的——是以依附于男人为目标前提的……

二十世纪九十年代的中国女性

某些中国女性"外销"自己的"新洋务运动",自二十世纪八十年代中期始,年年方兴未艾,直到一九九三年后才式微渐止。她们的年龄普遍在三十五岁以下,年龄最小者十六七岁。因才十六七岁想方设法更改年龄,以求达到合法移民岁数的事屡闻不鲜;因已三十四五岁想方设法更改年龄以求接近于更容易"外销"自己之岁数的事也屡闻不鲜。那些年内,由中国女性推波助澜的"新移民潮",冲击亚洲、欧洲、澳洲许多国家。即使那些国家的华人移民数量剧增,也使国内许多城市的家庭夫妻离异、子女双亲残缺。有知识的凭学历去闯,有才能的凭才能去闯,有技长的凭技长去闯;无知识、无才能、无技长可言的,则就仅凭容貌和青春资本去闯;连容貌和青春两项也够不上资本的,凭一往无前的盲目的勇气去闯。

"洋插队"一词便是概括这一现象而产生的。"洋"字与"插队"二字相结合,包含了一切的苦辣酸麻。当然,她们当中也确有不少人,在异国真的尝到了爱情的"甜",事业有成的"甜",家庭美满的"甜",人生幸福的"甜"。这些"甜",也当然地原本就不该被国界和国籍隔着。在一方国土内获得不到,去别国寻找亦确是天经地义之事。欧洲国家彼此邻近,欧洲的男人们早就这么着了。后来欧洲的女人们也开始这样着了。其动因和目的与中国女性十分一致。中国女性仿佛企图用她们的行动证明——世界并不算太大,国与国都离得很近。

一九九三年以后,中国之经济迅猛腾飞,令世界"拍案惊奇",刮目相看。但"腾飞"之中,今天看来,泡沫的成分极其显明。

但是经济的泡沫现象,在短期内向有头脑的人提供的发达之机反而尤其的多。许多人其实只需抓住一次机遇便可永久地改变自身命运。不管那机会是否在泡沫里。泡沫经济的游戏之所以对一个国家有危害,甚至有危险,是针对大多数人的长久利益而言的。当泡沫灭落,大多数人不但往往只空抓了两手湿,而且极可能连曾经拥有过的利益也丧失了。但泡沫又可以掩盖起"游戏"的诸种规则,使之变得似有似无,时隐时现,于是无规则的机会随着泡沫上下翻涌眼花缭乱,似乎比比皆是。而有头脑的人适时抓到它比在"游戏"规则极为分明的情况下抓到它更容易。

于是"洋插队"的中国男人和女人们,面对异国的"游戏"规则插而不入时,便转身回首,望向祖国的一大堆又一大堆的泡沫了。他们和她们,在异国学懂了、积累了在中国学不到、积累不成的经验。那种种的经验对于她们尤其是有用的,也是宝贵的。正是那种种经验告诉她们,中国的机会也多得值得回来一显身手。于是,攒下了些外汇的同时带着经验,没攒下外汇的同时带着半个外国身份,匆匆地又登上归国的航班。

一九九三年以后,这样一些"洋插队"过的女性,在中国的大城市里,既有相当出色的表现和表演,也有相当具"特色"的表现和表演。后一种表现和表演,每每伴随着坑蒙拐骗,每每自身也带有泡沫性。

一九九三年以后,中国的经济罪案中,女主犯或女同案犯渐多起来。倘仅以北京为例,我的司法界的朋友告诉我——当年三分之一左右的经济罪案中,有"洋插队"过的女性充当这样或那样的角色。

尽管如此,另一个无可争议的事实是——不少"洋插队"过的女性,以她们较为特殊的女性身份,在各大城市中营造了一道道当代都市女性的亮丽的风景线。

外企的第一代、第二代"中方雇员"的"花名册"上,留下过她们的芳名。

最早的一批"白领丽人"中,出现过她们的身影。

她们中涌现过第一代、第二代女经理,女总裁,女外商代理人,女经纪人,女策划人。

对于今天服装、时装、美容、化妆、健身、保健,乃至许多文化行业的发展,她们曾起到过功不可没的作用。她们一方面是这些行业引领消费潮流的女性,另一方面,可能同时又是宣传者、广告者、始作俑者。

与她们的能力、经济和风采一竞高下的,是那些并不曾"洋插队"过的女性。后者们对机会的企盼期比较长,准备期也比较长,因为身在本国环境中,机会一旦来临,自然出手更及时些。所以,二者相比,后者们的事业,往往是自己们的。自己们之上,并不再有老板。而前者们的事业,则往往不是自己们的。虽然优越着,背后还有老板。虽然挣的是外汇,但总归不过是佣金。

这样两类中国女性,当年曾使许许多多的中国男人惊呼"阴盛阳衰"。惊呼到处都是"女强人"。某些男人在哀叹自己"疲软"的同时,不禁地对某些女人的能力和神通五体投地顶礼膜拜。

其实,世界依然是一个男权主宰的世界。中国也尤其是这样。某些女人们尽管手眼触天、能力广大、神通非凡,但事业的成功,往往还是离不开某些权力背景更牢靠、能力更广、大神通更非凡的男人的呵护与关照。

我们说一九九三年以后中国经济呈现显明的泡沫成分,并不意味着否定一九九三年以后中国经济发展的一切实绩。泡沫的成分非是全部。实绩也是不可低估的。

有统计表明,一九九三年以后,国外投资大幅度上升,外企与合资企业的数量猛增,乡镇企业如雨后春笋,新行业不断涌现……所有这些,都为中国女性证明个人能力和才干的表现与表演,提供了前所未有的驱动条件。

从普遍性的规律上讲,男人们都不得不承认,女性是影响男人成为什么样的人的第一位导师。

那么,谁是影响女性成为什么样的人的导师?

是时代。

时代不但是,而且是影响女性成为什么样的人的最后一位负责"结业"的导师。

在时代的教导之下,男性文化从前对女性的影响和要求,倘与时代冲突,那么大多数女性都会亲和时代,并配合时代共同颠覆男性文化从前对女性之人性的强加。

二十世纪九十年代的中老年女性,目光望向比自己年轻得多的"新生代"女性,又是羡慕,又是佩服,又是隔阂种种,又是看不顺眼。

然而"新生代"们如鱼得水。她们的前代女性,首先成为她们的竞争对手。前者在竞争中往往由于对时代的不适应处于劣势。大获全胜的她们,接着便以挑战的姿态向男人们示威。

一切时髦的事物,首先受到"新生代"女性们的欢呼。

一切夜生活的场所,皆可见她们及时行乐的身影。

一切新行业,都惊喜于她们跃跃欲试充满热忱的加盟。

"靠节俭能富起来吗?得靠机遇!"——这是她们的致富观。无疑是很正确的。可时代从前没给过女性什么机会，因而她们前代的女性大多数是节俭型的。她们的致富观，分明包含着对前代女性的嘲讽。

在许多种场合下，你会发现某些年纪轻轻的女性，与形形色色的、年纪往往可做她们父亲的男人，神神秘秘而又一本正经地共商大计，策划一笔投资数额几千万甚至几亿的项目。如果以为这只不过是异想天开，那就大错特错了。后来成为事实的例子举不胜举。

林语堂曾这样解释他为什么最喜欢同女子讲话——"她们能看一切的矛盾、浅薄、浮华，我很信赖她们的直觉和生存的本能——她们的所谓'第六感'。在她们的重情感轻理智的表面之下，她们能攫住现实，而且比男人更接近人生，我很尊重这个。她们懂得人生，而男人却只知理论。"

我之所以引用林语堂这段话，乃因其中有几点对女性的肯定，借以评说九十年代的一些女性，尤其"新生代"女性，也是相当准确的。

第一，直觉。

九十年代许多年轻女性的直觉，尤其知识化了的"新生代"女性们的直觉，所接受的是时代中枢神经发射的讯号，是大直觉。这种大直觉相对于她们的意义，往往敏感于男人们数倍。倒是男人们常常反而显得很滞后，很迟钝。它成全她们在经济活动中稳操胜券，以至于某些男人每向她们请教。他们信赖于她们的直觉，往往受益匪浅。

第二，生存的本能。

因为她们对生存质量的标准和要求提高了，故她们的本能充满强烈的欲望意味。而欲望驱使她们最大程度地发挥她们的能量。这使她们比以往任何时代的女性都不安于现状。

第三，能攫住现实。

九十年代的女性，尤其知识化了的"新生代"的女性，几乎一概是彻底的现实主义者。传统理念从她们头脑中消失的速度,远比从男人们头脑中消失的速度快得多。由于她们眼到心到手到,直攫现实,所以她们又几乎一概是目的主义者。这在男人们看来,也许太不可爱。她们自己也是明白这一点的。但她们自有她们的理由——在许多方面成功了的男人们又有哪一个非是彻底的目的主义者?凭什么女人就不能有目的?凭什么女人就不能为了那目的之达到而足智多谋?她们也自有另一套使她们变得仿佛依然可爱的方式方法——那就是引导男人们及时行乐。从表面现象看,往往似乎是男人们在向女人们提供行乐的条件和机会,因为他们买单。而实际上,从最终的效果,是女性在陪男人们。这时她们就尽量表现她们的天真、纯情、柔弱,心无任何功利之念和头脑的极其简单。她们知道普遍的男人们喜欢她们这样,她们善于在某时暂且隐藏了目的,投男人们之所好……

第四,接近人生,懂得人生。

普遍的她们对人生之理解,与数年前相比已大为不同,甚至可以说大为进步。数年前,在她们中许多人看来,"傍大款"便是最容易的接近最理想人生的捷径。而懂得女人如何受权贵或富有男人长期宠爱的经验,也就算懂得人生了。但是后来她们悟到了,那不过是杨贵妃式的女人的人生。有武则天一比,杨贵妃只不过是一个可悲可怜的女性罢了。她们倒宁肯从男人那儿少要点儿宠爱,多讨些实惠。尤其,当她们与男人的关系无望成为夫妻时,她们给予男人的每一份温柔,都要求男人们加倍地偿还以实惠。她们无不希望拥有完全受自己权力控制的纯粹个人的一番事业。当然这事业主要指经济方面的。她们对这一种事业的渴求,强烈于对一位好丈夫的渴求。因为道理是明摆着的,一个站立在完全受自己权力控制的经济基础上的女人,只要其貌不甚俗,其性情不甚劣,招募一位好丈夫实在并不困难。

当然,这样的女人究竟是否真的便算接近人生、懂得人生,大可商榷。我们要指出的仅仅是，九十年代有许多女性持此种人生观。这毕竟比九十年代以前争先恐后自售其容、其身要争气得多。

而我想说，九十年代的女性，尤其知识化了的，大城市里的"新生代"女性，尤其她们中特别年轻特别漂亮的，其实大抵是非常理智的女性。她们像一切时代的一切女性一样，有情感的需要，但是并不怎么在乎失去。渴望爱的抚慰，但是也颇善于玩味无爱的寂寞。她们有寂寞之时，但绝对的并不苦闷。她们有流泪之时，但主要因为失意而很少由于内疚。她们为交际付出的时间和精力往往多于恋爱。在她们那儿两者常常是这样掂量的——交际产生交情，而广泛的男女交情比专一的爱情更有助于自己事业的成功，所以使男人常常搞不大清他和她之间的关系究竟是爱情还是交情。情人节亲自送给她们一束玫瑰，男人便可得到她们的一次甜吻。在她们的生日请她们到大饭店去"撮"一顿，她们望着那男人的目光便会始终含情脉脉。而男人若在她意想不到的情况之下送她名贵的首饰，她们很可能会扑入他的怀里惊喜地说："啊，我的至爱！"——就像首饰广告里的情形那样。而她们越是变得极端地信赖手段追求目的不重情感，则越在一些琐碎的、鸡毛蒜皮的细节方面夸张地表演出注重情感的模样。

她们以上的种种行径又简直可以说都是身不由己的。因为人与人之间的可信任度已大面积地从中国人九十年代的生活中流失了。行业虽然空前地多了，每个人证明自己存在价值的空间反而似乎越来越小、越来越拥塞了。呈现在社会许多方面的竞争是那么的激烈，有时甚至是那么世态炎凉冷酷无情，女性不得不施展最高的人生技巧才能做成她们想做的事情。

毋庸讳言，九十年代的中国"新生代"女性，表面看来头脑似乎史无前例地简单了，而实际上史无前例地精明、史无前例地富有心机了。所谓"内方外圆"，从前时代的普遍的中国女性，即使外方，即使表面上见棱见角，其内心也往往是"圆"的，女人天性为主的成分居多。所以从前，最不服气男人的女人，也往往最终在与男人的较量和竞争中败北，被男人所降服。而男人利用了制胜的，又往往是女人天性中的某些弱点。当然，个例总是有的，比如武则天、吕后、慈禧、凤姐……正因为是个例，所以从前的女人们即使心中暗暗钦佩也不敢公开地表示；所以从前的男人们一再地通过文学和戏剧历数她们的阴险歹毒。相比于从前时代的中国女性，尤其是遵循传统德行成为典范的女性，九十年代的"新生代"女性们，具有显明的反传统、反礼教、反淑女型典范的时代倾向。这意味着是她们以"代"的整体姿态对一向由男人们"安排"社会秩序"安排"女性命运的现实的挑战。这种挑战是初级阶段的，是无数个体成功欲望的本能汇聚在一起所呈现的，其个体"战术"也是初级阶段、简单的、相似的，无非以男人之道还治男人之身，反过来利用男人与女人打交道时的天性弱点罢了。她们中许多人因而成功了一些事情。许多人也为成功付出了必然的代价，那代价使她们年纪轻轻的心中便充满了沧桑感，使她们表面看来正朝气蓬勃着精神抖擞着姿态生动着，而实际上已陷入疲惫已经从心理上过早地老了……

于是她们中派生出了女"独身族"。

她们成功了或失意了受伤了以后，从社会大校场上抽身便走，这意味着一种人生"战略"上的转移或撤退。倘为成功者，带着伤痕大隐于市体会功成身退的自慰。毫无家族权力背景的女性徒手打天下并且获得某种成功而又居然不曾受过伤，在九十年代的中国，这样的事是不多的。倘为失意者，则一边自疗伤口一边总结教训，另有一番滋味在心头。失意本身即伤痕，而且大抵又是由男人造成的。这一类女性不仅内心更加的"方"了，而且其外也不复再"圆"。那曾"圆"过的外形变得模糊了，晕状了，边线若有若无了。如果说晕是月的框子，那么以守为攻是她们的心理的框子。她们的心理在那一框子内其实并不万念俱灰,而是处于高度的"战备"状态。倘她们又东山再起拥有了一定的实力,她们往往对男人具有报复性。即使并不如此,也往往对男人不屑一顾常常予以轻蔑。当然,也有人陷于较长久的自哀自怜不能自拔。更有人并不激流勇退,以独身"女强人"的姿态为自己标定一个比一个高的目标鼓励自己实现一次比一次大的野心。在这种无休止的过程中企图忘记自己是女性,仿佛变成了中性人。

女"独身族"们几乎没有不自言独身潇洒独身也美好的。

然而我知道,女性一旦成熟为女人,独身肯定在实际上是不自然的,不美好的。

独身只在一种情况下可称之为理智的选择,那就是相对于形式上的糟糕的婚姻。

这一种相对性,决定了无论对于男人还是女人,独身的选择起点是较低的。

她们也知道这一点。

知道而偏说独身的潇洒和独身的美好,足见她们是多么言不由衷又是多么内心苦楚。

让我们祝愿她们都能早日有情人终成眷属,告别她们本性上其实都并不愿恪守的"独身主义"。

九十年代以来的一些女大学生们,第一崇拜财富;第二崇拜权力;第三崇拜明星;第四崇拜女性的性魅力;第五,如果自己具有或自以为具有,极端地自我崇拜……因人而异,还可以列出另外的许多条。但前四条无疑已包含了她们最主要的崇拜内容,无非顺序的先后不尽相同。

她们中毕业后分配在电台、电视台、报刊的文科大学生们,以她们的喜好一改九十年代以前的中国综合文化的老面孔。电台、电视台的节目审查制度依然相当严格，她们的喜好每每受阻。但是今天看来，她们已凭她们的喜好占领了全国大多数报刊的半壁江山。如果说中国的大文化内容空前丰富了，风格空前绚丽了，包装特别多彩了，那么有她们的一份功劳。如果说九十年代以后的中国大文化酸味儿多了，嗲味儿多了，娇味儿多了，未免太甜了、太软了、太媚了、太性感了，那么也是她们苦心营造的结果。

说到九十年代以后中国大文化的性感，肯定有人急欲反驳。其参照又肯定是西方大文化——的确，我们还远没裸到他们那么到处可见的程度。

不过我以为，女性肉体的彻底的裸，要么美，要么妖，要么媚，要么邪。因为彻底，性的意味公然了，一眼望去，想象夭折于全部的展现之前，面对其"性"反而没了太多所"感"。

这就好比男人可以比较自然地面对穿得较少的女人，却实难比较自然地面对穿得非常之透的女人。

女人不是穿得少而是穿得透，据我看来，便等于放射着邪性了。

有些经营报刊的女编者们，似乎很精通"透"的学问。连她们所撰之稿、所编之稿、所拟定之标题，每每也"透"出女性荷尔蒙的并不见得芬芳的气息。

这一种"透"的学问，从报刊上也借用到了舞台上。由封面、由文字而演出服，不露，但是极"透"；不裸，但是意在性感的用心一目了然。

对财富的崇拜、对权力的崇拜、对明星的崇拜、对女性之性魅力的崇拜，在九十年代的大文化中泛着一阵阵浮华迷醉的绚丽多彩的泡沫。至今仍在泛着，大有一举将中国文化基本的朴素品质淹没掉的趋势。名车美女、豪宅美女、华服美女、珠宝美女、珍馐美女、美酒美女，商业加性感，性感助商业，几乎无处不在无孔不入地侵略着人们日常生活中的每一根视听神经。

与此现象相对应的，乃是目前几千万工人的下岗。

倘我们的目光投向他们中的女性，九十年代的女性话题不免就顿时显得沉重起来。

但即使她们，我认为，也体现出与以往时代极为不同的进步特征来。

一九五八年也有一大批妇女经动员迈出了家门。那是当年工业发展的需要。当年的一条口号是——妇女姐妹们，我们也有两只手，不要围着锅台转，投入到火热的社会主义建设中去！

而仅仅两年后，她们又被成批地撵回家里。有人在那两年中被树为先进典型，有人在那两年中因工致残，有人在那两年里实际上并没挣到多少工资（许多工厂一直信誓旦旦地欠着她们的工资）——但一被宣布解除工人资格（当年不用解雇一词，认为那是资本家一脚踢开工人时用的词），几乎普遍无话可说，温温顺顺地、默默地就回家了。所欠工资，倘补给，就庆幸万分。不给，委屈一个时期，也就算了。致残者中，很少有从此月月领到抚恤金的。说她们非是正式工人，不能享受那一条待遇，她们也就放弃理争了。

而九十年代的下岗女工们之权利意识，则提高多了。普遍的她们，最初总想讨个公平的说法。她们开始懂得，即使和国家之间，也是可以大小猫三五只地算算究竟谁欠谁的。账是允许一笔勾销的，道理却非摆清楚不可。摆不清楚，什么厂长、局长以及更大的官儿，日子也许就不太消停。

或许，有人会反对我的观点，认为这恰恰证明着她们的觉悟人低，认为她们还应该像五十年代的妇女们那样才可爱。

但是试问，如果没有她们今天这种起码的权利意识的提高，国家的责任意识又怎么会提高？公仆们的责任意识又怎么会提高？起码，公民们权利意识的提高，对于国家及其公仆责任意识的加强，是有促进作用的。

据我看来，九十年代下岗女工们的觉悟，不是太低，而是很高。高得很可贵，亦很可爱。尤其她们中许多人下岗后另谋职业埋头苦干之精神，实在值得全社会钦佩和尊敬。她们以她们的可贵和可爱，保障了社会的安定。

在时代的发展中，往往付出许多方面的重大的牺牲。有时那牺牲意味着直接是数以千万计的人的起码社会保障。

九十年代的下岗女工们，既能意识到时代这一规律的无奈性，又能顽强地与时代这一冷酷的规律做竭尽全力的较量。对于她们中的许多人而言，乃人生的最后一搏。为了家庭，为了儿女，为了自己晚年的存活，她们毫无退路，只有一搏。而她们又几乎到了原本可以不再搏，可以轻松卸却许多女性责任的年龄。

她们使九十年代的女性话题，具有了一种异常凝重的、悲壮的色彩。

与此凝重的、悲壮的色彩相比，九十年代的卖淫话题显示出了本时代的大的尴尬性。

当然，许多国家都有妓女。妓女的存在，又似乎并不影响那些国家的强盛。

但，许多国家都不约而同地承认——妓女现象乃社会的疮疤。

中国曾一度没有，八十年代初开始有了，至九十年代便多起来。

我们无须讨论为什么会有，因为这是讨论不出个结果的。即使由某社会学权威下了等于真理的结论，其实结论本身对社会的卫生也没多大意义。

倒是，简略分析一下九十年代的卖淫现象，与旧中国的妓女，与历史中的妓女现象有什么区别，对此社会疮疤或还有丁点儿认识的价值。

我至今没接近过九十年代的"市妓"，也不曾像许多经常离家外出的男人们那样受到过她们的滋扰。仅仅一次，住在外市的宾馆里，深夜接到一次问我需要不需要"特殊服务"的电话。别的男人们告诉我那倒是妓女在进行试探了。但我半信半疑，心想说不定那宾馆另有非是"色情"的"特殊服务"项目，比如要不要按铃叫早之类……

所以，我对九十年代的卖淫女的全部印象，其实是从初识的或稔熟的，天南地北的，各行各业的，形形色色的男人们口中获得的。

这印象最初使我惊讶的是她们只存在于某些城市、某些地区。尤其惊讶的是，在一些偏远县镇也蔓延开来。

惊讶几次之后，也就不惊讶了。

后来惊讶于她们讨价的便宜。据说一二十元钱的"活儿"她们也接。

再后来惊讶于她们年龄的渐小。据说在有的城市，有的地区，还不到十八岁便开始走上卖淫的歧途。

再再后来，只剩下了一种惊讶。那就是——她们的卖淫，并非如我想象的那样多么多么不情愿，多么多么被逼无奈，因而多么多么的内心悲苦。

据说她们中不少人似乎活得很快活。由于卖淫是"最轻松"的"职业"；由于这"职业"使她们的收入数倍甚至数十倍地高于一般女工们的月工资；由于这"职业"的"计件"性质，现钞交易性质，永远无欠发"工资"或"打白条"一说；更由于这"职业"的传统方式与吃吃喝喝玩玩乐乐密不可分。

收入高了，花钱也大方了，穿得也时尚起来，住得也改善起来。中国是世界上许多行业的大市场。她们似乎都持一种非常乐观的态度确信不疑——她们所从事的"职业"尽管还不能公开化，但前途似锦，"职业"队伍将不断扩大。

她们快活，自在，满意于现状，毫无羞耻感。除了有时不得不偷偷摸摸的，再没什么不顺心的。

据说，倒是些初涉此道的男人们，每每在大大方方的笑容可掬的善于周旋的她们面前显得不好意思起来。那时她们就仿佛关系稔熟地调侃他们，为的是使他们放松些，自然些，大胆主动些……

那么，你在听说的多了，连这最后一点也不惊讶了的时候——你还会怜花惜玉地同情她们吗？

我始终确信，任何一个年轻的女性或少女，当她第一次脱裸了身体卖淫于男人之际，无论他对于她是认识的或陌生的，她内心里肯定是感到羞耻的。起码有几分感到羞耻。因为以钱钞为前提所决定的两性关系的发生，在女性这一方面，根本是违背她们天生在陌生男人面前掩护自己肉体的本能的。

但随着卖淫的次数增多，这一种本能最终会从她们内心里被扫荡得一干二净，无影无踪。以后她在任何一个陌生男人面前脱裸了自己的时候，便仿佛在公共浴池的脱衣间一样无所谓了。

我想，这样的一些妓女与嫖客之间的交易，绝不会像林语堂先生在他那篇短文中所描写的那样——"她们是以叫男人尝尝罗曼斯的滋味"。

于嫖客，分明像内急终于寻找到了茅厕。

于卖淫女，大概等于接受一次妇科男医生的身体检查。

中国存在着的嫖娼现象，真相大抵如此。

与古代秦淮河上的风流景观相比，显然连点儿颓靡的色彩都谈不上，而纯粹是丑陋了。

因为，那时的金陵夫子庙畔，毕竟是举行科举考试的地点，学子云集；而那时的妓女，于棋琴诗画唱方面，又毕竟的起码都是身怀一艺。即使颓靡放浪，还总归有风流二字包装着，似乎地显出几分雅。

九十年代的中国卖淫女，不但年龄越来越小，文化越来越低（固然早开始有文化较高的女性加盟此行列，则应另当别论），而且，心理状态越来越开放了。

社会看她们的存在如疮疤。她们却很可能经过嫖她们的形形色色的各行各业的或粗鄙或表面斯文的男人看这社会本身如一片疮疤，而视自己如疮疤上自然真实的蘑。

五六十年代的中国女性，如花房里的花，你可以指着一一细说端详。因为指得过来。七八十年代的中国女性，如花园里的花，你可以登坡一望而将绿肥红瘦、梅傲菊灼尽收眼底。

因为你的视野即使不够宽阔，她们的烂漫也闹不到国人的目光以外去。所谓"浓绿万枝红一点，动人春色不须多"。

九十年代的中国女性，抛开那些消极面来看则便如野生植物自然生长区内的花木了。其千姿百态之芳菲，其散紫翻红之妍媚，其深开浅放之错落，其着意四季之孤格异彩，简直不复是国人所能指能望得过来的，更不消说置喙妄论了。所谓"春风不解禁杨花，蒙蒙乱扑行人面"。

而这正是时代进步的标志。

一个时代的进步，首先从男人们都开始做什么显示着，其次从女人都打算怎么活显示着。

时代的进步常常带着野性。这野性体现在男人们头脑中每每是思想的冲撞，体现在女人们头脑中每每是观念的自由。

转身回顾，有从前的哪一个时代，女性的观念比现在更少束缚、更自由吗？

九十年代，一批精神面貌崭新而且风采异呈的中国女性，在政治、经济、文化、艺术、教育、科研、法律、社会公益和社会福利等方面所做的杰出贡献，以及自我价值方面有目共睹的实现——综合中国女性在五千余年的国史中的作为相匹比，有过之而无不及也……

知青与知识

据我所知,"知识青年"之统称,早在"五四"之前就产生了。那时,爱国的有识之士们,奔走呼号于"教育救国"。于是在许多城市青年中,鼓动起了勤奋求学以提高自身文化素质,储备自身知识能量,希望将来靠更丰富的才智报效国家的潮流。用现在说法,那是当年的时代"热点"。许多不甘平庸的农村青年也热切于此愿望,呼应时代潮流,纷纷来到城市,边务工,边求学。

那时,中国读得起书的青年有限。好在学科单纯,且以文为主。读到高中以上,便理所当然地被视为"小知识分子"了。能读能写,便皆属"知识青年"了。而达到能读能写的文化程度,其实只要具备小学五年级以上至初中三年级以下的国文水平,则就绰绰有余了。那时具备初中国文水平的男女青年,其诗才文采,远在如今的高中生们之上。甚至,也远非如今文科大学的一二年级学生们可比。

那时,"知识青年"之统称,是仅区别于大小知识分子而言的。是后者们的"预备队"。而在大批的文盲青年心目中,其实便等同于知识分子了。

他们后来在"五四"运动中,起到过历史不可忽略不提的作用。虽非主导,但却是先锋,是恰如其分的主力军。

中华人民共和国成立后，城市首先实行中学普及教育。文盲青年在城市中日渐消亡，"知识青年"一词失去了针对意义，于是夹在近当代史中，不再被经常用到。它被"学生"这一指谓更明确的词替代。

即使在"文革"中，所用之词也还是"学生"。无非前边加上"革命的"三个字。

"知识青年"一词的重新"启用"、公开"启用"，众所周知，首见于毛主席当年那一条著名的"最高指示"——"知识青年到农村去，接受贫下中农的再教育，很有必要。"[1]

于是一夜之间，六十年代末七十年代初的几届城市初中生、高中生，便统统由学生而"知识青年"了。

这几届学生当初绝对不会想到，从此，"知青"二字将伴随自己一生。而"知青"话题成为永远与自己们的经历自己们的命运密切相关的中国话题。

细思忖之，毛主席当年用词是非常准确的。在校继读而为"学生"。"老三届"当年既不可能滞留于校继读，也不可能考入大学（因高考制度已废除），还不可能就业转变学生身份，成了浮萍似的游荡于城市的"三不可能"的"前学生"。除了一味"造反"，无所事事。

"三不可能"的"前学生"，再自谓"学生"或被指谓"学生"，都不怎么名副其实了。

叫"知识青年"十分恰当。

区别是，"五四"前后，青年为要成为"知识青年"而由农村进入城市；"文革"中，学生一旦被划归"知识青年"范畴，便意味着在城市里"三不可能"。于是仅剩一条选择便是离开城市到农村去。情愿的欢送，不情愿的——也欢送。

---

[1] 1968年12月22日，《人民日报》在一篇报道的编者按语中传达了毛泽东的指示："知识青年到农村去接受贫下中农的教育，很有必要。"

至今,在一切知青话题中,知青与知识的关系,很少被认真评说过。

其实,知青在"前学生"时期所接受的文化知识,乃是非常之有限的;于"老三届"而言是有限;于"新三届"亦即"文革"中由小学升入中学的,则简直可以说少得可怜了。

知青中的"老高三"是幸运的。因为在当年,除了大学生,他们是最有知识资本的人。他们实际上与当年最后一批,亦即六六届大学生的知识水平相差不多。因为后者们刚一入大学,"文革"随即开始,所获大学知识也不丰富也不扎实。"老高三"又是不幸的。其知识并不能直接地应用于生产实践,主要内容是考大学的知识铺垫。考大学已成泡影,那么大部分文化知识成了"磨刀功"。而且,与大学仅一步之遥,近在咫尺,命运便截然不同。即使当年,只要已入了大学门,最终是按大学毕业生待遇分配去向的,五十余元的工资并未因"文革"而取消。成了知青的"老高三",与"老初三"以及其后的"新三届"知青,命运的一切方面毫无差异。他们中有人后来成了"工农兵学员"或恢复高考的第一批大学生,但是极少数。

更多的他们,随着务农岁月的年复一年,知识无可发挥,渐锈渐忘,实难保持"前学生"活跃的智力,返城前差不多都变成了"文化农民"或"文化农工"。

他们和她们,当年最好的出路是成为农村干部、农场干部,或中小学教师。

我所在的兵团老连队,有十几名"老高三",两名当排长,两名当了仅隔一河的另一连队的中学教师。一名放了三四年牛。其余几名和众知青一样,皆普通"战士"。有的甚至受初中生之班长管束。

我当了连队的小学教师后,算我五名知青教师,二男三女。除我是"老初三",他们皆"老"字号的高一、高二知青。

我与"老"字号的高中知青关系普遍良好。他们几乎全都是我的知青朋友。在朝夕相处的岁月里，他们信任过我，爱护过我。我是一名永远也树立不起个人权威的班长，在当小学教师前，一直是连里资格最老的知青班长，而且一直是在特殊情况下可以自行代理排长发号施令的一班长，故我当年经常对他们发号施令。他们有什么心中苦闷、隐私（主要是情爱问题），皆愿向我倾吐，而我也从内心里非常敬重他们。他们待人处世较为公正，在荣誉和利益面前有自谦自让的精神，能够体恤别人，也勇于分担和承担责任。前边提到的那两名当中学教师的"老高三"，一名姓李，一名姓何，都是哈尔滨市的重点中学六中的学生，都有诗才，而且都爱作古诗词。说来好笑，我常与他们互赠互对诗词。有些还抄在连队的黑板报上。讽刺者见了说"臭"，而我们自己从中获得别人体会不到的乐趣。他们中，有人曾是数理化尖子学生，考取甚至保送全国一流理工大学原本是毫无疑问之事；也有人在文科方面曾是校中骄子。

如当不了中学老师，数理化在"广阔天地"是无处可用的知识，等于白学。最初的岁月，他们还有心思出道以往的高考题互相考考，以求解闷儿，用用久不进行智力运转的大脑。

而他们中文章写得好的，却不乏英雄用武之地。替连里写各类报告、替"学毛著标兵"写讲用稿、替知青先进人物写思想交流材料、为连队代表写各种会议的书面发言……包括写个人检讨、连队检讨和悼词。

写得多了，便成了连队离不开的连干部们倚重的知青人物。

于是命运转机由此开始，往往很快就会被团里、师里作为人才发现，一纸调函选拔而去，从此手不粘泥、肩不挑担，成了"机关知青"。

我也是靠了写，也是这么样，由知青而小学教师而团报道员的。也做了一年半"机关知青"。

而"机关"经历，既不但决定了他们后来与最广大的知青颇为不同的命运,也决定了他们与那些智商优异,在校时偏重于数理化方面的知青颇为不同的人生走向。

首先,"机关"经历将他们和她们培养成了农村公社一级的团委干部、妇女干部、宣传干部,甚至,主管干部升迁任免的组织部门的干部。倘工作出色,能力充分显示和发挥,大抵是会被抽调到县委、地委去的。在农场或兵团的,自然就成了参谋、干事、首长秘书。

其次,"机关"教给了他们和她们不少经验。那些经验往往使他们和她们显得踏实稳重,成熟可靠。而任何一个人,若有了三至五年的"机关"经历,那么,他或她在如何处理人际关系的学问方面,起码可以说是获得了学士学位。

以上两点,亦即档案中曾是知青干部的履历,和由"机关"经历所积累的较为丰富的处世经验,又决定了他们和她们返城后被城市的"机关"单位优先接受。

何况,"机关"当年还将上大学的幸运的彩球一次次抛向他们和她们。

根本无须统计便可以十分有把握地得出这样的结论——作为当年的知青,如今人生较为顺遂的,十之七八是他们和她们。

我指出这一点,绝不怀有任何如今对他们和她们心怀不良的意图。事实上我一向认为,他们和她们的较为幸运,简直可以说是十年"上山下乡"运动本身体现的有限之德。否则,若将几千万知青的人生一概地全都搞得一败涂地,那么除了一致的诅咒也就无须加以分析了。

那些智商优异,在校时偏重于数理化的知青,如果后来没考上大学,没获得深造的机会,其大多数的人生,便都随着时代的激变而渐趋颓势。甚至,今天同样面临"下岗"失业。

我常常忆起这样一些"老高三"知青。后来也曾见到过他们中的几人。一想到他们是学生时特别聪明、特别发达的数理化头脑,被十年知青岁月和返城后疲惫不堪、筚路蓝缕的日子严重蚀损，不禁地顿时地替他们悲从心起。

我曾问过他们中的一个——还能不能对上高中的儿子进行数理化辅导？

他说："翻翻课本还能。"

又问："那，你辅导么？"

他摇头说："不"。

问："为什么不？

说怕翻高中课本。一翻开，心情就变坏，就会无缘无故发脾气。

接着举杯，凄然道——不谈这些，喝酒喝酒。

于是，我也只有陪他一醉方休。

以上两类知青命运的区别，不仅体现于"老"高三、"老"高二、"老"高一中，而且分明也同样体现于"老"初三中。

但那区别也仅仅延至"老"初三，并不普遍地影响"老"初二、"老"初一的人生轨迹。初二和初一，纵然是"老"字牌的，文化知识水平其实刚够证明自己优于文盲而已。

继"老三届"其后下乡的几批知青，年龄普遍较小，在校所学文化知识普遍更少。年龄最小的才十四五岁，还是少男少女。儿童电影制片厂几年前拍的一部电影片名就是《十四五岁》、电影局规定——主人公年龄在十七岁以下的电影，皆可列为儿童影片。当年的少男少女型知青们，其实在"文革"中刚刚迈入中学校门不久便下乡了。

他们和她们，等于是在文化知识的哺乳期就被断奶了。这导致了他们和她们返城后严重的、先天性的"营养不良"，也必然直接影响了他们和她们就业机遇的范围。并且，历史性地阻断了他们和她们人生的多种途径。如今，他们和她们中的相当一部分成了"下岗"者、失业者。返城初期，在他们和她们本该是二三级熟练工的年龄，他们和她们才开始当学徒。当他们和她们真的成了熟练工,他们和她们赖以为生的单位消亡了。

一部分,在知识哺乳期被强制性地"断奶"了;一部分,当攀升在教育最关键的几级阶梯的时候,那阶梯被轰然一声拆毁了;只有极少幸运者,或得到过一份后来不被社会正式承认的"工农兵学员"的文凭,或后来成为中国年龄最长的一批大学毕业生。高考恢复后他们和她们考入大学的年龄,和现在的博士生年龄相当。

这便是一代知青和知识的关系。

这便是中国科技人才的年龄链环上中年薄弱现象的根本原因之一。

所幸知青中的极少数知识者,在释放知识能量方面,颇善于以一分"热",发十分"光"。

所幸中国科技人才队伍,目前呈现青年精英比肩继踵的可喜局面,较迅速地衔接上了薄弱一环。

曾说知青是"狼孩儿"的,显然说错了。曾夸知青是"了不起的一代"的,显然过奖了。断言知青是"垮掉的一代"的,太欠公道。因为几乎全体知青,在长达三十年的时间内所尽的一切个人努力,可用一句话加以概括,那就是——有十条以上的理由垮掉而对垮掉二字集体说不。事实证明他们和她们直到今天依然如此。

也许,只有"被耽误了的一代",才是客观的评说。"知识就是力量"——对于国家如此,对于民族如此,对于个人亦如此。面对时代的巨大压力,多数知青渐感自己是弱者。并且早已悟到,自己们恰恰是,几乎唯独是——在知识方面缺乏力量。

他们和她们,本能地将自己人生经历中诸种宝贵的经验统统综合在一起,以图最大程度地填补知识的不足。即便这样,却仍无法替代知识意义的力量。好比某些鸟疲惫之际运用滑翔的技能以图飞得更高更久，但滑翔实际上却是一种借助气流的下降式飞行。最多，只能借助气流保持水平状态的飞行。如果你周围恰巧有一个这样的人存在着，那么他或她大抵是知青。只有知青才会陷入如此力不从心的困境，也只有知青才在这种困境中显示韧性。那么，请千万不要予以嘲笑。那一种精神起码是可敬的。尤其，大可不必以知识者的面孔进行嘲笑。姑且不论他或她真的是不是知青。知识所具有的力量，只能由知识本身来积累，并且只能由知识本身来发挥。知识之不可替代，犹如专一的爱情。至于我自己，虽属知青中的幸运者，但倘若有人问我现在的第一愿望是什么，那么我百分之百诚实地回答是——上学。我多想系统地学知识！有学识渊博的教授滔滔不绝地讲，我坐在讲台下竖耳聆听，边听边想边记的那一种正规学生的学法……

中年感怀

我越来越意识到,自己几乎每一天都在失去着一些东西。而所失去的东西,对任何人都是至可宝贵的。

首先是健康。

如果有人看到我于今写作时的样子,定会觉得古怪且滑稽——由于颈椎病,脖子上套着半尺宽的硬海绵颈圈,像一条挣断了链子的狗。由于腰椎病,后背扎着一尺宽的牛皮护腰带。由于颈和腰都不能弯曲,一弯曲头便晕,写作时必得保持从腰到颈的挺直姿势。仅仅靠了颈圈和护腰带,还是挺直不到头不晕的姿势,就得有夹得住稿纸的竖架相配合。小稿纸有小的竖架,大稿纸有大的竖架,大的竖架一立在桌上,占去半个桌面。不像是在写作,像是在制图。大小两个竖架,都是中国人民大学一位退了休的老师让人替她送给我的,可以调换两个倾斜度。我已经使用一年多了,却还没和她见过面。颈圈、护腰带、竖架,自从写作时依赖于这三样东西。写作之前,所做的预备,就如工厂里的技工临上车床似的了。有几次那样子去为客人开门,着实将客人吓了一跳……

于是从此失去了以前写作时的良好状态。每每回想以前,常不免地心生惆怅。看见别人不必"武装"一番再写作,也不免地心生羡慕。

朋友们都劝——快用电脑哇!

是啊,迟早有一天,我也会迫不得已地用起电脑来的。我说"迫不得已",乃因对"笔耕"这一种似乎已经很原始的写作方式,实在地情有独钟,舍不得告别呢!汲足一笔墨水儿,摆正一沓稿纸,用早已定形了的字体,工工整整地写下题目,标下页码"1",想着要从这个"1"开始,一页页标下去,一直标到"100""500",乃至"1000",那一份儿从容,那一份儿自信,那一份儿骑手跨上骏马时的感受,大概不是面对显示屏,手敲按键所能体验到的啊!

想想连这一份儿写作者的特殊的体验也终将失去了,尽管早已将买电脑的钱存着了,还是一味儿地惆怅。

健康其实是人人都在失去着的。一年年的岁数增加着,反而一年比一年活得硬朗的人,毕竟是极少数。人也是一台车床,运转便磨损。不运转着生产什么,便似废物。宁磨损着而生产什么,不似废物般的还天天进行保养,这乃是绝大多数人的活法。人到四十多岁以后,感觉到自我磨损的严重程度了,感觉到自我运转的状况大不如前了,肯定都是要心生惆怅的。

也许惆怅乃是中年人的一种特权吧?这一特权常使中年人目光忧郁。既没了青年的朝气蓬勃,也达不到老者们活得泰然自若那一种睿智的境界。于是中年人体会到了中年的尴尬,体会到了这一种无奈的尴尬的中年人,目光又怎么能不是忧郁的呢?心情又怎么能不常常陷入惆怅呢?

我和我的中年朋友们相处时,无论他们是我的作家同行抑或不是我的作家同行,每每极其敏感到他们的忧郁和他们的惆怅。也无论他们被认为是乐观的人抑或自认为是乐观的人,他们的忧郁和惆怅都是掩盖不了的。好比窗上的霜花,无论多么迷人,毕竟是结在玻璃上的。太阳一出,霜花即化,玻璃就显露出来了。而那定是一块被风沙扑打得毛糙了的玻璃。他们开怀大笑时,眸子深处隐藏着忧郁和惆怅;他们踌躇满志时,眸子深处隐藏着忧郁和惆怅;他们作小青年状时,眸子深处隐藏着忧郁和惆怅;他们装得什么都不在乎时,眸子深处尤其隐藏着忧郁和惆怅。他们的眸子是我的心境。两个中年男人开怀大笑一阵之后,或两个中年女人正亲亲热热地交谈着的时候,忽然的目光彼此凝视住,忽然都从对方眼里看到了那一种企图隐藏到自己的眸子后面而又没有办法做到的忧郁和惆怅,我觉得那一刻是生活中很感伤的情境之一种,比从对方发中一眼发现了一缕苍发是更令中年人感伤的。

全世界的中年人本质上都是忧郁和惆怅的。成功者也罢,落魄者也罢,在这一点上所感受到的人生况味,其实是大体相同的。于是中年人几乎整代整代地被吸入了一个人类思想的永恒的黑洞——人生的意义究竟何在?

中年人比青年人更勤奋地工作,更忙碌地活着,大抵因为这乃是拒绝回答甚至回避思考的唯一选择。而比青年人疏懒了,比青年人活得散漫了,又大抵是因为开始怀疑着什么了。

中年人的忧郁和惆怅,对这世界是无害的,只不过构成着人类社会一道特殊的风景线罢了。而人类社会好比是一幅大油画,本不可以没有几笔忧郁的色彩惆怅的色彩。没有,人类社会就是一个大幼儿园了。

中年人的忧郁和惆怅,衬托着少女们更加显得纯洁烂漫,衬托着少年们更加显得努力向上,衬托着青年男女们更加生动多情,衬托着老人们更加显得清心寡欲,悠然淡泊。少女们和少年们,青年们和老者们的自得其乐,归根结底是中年人们用忧郁和惆怅换来的呀!中年人为了他们,将人生况味儿的种种苦涩,都默默地吞咽了,并且尽量关严"心灵的窗户",不愿被他们窥视到。

中年人的忧郁和惆怅，归根结底也体现着社会的某种焦虑和不安。中年人替少男少女们，替青年们，替老者们，也将社会的某种焦虑和不安，最大剂量地、默默地吞咽到肚子里去了。因为中年人大抵是做了父母的人，是身为长兄、长姐的人，是仍身为长子、长女的人，这是中年人们的一种本能，也是人类的一种本能。

中年人成熟了，又成熟又疲惫。咬紧牙关扛着社会的焦虑和不安，再吃力也只不过就是眸子里隐藏着忧郁和惆怅。

他们的忧郁和惆怅，一向都是社会的一道凝重的风景线。

谁叫他们，不，谁叫我们是中年人了呢！……

也谈"四十不惑"

女人们,如果——你们的丈夫已接近四十岁,或超过了四十岁,那么——我劝你们,重新认识他们。

这是我对于你们的善意的忠告。

否则,"他"也许不再是你当初认识,所自以为永远了解的"那一个"男人了。

四十岁左右的男人,"内容"肯定发生变化。

"四十而不惑",孔子的话。后来几乎成了全体中国男人的"专利"。四十岁左右的男人,大抵都习惯自诩到了"不惑之年"。"不惑"的含义,指向颇多。功名利禄,乃一方面。"不惑"无非是看得淡泊了,想得透彻了。用庄子的话说——"人生天地之间,若白驹之过隙,忽然而已"。"不惑",当然并不等于什么追求皆没有了,而是指追求开始趋向所谓"自我完善"的境界,在品行、德性、节操、人格等方面。

不是,绝不是,从来也不是一切的男人,到了四十岁左右,都是到了"不惑之年"。人家孔子的话,那是说的人家自己,原文,或者说原话是——吾十有五而志于学,三十而立,四十而不惑,五十而知天命,六十而耳顺,七十而从心欲,不逾矩……

吾——非是吾们。

"四十而不惑",较符合孔子自己人生的阶段特点。人家孔子对自己的分析还是挺实事求是的。

"四十而不惑",对于一切"三十而立"的男人,起码"而立"之后,权力欲、功名欲不再继续膨胀的男人,和虽并未"而立",但始终恪守靠正当的方式和坚持不懈的努力争取"而立"的男人,也具有较普遍的意义。

《礼记·曲礼上》篇中是这么概括人生的——"人生十年曰幼,学。二十曰弱,冠。三十曰壮,有室。四十曰强,而仕。五十曰艾,服官政。六十曰耆,指使。七十曰老,而传。八十、九十曰耄……"

这篇古文,对人生阶段的划分(不消强调,是指的男人们的人生),与孔子的话就大相径庭了。孔子说自己"四十而不惑",后者言"四十而仕"——到了理应当官的年龄了。孔子说自己"五十而知天命",就是说对于自己的"人生价值"要有自知之明了。后者言:"五十而服官政"——到了理应掌握权柄的年龄了。孔子说自己"六十而耳顺",就是说对于别人的话,善于分析了,凡有道理的善于接受了。后者言"六十而指使"——到了该有资格命令别人的年龄了……

一曰"四十而不惑"。

一曰"四十而仕"。

两种思想,两条人生哲学。

中国的许许多多的男人们,几千年来,听的是谁的,信奉的是什么呢?历史和现实告诉我们,其实听的信奉的并非孔子的话,而是《礼记·曲礼上》篇——四十岁当官,五十岁掌权,六十岁发号施令,七十岁以上考虑怎样为自己"而传",考虑盖棺定论的问题……

如此看来,对于许多中国男人,"四十而不惑",其实是四十而始"惑"——功名利禄,样样都要获得到,仿佛才不枉当一回男人。

"不惑"是假,是口头禅,是让别人相信的。"惑"是真,是内心所想。梦寐以求的,是目标,是目的。

我不知《礼记·曲礼上》的著说者何许人。我想,倘他活到今天,倘看了我这篇短文,很可能会和我商榷,甚至展开辩论。

他也许这么反问:孔子"三十而立",四十当然"不惑"。更多的男人"三十有室",刚成家,不过刚有老婆孩子,根本谈不到"立"不"立"的,怎么能做到"四十而不惑"呢?"立"不就是今天所谓"功成名就"吗?

细思忖之,可不也有一定的道理吗?

中国男人们的人生阶段,就多数人而言,大致是这样的——十七八清华北大(指希望而言)、二十七八电大夜大、三十七八要啥没啥、四十七八等待提拔、五十七八准备回家……

十七八能进入大学"而志于学"的,不过"一小撮"。大多数没这机会,也没这幸运。谁有这机会就是幸运的。"三十而立"之后,还要啥没啥。五十七八,差二三年便该退休回家了,短暂的十几年,老百姓话,"一晃"就"晃"过去了,又怎么能达到"不惑"的境界呢?

所以,四十岁左右,差不多成了不论属什么的一切男人们的"本命年",一个"坎儿"。这个"坎儿"迈得顺了,则可能时来运转,一路地"顺"将下去,而"仕",而"服官政",而当这当那而掌握权柄,而发号施令……于是地位有了,房子有了,车子有了,男人的"人生价值"似乎也体现出来了,很对得起老婆孩子了……

绝不能说中国的男人个顶个都是官迷。但说中国的男人到了三十七八四十来岁起码都愿有房子住,工薪高一些,经济状况宽容些,大概是根据充分的。怎么着才能实现能达到呢?当官几乎又是一条捷径。

非常值得注意的,是那些"而志于学"过,那些被认为或自认为

"学而优"的,那些因此被社会所垂青,分配到或自己钻营到了权利场、名利场上的男人,他们在三十七八四十来岁"要啥没啥"的年龄,内心会发生大冲击、大动荡、大倾斜、大紊乱,甚至——大恶变。由于"要啥有啥"的现实生生动动富于诱惑富于刺激地摆在他们面前,于是他们有的人真正看透了,不屑于与那些坏思想、坏作风同流合污,而另一些人却照样学样,毫不顾惜自己的品行、德性、节操、人格,运用被正派人所不齿的手段——见风使舵,溜须拍马,曲意奉迎,谄权媚势,落井下石,墙倒众人推,拉大旗作虎皮,弃节图利等等,以求"而仕"、"而服官政"、由被指使而"指使"。

女人们,如果你们的丈夫,不幸被我言中,正是那等学坏样的男人,难道你们还不认为你们应该重新认识他们吗?

也许某些四十来岁和四十多岁的男人会十分愤慨,会觉得我这篇短文近乎诽谤和污蔑,那便随他们愤慨罢,而我绝不是没有根据的。根据是现实生活提供给我的,在我周围,曾与我有过交往的四十来岁的四十多岁的某些男人,他们的人格和心理的嬗变、裂变、蜕变、恶变,往往令我讶然,不得不重新认识他们。于是我同时想到了他们的妻子和某些女人们,常为她们感到可悲和忧虑。

女人们,重新认识你们的丈夫总之是必要的。即不但要考察他们在你们面前的家庭中的表现如何,也要考察他们在别人眼中在家庭以外究竟是怎样的,正在变成怎样的人。在他们学坏样还没到"舐糠及米"的程度时,也许还来得及扯他们一把,使他们不至于像熊舔掌似的,将自己作为男人的更为宝贵的东西都自行舔光了……

别样人生别样情

人们呵,请读此书吧!

编汇其中的家信,是从一万多封家信中认真选出的。北京市总工会建筑工委的同志们为此付出了不少时间和精力。他们对从各个省份来到北京的民工兄弟姐妹们,一向满怀爱心与敬意,特别乐于为民工兄弟姐妹们做些实事。

今年七八月间,北京市总工会的同志们要求我为某建筑工地的民工兄弟讲一堂文化课,课题是"怎样写家书"。我欣然从命。

由此我了解到,即使我们的民工兄弟姐妹们,现在也很少以书信方式与家人交流亲情了。当然,他们不可能靠电脑。手机和电话是他们与亲人传达情感的普遍方式。而这一种方式,仅仅从花费方面考虑,对于他们也是不可取的。一次十分钟的长途通话,话费起码三五元。而一枚八角钱邮票寄出的普通家信包含的内容,倾诉的情感,即使二十分钟的长途通话也难以充分表达!何况,论及情感的表达,文字之温馨与细腻每胜于语言。尤其在亲人之间,爱人之间,那些最令人怦然心动的话语,恰恰是人欲说还休的。真相常是——不是一方觉得那些话语说与不说没什么两样;也不是听到过与没听到过都没什么区别。欲说还休实因窘于言说；而期望听到的一方，一旦听到了往往会记在心里一辈子。

这便是"家书一封抵万金"的意义。

也当是民工兄弟姐妹们与亲人之间的情愫互补的必要性。

何况，家信是可以长久保留的，是可以反复来看的，甚至可以作为传给下一代的亲情遗产。而一次手机或电话通话却不能……

我当时将我对家信的这一种看法讲给民工兄弟姐妹们听了——他们都同意我的看法。

于是我向北京市总工会的同志们提议——何不在民工兄弟和姐妹们之间开展一次家信评选活动，并进而为民工兄弟和姐妹们编汇成书呢？他们说也早有此意，而且表示要年年做下去。他们的承诺获得了在场民工兄弟姐妹们的热烈掌声……于是，便有了这一本书。在京务工的民工兄弟姐妹们为北京做出的贡献，是我们北京人有目共睹的。几乎可以这么说，没有他们终日为北京默默地服务着、劳动着，北京的发展是难以想象的，甚至连北京人的日常生活也是难以想象的。

就我看来，北京人为他们所做的、所想到的事情，实在说仍是很不够的。普遍的我们北京的人，其实也不是太经常关注他们、了解他们。但我认为，他们中的绝大多数，不但是值得我们尊重的，而且也是值得我们感激的。那么，此书会帮助我们了解他们。缺乏了解，又何言尊重与感激呢？

阳光底下，人人生而平等。不同仅仅在于，命况千差万别。背井离乡人，或为父母，或为儿女，或为夫妻，或为长兄、长姐，其孤其苦，先系其家；其劳其作，益于北京。而其亲情，落字成行，一叮一咛，一忧一喜，深矣浓矣真矣，跃然纸上。

所以我进而认为，这样的一本书，其实值得我们许多是父母的北京人买了给自己的从没写过家信的儿女们看一看的。如果,前者们也希望这辈子读到过一次儿女们写给自己的信,那么,对后者们进行一次间接的亲情教育是完全必要的……

第三章

同代人的别样年华

回眸看"小丫"

"小丫"是"小丫头"的略称，带有爱意的略称。

著名演员和报告文学作家黄宗英，当年曾写过一篇很著名的报告文学《"小丫"扛大旗》。黄宗英笔下的"小丫"，便是当年中国知识青年甘当普通农民的典型人物邢燕子。

当年——对于中国，常是讳莫如深的两个字呢！又常是欲说还休的两个字呢！但对许多人，其实也还是感慨多多的两个字吧？回头看，改革开放初期是当年，拨乱反正是当年，"文革"是当年，"反右"是当年，"大跃进"是当年。如今的中年人、老年人，谁没有说不尽的当年。我们这里所言的当年，亦即邢燕子的当年，乃二十世纪五十年代末的当年——那时农业三年灾害的巨大阴影，还没开始笼罩中国及中国人。那时邢燕子高中毕业了。二十世纪五十年代末，在中国，高中生也算"准知识分子"了。在城市里找到一份比较满意的工作，对邢燕子是不难的。但她却毅然决然地回到了自己的家乡，一个并不富裕，甚至可以说还很贫穷落后的农村去，甘当起普普通通的农民来！于是邢燕子这个普通又生动的名字，以及她的事迹在全中国家喻户晓。去年不是有一部由台湾女作家琼瑶编创的清朝电视连续剧里，有一个由电影学院在校生演的角色叫"小燕子"吗？如今的许多中国人多么喜欢那"小燕子",当年的许多中国人就多么喜欢邢燕子。邢燕子家乡的姐妹们,都亲昵地叫她"燕子"。而邢燕子家乡的父老乡亲们,也亲昵地叫她"小燕子"。今亦"燕子",昔亦"燕子",折射出完全不同的时代光束。人们喜爱她们的社会心理,也是完全不同的。

邢燕子返乡务农,当然不是被迫无奈。因为她的当年之对于她,并没有什么声势浩大的运动驱使着。

她的想法是简单的——中国的农村多落后呢,多需要有知识的青年呢,那么让我用我的文化知识,帮助家乡的父老乡亲们去改变农村贫穷落后的面貌吧!……

当年许许多多的中国人,被当年的"燕子"那一种想法,那一种人生决定感动了。当年的黄宗英,也被她感动了,于是写了那一篇热情澎湃的报告文学。

有一个词叫"献身"。为着人民的利益而献身的人,人们将永远纪念他们,他们也值得人们纪念和尊敬。为着人民的利益而献身的人的牺牲,是壮烈的。因而"献身"两个字是凝重的,沉甸甸的。还有一个词叫"献生",也许事实上并没有这样一个词,它只不过是我"造"的一个词。

我将这样一些人——他们的人生并不壮烈地结束,恰恰相反,他们的人生内容本质上是平凡的,默默地为人民奉献着,默默地以自己的文化知识,或一技之长,为非常具体的一所小学、一个村子、一些学生、一些民众的集体的命运的好转而发光发热——我将这样一些人的人生,看作为人民"献生"的人生。

中国的从前和现在,一向有着许许多多这样的人。邢燕子是他们中的一个。没有豪言壮语,没有狂热,没有似乎"力拔山兮气盖世"的英雄主义——人生的决定只受一种想法的支配,与任何一时的冲动都没有关系,当然也就永不言悔。这就是当年的"燕子"的可爱之处,也是当年的"燕子"的可贵之处。当年的"燕子"不同于后来的知青们,也体现在此点上。当年的"燕子"不如今天电视剧里的"燕子"那么俏靓可爱;而电视剧里的"燕子",显然也没有她那种可贵。没什么可贵,再美,也美得轻。所以,一个叫"小燕子";一个叫邢燕子。所以,一个是昙花一现的"燕子",而另一个,当世纪末的大幕徐徐垂下之时,仍记住她名字的人们细细想来,仍会觉得——她是配被人们记住几十年的……

真的,我觉得,邢燕子是配我这一代人记住的许许多多的名字之一……

酷老头范圣琦

第一次见到范圣琦时,我在家里,他在电视里。

他在电视里吹萨克斯;我在听,在看。

屏幕上只有他一个,背景是海蓝色幕幔。而他,戴一顶黑色贝雷帽,帽檐斜佩一枚银色的锚形徽。白绸衣裤。上衣的领口、袖口、对襟和下摆,刺绣着图案简约又美观的红色宽边。漂亮。至于他的脸,那是一张典型的国字脸,五官分明,线条硬朗,委实够得上是一张相貌堂堂的脸。屈指算来,十年已经过去,当年他也该有六十余岁了。但若不是他的下巴蓄着一簇挺古典的、托洛茨基式的胡子,我竟不能立刻看出他已是一个老头儿。

倘若他穿着那么一身出现在街上;即使不是出现在街上,而是出现在公园里,出现于晨练的时光;看见的人们,十之七八大约是会议论他"老来俏"的 —— 哪怕他正打着地道的太极拳或别的什么宗什么派的拳路,也还是难免的会受到讥嘲吧?

但他可是在电视里呢。所以他那一套怎么看都不太像是演出服的衣裤,也就只有顺理成章地被当成演出服来看待了。而若被当成演出服来看待,任你是一个喜欢评头论足的人,你也不得不承认 —— 儒雅。

儒雅归儒雅,那股子俏劲儿,却是儒不尽也雅不掉的。

显然，那正是他一心想要留给人的印象。

归根结底，无论谁的眼都能看得出一个老头儿人老心不老，胸怀里涨满着不泯的青春潮。

萨克斯曲，我是听过几次的，演奏者皆洋人。有两次是在国外的演出现场听到的；其余几次，只不过听的是碟。故我一向以为，洋乐器还是要由洋人来吹奏才够味儿。并认为，萨克斯是比小提琴、大提琴、钢琴和竖琴更洋的洋乐器。因为它看去未免太"机械化"了。

没想到一个中国人居然也能将萨克斯吹奏得那么好！而且是一个中国老头儿！

我两次在国外的演出现场所见的演奏者，一位是四十几岁的黑人；一位是三十几岁的白人。前者吹奏时，手中萨克斯根本无需吊带悬在颈上。后者用了，但吊带很窄，二指宽的黑色的皮质吊带而已。

电视里那中国老头的萨克斯的吊带，却有四指宽，还是一条锦而不艳的彩带。像他的服装，雅得可以，俏得也可以。

六十几岁的人了，身板笔直。

他幅度有致地左右摇摆着身体，将一首萨克斯曲吹奏得行云流水，回肠荡气。

我一时看得发呆，听得发呆。虽外行之耳，却也敢料定那是专业的水平。而且是，很高的水平。

再者说了，水平不高，恐怕也没机会出现在电视里呀！——人家可一连吹奏了三首曲子啊！电视台正宗的音乐频道的时段，一般舍不得全让一个老头独揽了的。

等他从电视里消失了，我这厢仍听得意犹未尽，不禁脱口赞道："好一个帅老头儿！"

仅那一次，他的形象，便深深地印在我的记忆之中了。

一年后某日，或许还是两年后某日，我到我们民盟北京市委去开会——发言稿居然忘在家里了；我低着头回忆写在发言稿上的内容，猛抬头时，见对面的一个人冲我微笑。

他是一位老同志，灰白的顶发已然稀疏。但鬓发、边发还挺密，也挺长，一并向后梳拢过去，扎成一束，像女孩子们的马尾辫那样。自然，短是要短许多的。一双眼睛，目光闪闪，大而且眼神晶亮，看去精神矍铄，气色良好。那是夏季的事。他穿着一件短袖的半新不旧的浅色格子衫。事实上他坐在我对面的两排人之间并不显得多么特别，一般人也能看出他的职业大约与某类艺术有关。对于男人，不论年老抑或年轻，长发后束具有先锋艺术家的招牌意味。而坐在他左右两旁的又差不多都是搞艺术的，先锋的意味并不足以格外吸引我的眼球。

我盯住他目不转睛地研究他的脸，乃因他脸上有着一种别样的表情。他显然是一个很不习惯于开会的人，却又偏要做出一个经常出席各种会议的人的样子。他还似乎想要证明自己是一个老顽童，打算调皮捣蛋一下，以放松自己的神经，也娱乐别人一下；但又明知那不可取，于是和自己较劲儿地表现规矩。几乎每一所托儿所里都有几个那样的孩子——当有参观者们光临，只许他们小大人似的一个个端坐在小凳子上不许他们玩，或不许他们以自己喜欢的方式玩时，他们的状态往往是颇令人同情的。然而连这一点也不是我研究他的真正原因。我自己在某些会议场合的状态也同样是颇令人同情的。既不但在开着会而又喜欢开会的功夫，那是一种挺高级的功夫。

我目不转睛地盯着他乃是因为我觉得我自己太熟悉他那一张老脸了，可一时又怎么也想不起来究竟在哪儿见过他。想不起来还偏不能停止地想。如同一个人一边行走一边数着一座摩天大楼的层数，一次次重数也数不清，于是干脆站住了数起来。

他发现我在盯着他看，一次次向我点头微笑。似乎终于忍无可忍，站起身来，大模大样地绕场半周，坐到我背后一排的一个空位置那儿去了……

终于挨到了自由发言的时候。没想到他还不甘寂寞,先声夺人地大发了一通言。我已记不得他究竟说了些什么话了,只记得众人一阵阵的笑。我们都知道的,某些很不习惯于开会的人一旦终于逮着了自由发言的机会,其率性道出的话语是我们爱听的。何况我们民盟北京市委一向鼓励和包容个性化的发言。

这老头儿发过言之后,我继着他的话题发了一通言,蓄意使气氛更活泼些。那一次会在笑声中休息了十分钟。不待我起身,一只手拍在我肩上。转身一看,是那老头儿。他问:"你相亲啊?"我反问:"我们在哪儿见过吗?"他说:"肯定没见过?"我说:"肯定没见过。"旁边有人说:"范圣琦。'老树皮'乐队吹萨克斯的!"我不由得一拍双手:"我在电视里见过你吹萨克斯!一流水平,大家风度!"他哈哈一笑,自谦道:"我是个老顽童,爱上镜!"他的笑声很爽朗。我说:"能笑得这么响亮的中国老头不多呀!"他又哈哈大笑道:"承蒙夸奖!承蒙夸奖!"

旁边又有人说:"整天吹萨克斯嘛,底气充沛。"他郑重了,连说:"对,对。我这一辈子,全仗着那么一口气了。"我又说:"十三亿多中国人中,能把萨克斯吹得像你那么好的老头,估计没几个。"他却孩子般的腼腆了,又连说:"我那是吹着玩儿,吹着玩儿。"我说:"陪我到院子里吸支烟。"他就陪我到院子里去了。

在树荫底下,我又问:"叫你老头不在意吧?"他说:"那在什么意啊,本来就是老头儿了嘛!"我犹豫一下,忍不住再问:"六十几?"他说:"虚岁六十八。年轻。"

我不禁大发感慨:"老范,老范,你在电视里,那可是一个帅老头哇!最好平时也要保持那么一股帅劲儿!"

他嘴凑我耳,小声说:"那当然!今天不是来开会嘛!平时我老范,出门就要求自己有回头率,少了心里还不舒服!"我笑了,说:"支持。"他问:"老弟似乎挺喜欢我这老头儿?"我说:"是啊。想不到你老哥居然也是我们盟里的人。今天能见到你,我太高兴了。"他又问:"真话?"我说:"绝对。"

他大睁双眼把我看了几秒钟,更加郑重地问:"那你说我是帅老头儿?"

我奇怪,反问:"说你是帅老头儿不正是赞美你的话吗?"

"可别人都说我是酷老头儿!"分明的,他有异议。我说:"酷,那得形容小青年的。六十八了,就别酷了。帅就行了。"

"六十八怎么了?六十八就不该活得精神抖擞了吗?我要还是小青年,那就非酷个够不可!酷多上档次!帅,太腻歪人了。你是作家,你应该比我更明白帅和酷那是有很大区别的……"

"可酷,还多少有点儿另类的意味儿……"

"我很另类啊!老头儿就不许另类了?"

他跟我较真。

"依你,依你。"

我只得退让。

两年以后的某天,民盟中央办公室的同志打来电话,说澳门将举办纪念林则徐诞辰多少周年的活动,盟里的几位艺术家以民间人士的身份组团前往助兴,问我愿否参加。我考虑到要乘三个多小时的飞机,考虑到自己的颈椎病,有些犹豫。

"大家都希望你能一道去。特别是老范,他说都两年多没见到你了……"

"哪位老范?"

"范圣琦呀!"

"'老树皮'乐队的酷老头?"

"对啊。"

我不再犹豫，当机立断："去！"

可不，自从两年前相识，我和他再就没见过。两年间只通过一次电话，是我想请他到我们北京语言大学去进行一场他一个人的专场演出，他当时爽快地表态："没问题！"我说："钱很少。"他说："不要钱。"我说："也别不要。一点儿不要，我过意不去。"

他说："你是谁？我是谁？咱俩不是还有一层盟里的同志关系吗？何况是为了活跃大学里的文艺气氛，这是咱们民盟一向的社会义务之一啊，谈钱干什么呢？"我说："好，不谈钱了。那么你给我个底儿，你能吹奏多长时间？"他反问："你希望多长时间？"我说："一个小时短了点儿，一个半小时你顶得下来吗？"他说："没问题！"——稍停，补充道，"太没问题了！我自己有时吹着玩儿，还吹过一个多小时呢！"

那事，纯粹由于我这一方面的拖延，竟没操办成。然他当时的爽快，他的话，又给我留下很深的印象……

赴澳之日，在北京机场，我俩一见面，他打量我直摇头。我问："看我哪点不顺眼？"他以批评的口吻说："你穿得太不像样子了！"我追问："得像什么样子？"他说："咱们这是一个艺术家代表团哎！你怎么也应该穿出点儿派来嘛！"

那一天，他穿得很有派，头上又戴着那一顶招牌式的贝雷帽了。帽檐上照例佩着锚形徽，上身穿着一件褐色皮质夹克，再加上他那俄式的胡子，像一位着便服的老船长——酷！

我看着他刚欲评论，他抢先道："想好了再说！"

我说："你很酷。"

他高兴地笑了。

我接着说："等我到了你现在的年龄，也向你学习。"

他又批评道:"错!大错特错!衣着能体现出一个人的生活热情。没有经济条件不必刻意追求。可你有经济条件!我们的作家你要与时俱进!干嘛非等到了我这种年龄?我这只不过是随心所欲罢了……"不待他说完,我已从他头上摘下了他的贝雷帽,戴在自己头上。他笑道:"这种帽子太不适合你了,到了澳门我帮你选一顶帽子!"我孤陋闻寡,直至那一天,还相信他只不过是一个业余的萨克斯吹奏者。在澳门,有时间从容地交谈了,才了解到酷老头范圣琦和萨克斯的关系,实在是一言难尽的。

范圣琦祖籍山东黄县的某一个小村庄,乃范仲淹三子一系的第二十九代孙。他的爷爷是晚清秀才,废除科举以后,成为村里的私塾先生。他的大爷十四五岁就随人闯关东,在黑龙江富锦县首屈一指的皮货商栈里站柜台,凭着机灵好学,二十来岁便由小伙计出息成了一个经营管理型的人才,被东家派往到沈阳一个更大的皮货商栈独当一面,薪水颇丰。他的父亲,投奔他的大爷先到了沈阳,也当小店员。后来他的母亲带着他们四兄弟追随他的父亲到了东北,落脚哈尔滨,住在一位富有的亲姨姥姥家里。当年姨姥爷已经病故,给一个目不识丁的小脚老太太也就是他的姨姥姥,留下了在哈尔滨、在青岛、在上海的多处实业,洋蜡、洋皂、洋袜、洋服是它们供不应求的产品。那一年范圣琦六岁,地位上有点儿像大观园里的林黛玉。然而那么一种童年,却是亲情氤氲,其乐融融,无忧无虑,衣食富足的。这为他后来一生不泯的快乐性格奠定了成长基础。但是随着抗日战争的发生,姨姥姥那多家实业纷纷倒闭,童年的好时光也就开始现出危机来。在那一时期的某一天,姨姥姥带着他和他的二哥逛一家日本商店,一个十四岁、一个十一岁的两个少年,被一排乐器柜台里的各种各样的洋乐器吸引住了目光;姨姥姥左催右催,兄弟俩竟不愿离开了。而那年头,姨姥姥家已只靠变卖家当维持生活了,遂叹曰:"等你们长大了给你们买。"

那本是一句大人敷衍小孩子的话。

然而冥冥之中,似乎有着一个主宰,偏要成全两少年的音乐幻想似的。

不久日本投降了。

又某日,范圣琦的二哥带着姨姥姥的一件貂皮大衣到当铺里去当,揣着为数并不太多的一笔钱回家时,在马路边上看到了有人在大声招徕着叫卖乐器……

往事如烟。

在澳门,由六十八岁而七十一岁的酷老头儿范圣琦讲到此处,仍不免的神情激动。

他说:"那可都是精良的乐器啊!是不是我和我二哥在日本人开的大商店里看见的那些我不敢说,但却件件都是新的!便宜呀,等于白给似的!……"

二哥怎么能经得起那一种诱惑呢?手里拿着这个,眼睛还盯着那个。

结果他二哥不假思索地就花掉了当姨姥姥的皮衣所得的一半的钱,竟买下了三支提琴两管萨克斯——也带不走啊,只得雇上一辆人力车拉着自己也拉上乐器……

姨姥姥竟没责备他的二哥,那一件便宜的事情简直使对音乐一无所知的老太太没有了责备的理由。

范家四兄弟,也同样对音乐尚一无所知。

大哥已是一名专科学校里学科技的学生,没精力再染指乐器了。四弟还小,兴趣也不在乐器方面。于是,三把小提琴和两管萨克斯,成了二哥范圣莹和范圣琦终日爱不释手的东西。结果就"玩"出了以后中国交响乐团的首席小提琴家和中国铁路文工团半个世纪内无人可以取代的萨克斯演奏家。

范圣琦十一岁开始自学。说是自学，其实亦经名师指点。他的启蒙老师，乃是真正的音乐大师，当年流亡到哈尔滨的前俄国国家乐队的音乐家，俄国音乐史上赫赫有名的人物。故范圣琦有幸受过正宗的古典音乐演奏之法的熏陶。

他十四五岁以全国第一的名次考取了中央音乐学院管弦乐系；十八九岁毕业后分配到铁路文工团；后来又被团里派回哈尔滨市拜认俄籍名师学过一个阶段双簧管；再回到团里，时逢一九五七年被打成右派，那一年二十四岁……

我问："你怎么也会被打成右派？"

他哈哈大笑，反问："这有什么奇怪的？我被打成右派才一点儿也不奇怪呢！"

追诘缘由。

答曰："还不是因为给领导提意见嘛！鼓励我提，我就提呗。一提，自然就成右派啰！"

又问："心理上受过很大的伤害吧？"

他说："那倒没有。只不过是不服！把我打成右派？我看你才是右派呢！已经被宣布为右派了，还敢和领导吵。我常去中南海演出啊，周总理都熟悉我了。如果再见不到我，他老人家会问：'小范哪儿去了？怎么没来啊？'有一次我没去，周总理就这么问过，真的！"

"那领导就拿你这个右派没辙了？"

"那倒也不是。把我工资降了两级呀。由八十四降到六十二了。才过两年，又给我恢复到八十四了。我这个人，只要不禁止我吹萨克斯，什么工资啦、级别啦、右派不右派的啦，不在乎。一拿起萨克斯，那就是满心怀的快乐。右派经历，在我这儿没留下什么大感觉。"

我说："那你可真是一个幸运的右派。"

他一愣，沉思片刻，同意地说："是啊，比起来，我范圣琦这个当年的右派，太幸运了。"……

酷老头爱听"段子"，自己也爱讲"段子"。什么"段子"都爱听，都爱讲。"色情"的讲来无所忌讳，"情色"的讲来更不在话下。而且，尤其喜欢讲给我听。讲罢，还往往赞叹不已："多生动啊，多鲜活啊。比你们作家笔下的语言如何？"

我自是每次听了都自愧弗如，甘拜下风的。我不上网，也没手机，自己的头脑里一个"段子"的储存也没有过。团里的一位老大姐，每半开玩笑半认真地制止他："老范，不许污染咱们晓声！"他反驳道："我这是熏陶！你问他，愿不愿意我这么熏陶他？"我说："愿意。"于是同行诸人皆笑。

他嘴凑我耳，又悄悄地说："记住，人不可以活得太素了。毫无半点儿荤味儿，那么一个人也就活得太没劲了。"我装傻，求教："怎么就太没劲了？"他一本正经，诲人不倦地说："人生终究是应该通趣的，那就活得太不通趣了呀！"我大声说："范老，拯救我。我要通趣，我要通趣！"那一位大姐便双手一拍，叹道："唉，眼睁睁被拖下水一个，这可如何是好！"诸人又都开心地笑。

由于有他这一个成员，我们的澳门之行笑声不断。我则学作"捧哏"的，技非专业，尽力而为。车上车下，行迹匆匆，东离西往，观光亦累。倘哑团状态，闷煞人也。本非文谈雅论之刻，笑话且有适当分寸，娱人悦己，我能接受。

然拜会一刻，座谈时候，酷老头又是一番样子——落落大方，彬彬有礼；性格内束，神情庄重，特绅士。我悄悄问："怎么判若两人了？"他便扯过我手，用手指在我手心写了一个字是——"节"。回到住地，问他那一个"节"字的深奥，答曰："我这一生，所谓的经验，便是'节'字而已。也可以说是我做人的原则——爱国，爱民族，爱民盟,此大节。大节方面,力求行得端,做得正。其他方面,是我自由,皆小节。而小节,仅老伴有权限制我,属特权。那特权,别人我是绝对不给予的。我以大节的一贯,保障我行我素的自由。"

我沉思良久,说:"所见略同。"

及纪念典礼仪式揭幕后,酷老汉代表我等上台献艺。

临行,刮胡子,扰头发,正领带,擦皮鞋,旋转镜前,左照右照。

我说:"可以了呀。"

他说:"我一人上台,代表的是你们大家,马虎不得。"

一曲终了,掌声骤起。

于是又吹奏一曲。

那时刻,酷老汉在台上神采奕奕,出尽风头。

台下人士,交头接耳。

我听到一句话是——"真是味儿!"

也不知赞的是曲,还是他这个老头儿。一想到这世上古今中外七十余岁的一个人了,居然还能经常魅力四射地活跃在大小舞台上,不禁的心生几许醋意。又想到老头儿曾对我轻描淡写地说过:"今年开门红,前三个多月已挣了一辆奥迪。"

那醋意,越发的不可收拾,遂成嫉妒。

……

如今,我与酷老头又两年没见了。

他已七十有三矣。

前不久又在电视里见着了他——左右伴着两个美女,在做一道什么拿手菜。有美女从旁替他解说,而且两个!他一脸的得意扬扬,分明是——把他美的!

我又得知,我们民盟的几位大学校长、副校长,去年与台湾方面的大学校长们共聚某名山,纵论教育心得。酷老头与盟里的几位音乐方面、戏曲方面的艺术家，又结伴登山助兴，亦大受彼们欢迎。以至于活动结束时，有位台湾方面的大学校长夫人，带头唱起了《团结就是力量》……

噫兮！

一管乐器，竟使一个人的人生从少年至老年，那么充实，那么快乐，那么具有活力，这真是一件令别人称羡不已的事情啊！艺术不仅带给许多艺术家以美好的满足，却也带给许多艺术家不幸与厄运。伟大如莫扎特者，尚且一生荣辱交织，伤痕累累。它带给范圣琦的，几乎尽是快乐！缪斯女神，未免太偏爱他了！他靠了他的萨克斯，活得自信无比，嘲笑做人之曲谨，张扬真性之疏狂。智利机巧，不屑一为，浮名纷争，视若烟云。一辈子只管从无厌时地吹他那一管萨克斯；直吹得黑发变白发，少年变老人，竟还在吹着！吹时那一种如醉如痴，似拥红颜新妇！直吹得越老越酷，越老越精神！

如此艺术人生，美哉！美哉！

世人，谁能不看着高兴呢？

中国农民宝贵的儿子

杨豪是中国农民的儿子。

我认为,他还应被视为中国农民们的宝贵的儿子。

这是我读他的新作《中国农村鉴证》之后所产生的第一种想法。

而这一部《中国农村鉴证》,已是他所著的第四部关于中国"三农"问题的书了。他的《农民的呼唤》《中国农村教育现状忧思录》《中国农民大迁徙——都市农民工生存状态实录》,都已像《中国农民调查报告》一样,产生很大的社会反响,有过很肯定的评价了,此不赘述。

中国与西方发达国家的最大不同之点乃是这样一个事实——我们国家的十三亿人口中,有近八亿是农民,占全国人口总数的百分之六十以上。而彼国们,农村人口大抵仅占百分之几,甚或零点几。在有些国家,面对一个农民是令城里人特别讶然的事。并且一般而言,他们的农民并不意味着便是穷而无助的人。故对于彼国们,政府管理好了城市,服务好了城市人口,便几乎等于管理好了整个国家,服务好了全国人民。

对于我们中国,显然不是这样,也不应该是这样。八亿多中国农民中,仍有数以千万计的人口处于贫困状态。其贫困程度,往往令心肠不那么硬的人见之泪流，闻之叹息。而另外的大多数中国农民，其实也不过才达到温饱的生活水平而已。其温饱，还是国家实行了一系列惠民政策以后的近年才达到的。并且，在达到了温饱生活水平以后，又出现了种种新的困扰，远忧历历在目。中国农民基本上是"沉默的大多数"，他们的利益诉求主要还依赖于关注"三农"问题的有良知的各界社会人士们的代言。

杨豪便是广大中国农民们的真诚的、坚持着的、受到打击甚至威胁也无怨无悔的一个代言人。

我觉得，他对于他自觉肩负起来的这一种社会责任感，履行得是比某些人大代表、某些政协委员还要执着，还要不遗余力的。

所以我视他为中国农民们的一个宝贵的儿子。

像他这样一个中国农民们的宝贵的儿子，我们的时代，我们的社会，全中国是要好好地加以爱护的。我们应该使他能在我们的爱护之下，继续及时用他的笔反映我们中国农民和农村的种种真实的现状，并在他那种种心情沉重又沉痛的忧思的影响之下，感召之下，也共同来思考怎样使八亿多农村同胞生活得更好些，日子过得更容易些。否则，我们这个时代岂不是太麻木了？我们的社会之眼岂不是等于瞎了？我们整个国家岂不是太冷了？

我进一步认为，爱护杨豪，不，爱护杨豪们，也便等于是间接地爱农民们了。中国农民是世界上最值得爱的农民。没有他们，哪里有中国之今天呢？他们一向默默奉献，却又一向受益最少。从这么一种逻辑上讲，爱护杨豪们，意味着是有点儿感恩心的人，也简直可以说就是爱国了！

有不爱中国农民们的中国爱国者吗？

指出一个给我看！

而某些因了杨豪的书竟视他为眼中钉的人，我认为他们的良心是大大地坏了。

杨豪以及杨豪们所写的书，我是写不出来的。我对农民和农村的了解与洞察，比之于杨豪和杨豪们，视野是非常有限的，感受是非常肤浅的。他们将我每想写而终究也写不出来的书写出来了，我对他们的敬意大焉。

《中国农村鉴证》这一部书，才看完目录便已使我肃然。共十二篇，细分为八十个方面的问题。没有一种大真诚，没有一种大情怀，心里是装不下如许多关于农民和农村的忧思的。

杨豪此书，写得十分感性，也写得十分理性。显然，他要求自己在写时理性多一些，但给我的总体印象，还是感性多一些。又显然，杨豪本是特别性情的人，故我认为，不必非要求他的书像专家学者们的书一样无懈可击。事实上，专家学者们的书也从来不是无懈可击的。比如他在书中举到的三五事例，究竟是否具有普遍性，可能是会引起质疑的。但，以我也同样关注农民命运和农村发展现状的视野看来，他书中所列八十个问题中的绝大多数问题，都确确实实是令人忧思，值得指出来的。

对于中国这样一个人口众多的发展中国家，对于中国这样一个有八亿多农民的国家，许多问题仍是积重难返的沉甸甸的问题。"三农"问题尤其如此，即使集中世界上最有责任感，最有情怀也最有办法的一些人来解决中国的"三农"问题，恐怕也还是需要漫长的时间吧？

但，首先必得有杨豪这样的人将问题一一指出来。除了以下一点，我对此书的内容并无异议。便是，杨豪他在感慨于农民们晚年的生活状况极令人同情时，对比城里人写道——"不像城里人退休后都有丰厚的退休金……"

我建议这句话改一改——城里也有令人深为同情的挣扎在贫困线上的人家；城里人退休后并非都有"丰厚"的退休金，比如许许多多的工人。在有些城市，工人的退休金是很低的。

　　我们这个国家，既不但欠农民的"国债"，其实也欠许许多多工人的"国债"——只能慢慢地兑现承诺，补偿奉献。

　　这实在是挺无奈的。

　　正是在以上方面，我觉得杨豪写时还是感性多了一些。

　　然而，实在是可以谅解的……

我看"知青"

今轮虎年,是"上山下乡"运动三十周年。

"知青"话题,又被报刊界、出版界重新捡起,颇有纪念一下的意思。

所谓"上山下乡"运动,依我如今想来,其实不过是当年三千万学生的失学"下岗"。这三千万之巨数,接近着如今工人"下岗"的庞大队伍。而"下岗"工人中,又十之六七乃当年的"知青"。对于这些当年的"知青",命运感慨肯定多多。或者,竟毫无回忆的心情,只不过默默地随时代的巨变沉浮,竭力撑持着自己们剩余的人生。

当年的"知青",如今年龄最小者,也该在四十五岁以上了;年龄最大者,亦即"老高三",当是五十余岁的人了。再过七八年,所幸未"下岗"的,也将退休了。正是——"人生寄一世,奄忽若飙尘。"

命达命舛,悟透了,本都没什么可纪念的。

当年的"知青"们,如今构成着中国城市人口中的主要中年群体。他们和她们,在思想方法、价值判断、生活态度,以及家庭观念、物质消费、流行时尚、人际组合的好恶顺逆方面,仍导势渐微地影响着中国当代城市人口中的中年群体。虽然在数量上并不完全垄断中年群体,在质量上却无疑显示着主要成分。

所以，可以这么认为，中国当代城市中年人们"代"的特征，在诸方面具有"知青"们或曰"老三届"的总体特征。

二十年以前，亦即知青返城初期，这种总体特征极为显明。基本上可以用怨、悲、豪、义四个字来概括。

疲惫地站在城市的人生起跑线上，青春不再，恍如一梦，十之八九几乎一无所有，几乎一切的生存内容从零开始，甘而不怨的太少太少。

"上山下乡"这一场几乎波及、冲击到一切城市家庭的运动，并且，一令既下，地动山摇。一手既挥，无敢抗者。对于绝大多数城市百姓人家的子女，根本没有第二选择。所谓响应号召没商量。对于被打倒的"走资派"的子女，被贬为"臭老九"的知识分子的子女，政治成分被划入阶级另册的人家的子女，尤其不是"上山"不"上山"，下乡不下乡的问题，而是只配上到哪里下到哪里，没资格去哪里的问题。比如"黑龙江生产建设兵团"的第一二批"知青"，需通过所谓"政审"一关。有"政审"不合格的知青，写了血书以表决心才被批准。更有的硬是追随强去，驱而不离，赶而不返。如此一来，倒使"黑龙江生产建设兵团"当年显得很神秘。于是后来报名者较踊跃，仿佛非是下乡，是变相的参军；非是务农，是变相的当兵。以今天的眼光看来，似乎不无"炒作"意味儿。但在当年，哪一个中国人的头脑中其实都没有"炒作"的意识，只不过本能地遵循"政治第一"的一贯原则，一本正经地煞有介事罢了。

"上山下乡"运动的理想色彩彻底剥落后，"知青"们头脑中残存的使命感化为乌有。于是觉得自己既不但是被"撵"下去的，哄下去的，而且简直是被"诓"下去的，难免地悲从中来。怅回首，昨今追求两茫茫。泣忆无数个"客愁西向尽，乡梦北归难"的流放日，"心不怡之长久兮，忧与愁其相接"。那悲中，自然还有着不知究竟该向谁倾诉的灰。何况,当初的理想色彩和使命感,在近十年的艰苦岁月中,在仿佛被抛弃了的日复一日的企盼中,本已从他们的心理上精神上瓦解得差不多了。如同鱼市收摊前的活鱼,拨一下虽还能在浅水中游动,扔到案上虽还能剧烈扑腾,但已是鳞败鳍残了……

但是,他们当年毕竟都拥有着一种至关重要的资本,那就是年龄。二十六七三十来岁三十多岁的年龄,无论打算对人生做何进取,为时都不太晚。年龄是返城"知青"当年唯一的资本。令全社会不同程度所同情的整代"遭遇",具有苦难色彩的同时,也便具有了沧桑色彩、具有了坚忍色彩的经历,与上一代人相比磨而未圆似乎仍显得咄咄逼人的棱角,与下一代人并论不卑不亢似乎人生经验极为丰富的成熟,又使"知青"这唯一的资本成为"知青"唯一的傲。此傲不无受过严峻洗礼之意味。在返城初期,"知青"唯靠此傲支撑奋斗精神,保持住心理平衡。

此傲是"知青"的精神味素。

义——这是"知青"返城之初普遍都愿恪守的做人原则。无论兵团"知青",还是插队"知青",返城之前他们都必因同命运而相怜,而相助,而相呵护。因为,对于当地人,"知青"是外来者,是接受"再教育"的对象。倘当地人欢迎并关怀他们,则他们无物以报,唯有奉还感情、奉还以义。倘当地人排斥他们甚而歧视他们、孤立他们、打击他们,则他们相互之间并无任何财富的团结基础,亦只能靠了感情、靠了义而更紧密地凝聚在一起。

义是"知青"近乎发配的命运对他们的启示。他们在很短的时期内便领悟到了这一点。但事实上,当地人排斥歧视甚至孤立打击他们的事件虽有发生,却肯定是极其个别的现象。就普遍情况而言,无论是兵团的老战士,农场的老职工,还是乡村的农民,当年对"知青"们既不但是欢迎的,也是尽可能予以照顾和关怀的。个别事件不但存在，还很恶劣。我们于此强调的是普遍情况。故时至今日，许多知青念念不忘常系心头，谈起来动声动色的仍是与当地人那一份情。彼此的情中也确有桩桩件件感人之事。而当年欢迎过后来又依依相送过"知青"的农民、牧民、山民，忆起从城里来的"学生娃"们，往往也是此情绵绵。他们会牢记着"知青"教师教过他们的子女，"知青"赤脚医生为他们治过病，或为他们的女人接生。即使对于当年表现很差甚至极差的"知青"，他们谈起来时的态度，也如同是在回忆不懂事的孩子的淘气行为或恶作剧，仁义宽厚溢于言表。无论对于当地人还是对于"知青"，往昔的岁月里，都有着"清晨闻叩门，倒裳往自开。问子为谁欤？田父有好怀"的情义；有着"寒夜客来茶当酒，竹炉汤沸火初红"的温馨；有着"夜雨剪春韭，新炊间黄粱。主称会面难，一举累十觞"的真挚；有着"但令一顾重，不吝百身轻"的古道热肠。我接触过形形色色的当年的南北"知青"。我有充分的根据说，"知青"们最无怨言也最感欣慰的是，当年毕竟和一部分别种样的人民休戚与共过。他们是"知青"们在城市里所接触不到的，完全陌生的。而且，是生活穷苦的，随遇而安的，非常本色的一部分人民。在"知青"们心目中，在今天，对他们身上美好的方面和惰性的方面了解得一样清楚。

用一位"知青"的话说——"唯一不后悔的是，曾和那样的一部分人民在一起过。"

返城初期，"知青"们有一种不习惯。深析之，是一种怕。怕那只无形的，划分城市人命运格局的大手将他们抚散。那只大手是导演城市通俗故事的上帝，它重新定位城市人的命运；它几乎毫无规律地，随心所欲地，完全按照自己好恶抛撒机遇；它嫌贫爱富极端势利眼；它只关照离它最近的人，对离它远的人的存在几乎不屑一顾。迅速被抚散的"知青"经常寻找机会靠拢。只要靠拢在一起便不免地彼此谆谆告诫,一定要"相呴以湿,相濡以沫"。仿佛只有这样,才能重新在城市生存下去。仿佛一旦不再是群体,对每一个人都是不安全的。他们希望互相拉扯,希望仍如当年那样互相呵护。因为他们几乎都一无所有啊!然而城市对于他们却另有一番教导。那教导现实得近乎冷漠,全部内容差不多便是"相忘于江湖"。

城市喜欢在个人身上实验奇迹。

城市从不情有独钟地青睐一无所有的没落群体。

于是,十年后,亦即八七年八八年左右,"知青"们的群体本能意识被城市格局这柄篦子一遍遍地篦散了。城市也完成了对返城"知青"们的十年普及性"初级教育"。

怨的情绪在"知青"们胸中自行地淡化了。都明白,怨是最没意义的。掌上厚茧仍在,胸中块垒犹存,只是返城初期幻想青春补偿,总欲引起社会特别关注和特别对待甚至优待的希望,完全而又明智地泯灭了……

悲还多多少少地,时不时地从情绪中流露出来。但已由总体的悲转变为个人的悲了。有人从疲惫中缓过来了,有人仍没缓过来,仍疲惫着,甚至更疲惫了。有人仍沉湎在当年的悲哀往事或个人的悲惨遭遇中不能自拔。那些往事当然确实很悲哀,遭遇也当然确实很悲惨,但虽属知青情结和话语,但似乎已不再能代表总体,而仅仅意味着是个人的了。十年的时间足以消弭许多事物,足以令人忘却许多最初刻骨铭心的记忆。有那种记忆然而境况好了命运之帆重新张扬起来的,渐渐地不悲了。有那种记忆然而境况仍糟着,人生仍寻找不到港湾的,顾不上悲了。终于明白,归根到底,城市不敬重眼泪。他们或她们,尤其她们,开始学会将自己那一种悲严密地封存在内心里,只在特殊的情况下,特殊的人们面前才偶一流露偶一宣泄。返城后的境况不同,使"知青"话语开始多样。有时在同一场合,在昔日朝夕相处的人中,某人欢笑着，某人却在暗暗伤感着。甚至会发生言语冲突、话不投机半句多的现象……

义仿佛变成了空头支票。即使变成了空头支票，相赠予时态度也极为含糊，极为犹豫了。因为，在城市里，在实际的迫待解决的问题方面而非感情慰藉方面，互相帮助显得异常的分量沉重了，沉重得使人轻易不敢承诺了。在都是"知青"的岁月里，我受委屈了、受欺辱了，你挺身而出替我伸张正义、替我抱打不平；你病了，我守侍床前体贴如亲兄弟、亲姐妹是一回事——而且只要想做到，完全可以做到，几乎人人都能做到。但在城市里，替谁解决工作替谁调动更满意的工作，或帮谁的子女报入重点小学、升入重点中学，则非有权力不可。有权力往往也需费些周折甚至费尽周折。无权的、权小的心有余而力不足。有权的考虑到那许多周折态度含糊暧昧犹豫也在情理之中。而此时此刻，哪怕一方一再地表示并未"相忘于江湖"，另一方肯定也似乎品咂出了一丝分明"相忘于江湖"的苦涩。

在这十年中，认识的或不认识的，哈尔滨的或北京的、上海的，亲登家门或写信向我求助的"知青"为数不少。困扰他们或她们的，无一不是人生的大问题，诸如"正式工作"之"安排"问题、夫妻两地分居问题、子女的户口问题、就学问题……而我当时的表现，每每先安慰，后摇头发愁。既同情对方，也同情自己陷入的尴尬之境。登门者、写信者，自然相信会帮助他们的人非我莫属。而且相信，只要我肯帮助，他们的困扰就一定能得到妥善解决。仿佛中国有一个"知青"问题管理部，我是该部部长。如果对方还拎着点儿"意思"，则我尴尬尤甚。我也往往不禁地要说些感情色彩较浓的话语，以图表现并未"相忘于江湖"。但是最终，我所能做的，仅能做的，也无非就是答应替他们给当地的领导写封信，或当即就给我认识过、耳闻过的"知青"出身的官员写封信。他们有的较为满意，有的很不满意,觉得我不过在变相应付搪塞,从此认定我最是一个彻底"相忘于江湖"的无情无义的家伙。而我却常因自己的转嫁"义务"惴惴不安。十年中我开出了不少空头转账支票,每次都难预测那些收到的人对我究竟作何想法。居然侥幸起作用的时候也不是没有,但极少极少。既是相求者的侥幸,也是我自己的侥幸。

十年中,当年的"知青"在北京有过几次规模较大的集聚活动,影响辐射至天津、上海、哈尔滨。影响最广、策划最成功的一次,当属在中国革命历史博物馆举办的"黑土地回顾展"。这次活动凝聚了许许多多北大荒知青的热忱参与。许许多多的人为此做出了许许多多的努力。

那是无报酬的参与,是完全业余的参与,是完全自愿当成自己的事来做的参与。我认为,"回顾展"收集到的林林总总的"知青"实物,以及"知青"日记和书信,对于以后仍有兴趣继续研究"知青"命题的人,颇有参考价值和认识价值。"回顾展"同时也是一次较成功的"知青文物"征集活动。

"回顾展"的绝大部分文字出自我笔下。姜昆们做了局部的删改补充。出自我笔下的文字,总体调子似太沉重和悲怆。姜昆们加入了些轻松和亮色。我认为他们的删改补充是必要的。否则,"回顾展"也许难以成为事实。

这些文字后来全部收入《黑土地影集》。

"回顾展"之后,出版了两部书。一部是《北大荒风云录》,一部是《北大荒人名录》。我是此两部书的编委之一。但我实际上所尽的编委义务和责任甚少,只看过"风云录"中二十余篇的手稿。此书的编辑原则是——保持原貌,不做任何加工。所改仅仅是错字、白字、病句、不规范的标点运用。

我认为"风云录"是一部从多侧面、多角度反映当年北大荒"知青"生活的难得的纪实书。其纪实性几乎是不容置疑的。其中,多数知青第一次写关于自己知青经历的回忆文章,甚至是生平第一次写所谓"文章",甚至以后再也不会产生写"文章"的念头。他们和她们,将自己当年的亲身经历,亲身感受,亲身遭遇,真真切切地,虔诚之至地汇入"风云录"中了。

我认为,我迄今为止的一切知青作品的总和,在诸多意义方面,根本抵不上一本"风云录"。

我认为,"风云录"是一本很值得保存的书,相比之下,我的一切知青作品,其实都不值得任何人保存。

我甚至认为,一个人如果了解北大荒知青当年的真实生活的愿望大于读小说的兴趣,那么他或她其实完全不必读我的知青小说,只读"风云录"就够了。

"风云录"中也收入了我的一篇小文。我当时是很不想写的,但编委们非常希望我也写一篇。写完了,我仍不愿被编入,编委们传阅后觉得还可以,恭敬不如从命,我只有依从。

我实心实意地说,我的一篇小文,是"风云录"中内容苍白空洞的回忆之一。这有两个原因:一,作为一名当年的北大荒知青,虽然别人吃过的苦我都吃过,别人受过的累我都受过,但也仅此而已。由于出身工人家庭的先天优势,并不曾受过格外不堪忍受的政治歧视。所以,我的知青经历中,并没什么特别使人同情的遭遇。对于没"上山下乡"过的次代人,我的知青经历似乎新鲜不乏色彩;而相对于知青一代,其实寻常得不能再寻常。二,由于我的职业是写作,此前写了大量知青小说或回忆性"文章",感受早已耗用,早已没有什么另外的特别值得一写的"个人事件"。并不特别值得写却为写而写,苍白空洞实属必然。

据我看来,一本"风云录"中,普遍写得好的,恰是那些初写者的"文章"。都写得不怎么样的，是我等所谓"知青名人"，以及职业与写作的关系太密切的人。原因，恐怕也如我所述。

《北大荒人名录》则是一本很特殊的书。在中国，在它出版以前，绝没有过那样一本书。它实际上是一本活人的人名索引，一本不折不扣的通讯录。这一点，书名体现得很明确。如果不看书名，信手翻来，有人准会以为是一本电话簿子。它收入了二万八千多人的姓名，以及他们和她们当年在黑龙江生产建设兵团原属师、团、营、连、职务、目前的通信地址、工作单位、身份、家庭和单位的电话。

为什么要出这样一本书呢？

当时的动机何其的良好何其的富有理想色彩啊！

记得在讨论这本书的意义时，我作过这样一段发言——我们北大荒返城知青的最主要的特征是什么？别人可以指出许多，但我认为是群体意识。西方又叫作"社团精神"。这是好的特征，应该继承发扬。时代骤变，我们许多北大荒返城知青人生失重，所以需要帮助。而我们之间的相互帮助，目前最是义务和责任，亦最可贵。那么这一本"人名录"，就向愿意相互帮助的，尤其是需要帮助的我们的返城知青伙伴，提供了非常之实用的线索。不愿帮助别人的，就不要把自己的名字加上。既加上了，就一定要是真的单位，真的通信地址，拨通就能找到你的真的电话号码。在这件事上若弄虚作假，既无必要，也很可鄙。

我还说，假如某一天，某一个陌生人叩开了我们在座的谁的家门，他或她手里拿着一本"人名录"，说自己就是通过"人名录"找到你家的，说自己是"人名录"上的哪一个，说自己遇到了什么样的困难，急需什么样的帮助，那么"人名录"的意义就起到了。自己帮得了的理应热情帮助，自己帮不了的理应替对方联系"人名录"上的别人……

当时有人笑着插问一句：就像旧社会江湖上的人凭"道儿"中的

帖子相互关照?

我也笑答:差不多就是这个意思。咱们不是经常自诩都是北大荒"这条道儿"上走过来的吗?姓名上了"录",相互关照之时,更须各尽所能啊!

于是大家皆笑。

当时,大家的动机,的的确确这么简单,这么现实,又这么天真烂漫。

大家当时还热烈讨论。如何成立一个"北大荒知青基金会",怎样在北大荒知青中卓有成效地开展扶贫和不幸救助活动等。

应该肯定,这些原始冲动的出发点是良好的、友爱的。

但没有富豪和财团的赞助,仅靠北大荒知青之间凭热忱个人捐款,实在也筹不到多少钱。理想脱离现实,据我所知,"基金会"一事不了了之。也有关注此事的北大荒知青说,后来还是成立了。即使成立了,款项也肯定极其有限,根本不能落实初衷。

两本书发行后,一年内,曾有各地到京的知青登我家门,都是我不认识的。光临时都带着"人名录"。有的有困难求助,我也只能照例写封信,"委托"别人关照。多数并没什么困难,无非见见面,彼此认识认识,共同回忆回忆。

某些北大荒知青,主观地以为,我肯定结交着很多很多的人,尤其结交着很多很多名人和官员。对于他们是困难的事,对于我解决起来易如反掌,一封信或一个电话就能办妥。仿佛社会只不过是单一成分的"知青码头",而我是知青"袍哥会"中的"舵把子"人物之一。这说明返城虽然已经十年,极少数的知青,似乎只不过由当年"上山下乡"运动中的"插兄""插妹",转而变成了城市中的"插队"者。他们的意识仍停留在昨天,他们在城市中的交往范围仍特别局限。甚至,可能除了当年的知青朋友,仍没有别的朋友。他们还未真正融入城市生活。他们对知青群体以外的人，陌生而又自行地保持距离。从他们身上看出了这一点，当年常使我替他们感到忧伤。

其实，我自己当年在城市中的交往范围也特别局限。除了电影界、文学界、出版界和少数新闻界的人，我当年也基本不主动与别的方面的人交往。我一向的人生原则是，如果我不求人会少活一年二年，那么我宁肯不求人，宁肯干脆少活一年二年。当然，如果少活十年，我也是会四处求助的。但是，我与某些返城知青的命运境况毕竟大为不同。我的工作单位是北京电影制片厂，这在当年是令人羡慕的单位。我是小有名气的作家，而且是北京户口的作家，这也令人羡慕。我的工资虽然不高，但已每年都有稿费收入，而且逐年增加。我的人生已经稳定，眼前暂无困境，以后似乎也不潜伏着什么大的危机。总而言之，我尽量不求人，少求人，比较可以做到。而他们是多么的令人同情啊！尽管返城已经十年了，他们中有人仍夫妻两地分居着；有人由于返城当时的种种特殊原因，夫妻一方仍留在农村、农场或兵团；有人仍无可称之为自己的"家"的小小居住空间，走时一人，返城三口，不得不寄居于父母或兄弟姐妹的屋顶下，而后者们的城市居住空间同样是极有限的；有人的子女仍无法在城市中正常就学……

知青返城的前十年，乃中国粉碎"四人帮"后百废待兴千头万绪的十年，中国几乎分不出精力和能力关怀他们。做出允许知青返城的重大决策，已然显示出了超乎寻常的果断与魄力。按照历史的时间概念看，粉碎"四人帮"与知青返城两大决策几乎可以说是依次做出的。应该承认，在前十年内，中国已尽量做了它力所能及的安置工作。各大城市中适时成立的"知青安置办公室"，皆较为配合地为知青服务着。当然，因为知青们的家庭背景不同，这种服务的区别性必然是相当之大的。对于最广大的老百姓家庭的返城知青，服务的主项也只能是解决工作问题。他们大多数人所面临的选择是建筑行业、环卫行业、低等服务行业和街道手工业作坊式的小工厂。命运迫使他们不得不四处求助。而知青群体是他们在城市里仅有的主要的"社会关系"。他们中大多数人，只能寄侥幸于这一种仿佛带有血缘色彩的、庞大又单纯的"社会关系"。倘言这种侥幸也意味着是一丝希望，那么它是一种不乏热心但是能量有限改变不了什么的希望。在返城前十年，在知青之间，互助的热心的确是一种城市现象。如果谁找到了一份工作，如果那工作单位急需廉价劳动力，那个谁就往往会呼啦一下子引来自己十几个甚至几十个当年的知青伙伴儿。这现象当年在城市里极富人情味儿，无私而又义气，好比如今某些在城市里已经站稳了脚跟的"打工妹""打工仔"，恨不得热心地将家乡的姐妹们兄弟们都召集在自己身旁……

在知青返城的前十年中，在革命历史博物馆还没举办"黑土地回顾展"时，知青们以新疆、云南、内蒙古、山西、陕西、北大荒等不同的地域为旗号，以大大小小的当年的群体为单位，实际上不断地举行着集会。集会的动力既有保持感情的因素，也有依持互助的心理需要，还有引起社会关注的本能意识。至于在集会时大发"青春无悔"的感慨，抑或"还我青春"的呼喊，倒是根本不值得"友邦惊诧"更不值得大惊小怪之事。某些据此所做的，仿佛别人都愚不可及，唯自己好生深刻，反省好生彻底的文章，依我看来，倒是有点儿哗众取宠。因为一旦自己稍稍混好了，无视自己广大同类的生存现状，不从同类心理需要的深层加以体恤和理解，指手画脚地嘲为"愚顽"，实在是很讨厌的。

前十年中，凡邀我参加的知青集会，不管所亮哪一地域的旗号，我都尽量参加。我当然从未企图变成什么知青活动家。仅仅当作家，并且当好，我已力不从心。但是我常想，我毕竟也是十年前的知青之一名，虽无实力帮助任何人，一份感情的融注还是完全应该的。并且，我觉得我比较能够理解自己同类们希望继续保持群体依持关系，希望彼此互助的心理需要。那在当年既不但十分正常，也十分值得尊重。尽管从长远看，是不甚可取也是容易自误互误的。几个人围拢一只火炉是烤火，几十人围拢一只火炉是取暖，几百人围拢一只火炉则只不过是"扎堆儿"了。那"火炉"是心理需要现象，集会是形式现象。

所以，在我参加过的知青集会中，言"青春不悔"的，我从不与之争执。言"蹉跎岁月"的，我深表同感而已。

最早最热衷于知青集会的，往往是返城后境况不良甚至境况艰难的人。综上所述，这是较符合现象规律的。他们非常希望吸引返城后境况令人羡慕的知青参加。而后者们常常借故回避。后者们当初一心重新开始设计自己的人生，对于知青集会并不感兴趣。于是前者们殷殷地动之以情，执念游说。

后来情况渐渐发生了微妙的变化。前者们失望了，索然了，不再怎么热衷了。终于明白，集会一百次，张三还是张三，李四还是李四。境况好的境况更好，境况不好的依然不好甚至更加不好。于是由积极而消极了，由不倦的发起者而仅仅充当参与者了。后者们则开始有兴趣了，由消极而积极了，由被游说而尽量吸引别人了。这也符合着一种规律。所谓"无忧的怀旧"。后者们已不但无忧，而且已具有了不同程度的社会能力，集会由他们发起，比由前者们发起有声有色得多。不必讳言，无论前者还是后者，作为召集者，热忱中既有感情成分，也都有功利成分。只不过体现于前者，功利成分和感情成分不那么分得清分得开，仿佛是水乳相融的。因为那一种功利成分是较单纯单一，完完全全可以直言坦言的——彼此在最基本的生存层面上依持互助。随着时代一年年商业特征明显，知青集会的功利成分多了，显明了，为了消弭显明而暧昧了。所谓功利成分，无不或多或少地体现着发起者或个人、几个人，或大家受益的功利意识和动机。起码满足的是号召力、凝聚力，证明的是对一种社会群体的调动能力。而后者们实现功利预测之方式方法和效果，也总是比前者们丰富并易于达到，远非前者们所能相比。功利的成分，也往往不那么单纯不那么单一了。有些不便直言坦言了，说道起来不免的有那么点儿闪烁其词讳莫如深遮遮掩掩了。

"黑土地回顾展"是我以比较积极的态度参与的一次返城知青的大活动。

此后，北京、上海、天津、哈尔滨等城市，以师、团，甚至小到连为群体，组成了其数不少的北大荒知青"联谊会"，也相应地发起过几次活动，但我都没再参加过。据我想来，这些活动还是基本上以联络感情为出发点的，所体现的色彩基本上也只不过还是怀旧，还并未被其他功利目的所左右着。

对于返城知青们的怀旧，世人似乎一向颇多讽意。仿佛返城知青们，都非是"向前看"的积极的社会分子，而是不可救药的"向后看"的令人惴惴不安的城市消极成分。这是误解。那颇多的讽意，更显得大可不必的刻薄和少见多怪。

我认为，一切国家，一切时代的临届中年的人们，一般总是有些怀旧的。怀旧乃是人类较普遍的"中年恐惧症"的表现之一种。某些人只知"老年恐惧症"，而不太注意到大多数人临界中年也是会产生不可名状的心理恐惧的。这种恐惧甚至强烈于人对老年的恐惧。所不同的是，"老年恐惧症"的怀旧内容往往跨越时空，直接地回到童年和少年时期。无人与之交流，他们便独自沉浸着，想象自己是儿童和少年时的忧乐种种。有人与之交流，回忆才顺序连上青年和成年时期。

老年人喜欢回忆童年往事，中年人喜欢回忆青年往事，青年人喜欢回忆少年往事。大抵如此，基本成规律。

也许只有少年是不怀旧的。

对于少年，昨天便是童年。昨天离"现在时"太近，近得难以剥隔。仿佛童年仍在延续着，还没完结，还在"现在时"演绎着相似的情节和故事。所以充分地占有着"现在时"，仿佛仍充分地直接地占有着昨天。所以用不着怀旧。

对于少年，明天似乎漫长而遥远，畅想时空广大无边。所以少年不是惯做"昨日梦"的年龄，而是惯做"明日梦"的"季节"。

青年是充满理想、憧憬或欲望、野心的年龄。大多数老年人已完全丧失了对以上诸方面的追求能力和竞争能力。即使仍执迷其中，也毕竟的心有余力不足了。情愿或不情愿地，明智或无奈地进入了人生的"无为"境界。而除了大多数老年人，另外只有大多数儿童类此境界。所以大多数老年人乐于直接地回忆童年和少年，可以叫作"合并人生同类项"。

又，人喜欢回忆自己颇不寻常的经历。不管那是浪漫还是苦难，是人生逆境还是光荣资本。

在知青返城的前十年，他们皆从二十七八岁向三十七八岁匆匆地、毫无驻足稍停之机地、疲于奔命地朝身后抛掷着他们的日子，皆不曾从容地消遣过美好的青春。青春对于他们似有若无，青春是他们的昨天，这昨天那么迅速地远离了"现在时"。身在"广阔天地"，他们还不太感觉到那一种迅速，倒是常常觉得度日如年。恰恰是在返城以后，岁月仿佛开始压缩着流逝了。于是大有度年如日之感，几乎皆愕诧于怎么一眨眼就快是中年人了。于是"中年恐惧症"，作为中国的一种"代"的特征，从他们身上表现得格外显明。他们的怀旧，也就常以集体的方式，类似的色彩，并不想掩饰地张扬着。

他们怀旧便是缅怀自己的青春。

他们缅怀自己的青春便是回忆"上山下乡"的岁月。

那岁月里有他们的浪漫，也有他们的苦难；是他们的人生逆境，也常被自己们视为人生资本。

将苦难和逆境中走过来的经历视为人生资本，乃是古今中外人类比较共同的"毛病"。非中国知青一代特有的也不值得投以讽意，更不值得大惊小怪。

但是，虽然返城知青们的怀旧等于缅怀青春等于回忆"上山下乡"的岁月；虽然"上山下乡"乃"文革"运动中之运动——却不等于念念不忘地回忆"文革"岁月更不等于缅怀"文革"。

恰恰是在这一点上，中国返城知青们，首先被某些中国人故意地，甚至可以说是不怀好意地歪曲了，也简直可以说常常遭到不怀好意、别有用心的诬蔑和诽谤。那某些中国人，首先是些舞文弄墨者。诸如某些文人，某些记者——他们中自以为深刻，自以为敏感，又专好靠了这两种"自以为"煞有介事地经常吹出一串串是非泡沫的人。他们或她们像些雌雄螃蟹，吐沫自娱，总是企图引起世人对自己的注意。世上本无事，也没那么多所谓"热点""焦点"，有时纯粹是他们或她们搬弄起来的。他们和她们还是这样一些人——保全自己达到谨小慎微的程度，在大是大非事件面前一向畏畏怯怯，噤若寒蝉，这就使自己们的存在根本无法令人重视。但又常常沮丧于此，失意于此。那么只剩下一件事可做，便是搬弄是非借以营造泡沫话题。

在知青返城的前十年中，知青们的集会，往往被他们和她们武断地归结为"红卫兵情绪"。仿佛知青们一集会，"造反"又要开始了，"动乱"又要来了，"文革"又要重演了。由于他们或她们煞有介事的、杞人忧天的、故作深刻和敏感的话语鼓噪，颇影响当局对知青集会现象的正确判断和看法。当局本是对知青集会现象暗觉不安的，加之他们或她们煞有介事的分析，于是难免地布置防范，以应不测。因而知青们的集会，倘规模大了点儿，几乎必有公安部乃至安全部的便衣工作人员密切予以关注。甚至，连国外媒介亦受其迷惑，对中国返城知青的集会，做过多次离题万里的荒唐的报道。他们或她们中，有人自己也曾是知青。按理说对知青的集会现象，他们或她们是最能正确理解，最能正确加以分析的。但他们或她们往往偏不。偏要煞有介事地，故作深刻和敏感地向世人以及当局作莫须有之暗示。我对他们或她们是很厌恶的。而返城知青们集会前、集会中每每自我宣扬的发扬什么光大什么的"青春无悔"之表现，以我的眼看来，其实也带有故作性、表演性。很大的程度上是持一块盾，既保护自己不受莫须有意味的攻讦，也同时向当局和世人作"平安无事"的回答。后来情况有了好转。因为返城知青的一次次集会，从未给社会造成什么不安定。于是，当局和社会对此现象首先充分理解，他们或她们的暗示自然也就不再被理睬……

"黑土地回顾展"后，我常对《北大荒人名录》心怀几分忧虑。反思我当时支持出版的那番言论，觉自己理想主义的可笑。返城知青显然不能成为永久长存的"城市公社"。一本"人名录"也根本不能成为促进互助的什么"宝典"。社会治安问题日渐严峻，险恶案件多多，倘大量流散世间，落入骗子歹徒手中，会不会被利用了呢？这种警惕性也许同样可笑。但据我想来，有比没有好。因而征求我意见要不要再版加印时，我明确表示了反对意见。

再其后，内蒙古兵团的知青们，出版了一本《草原启示录》。那也是一本很有价值的知青回忆录。"风云录"和"启示录"，乃关于知青的两本姊妹书。它们的文学性当然会逊于知青小说，但资料价值却远非知青小说可相比。"黑土地回顾展"和"风云录""启示录"的出版，使返城知青们的集会活动此起彼伏。但都是些小规模、小群体的集会。大约九二年春节前，北京又在工人体育场举办了"老三届文艺汇演"。此次汇演的策划最先由东北农场局宣传队和北京的"北大荒知青联谊会"的知青人士们共同提出。我曾被邀请发表建议。汇演就要租场地，就要租乐器，就要聘请舞台美工，就要制景，就要提前排练……一句话，要钱。策划者们较为乐观，较为自信，甚至较为兴奋。他们说北京有多少北大荒知青？至少十万。半数人看，就是五万。每票百元，便是五百万。再保守些估计，即使有半数人的半数看，一笔回收也是相当可观的。商业运作的色彩，随着人们头脑中经济意识的增长，那么顺理成章地成为许多事情的前提和主导思想。这其实无可厚非。今天除了政府部门组织和在经费上支持的种种义演，已再没有任何非商业运作的演出。但当时我发表了言词较激烈甚至可以说情绪有些冲动的反对意见。我说，卖票我原则上也能接受。但要看谁来演，演些什么，水平如何？靠当年的知青们演，演些知青宣传队当年的节目，水平不难预见。纵然补充新的节目内容，也必是些匆匆编排的节目，水平还是可想而知。水平注定了不高，怎可向当年的知青售票？北京是大城市，数九寒天，又是晚上，返城知青们从四面八方汇集而来，看了一场水平不高的演出，而且花了钱买的票，心中会作何想法？我不信他们会带着满足感深更半夜在寒冷中久候公共汽车回家……

策划者们说少演几场行不？票价低些行不？

我说不是少演几场的问题。据我估计，最多只能演一场。第二场就会来者寥寥。返城已经十几年了，别一厢情愿地将知青们集会的心劲儿估计得过高。大家都是四十好几的人了，当年那份儿知青情结即使不泯，也不必非以这一种方式体现。至于票价，除非以相对的收支平衡为原则。如掺杂获利动机，我肯定是不参与的。也不会为此做什么……

我的激烈言词等于是大泼冷水，气氛为之沉闷。

我说完，也不管别人们的感觉怎样，起身匆匆而去。

后来，他们放弃了策划。可能我的话起了一定作用。尽管我的话当时听来逆耳，但是经他们细细一想，也许认为还是有几分道理的。

大约一个星期后，内蒙古兵团的"首席召集人"马小力和一名似乎是当年插队山西的女知青来到我家。小力是《草原启示录》的总编辑者。她们出示了一份演出策划书征求我的意见。我大略一看，觉得类似我激烈反对过的那一策划。一问，果然便是。原来那一策划被某文化公司接了过去。北大荒知青既放弃了，他们便找到内蒙古兵团的"首席召集人"马小力。出于拓宽对象范围的考虑，将"北大荒知青"主题改为更宽更大的"老三届"主题。

我坦率向马小力重申了我的顾虑和不变的态度。

小力沉思良久，也对我直言：第一，此事必做不可。因合同已签，前期经费已投入，有些节目已开始排练。而且已进行宣传，没了退路。第二，预先没想那么多，但认为我的顾虑不无道理。第三，接受我的建议，摈除一切商业目的，以不售票为大前提。至于资金，她负责"化缘"。有多少钱，做多大事。倘出现超支，亦由她尽量解决。倘经费居然还剩余，以某种方式慰问某些知青。

她的当场决定甚合我意，也令我大为感动。于是我表示愿意参加，并做我力所能及之事。实际上小力再没为此事"麻烦"过我，我除了对节目单提出某些调整和补充意见，根本没奉献过时间和精力。只不过届时前去观看了演出。

入场的人比我预料的要多些。演出者们情绪较饱满，观看者们的情绪也较共鸣。谈不上水平，但是台上台下气氛融洽热烈。节目中当然少不了某些"老三届"当年熟悉的知青"革命歌曲"。刻薄之人也当然有理由据此大加嘲讽。但在我看来，那除了是共同的怀旧，娱乐一场，并不说明别的什么。因为不售票，实际上仅仅意味着一些当年是宣传队员的知青，返城十几年以后，在春节之前，向另一些知青表达一种未相忘的情感。

据我所知，许多在环卫单位和殡仪馆工作的知青，以及他们的子女，被特别优待地安排在一等座位。

对于他们，也许只有在这种活动中，才能不花钱而坐一等座位吧？也只有在这种活动中，才能觉得自己和台上的演出者之间有深厚的情感关系吧？

据我所知，最终结算下来，经费还是超支了。所幸超得不是太多。

至于小力怎么堵上窟窿的，我就不得而知了。

难得马小力那一种开弓没有回头箭的精神和"一切包在我身上"的气魄。

那一场义务演出的义务主持人是王刚。

它是我参加的最后一次知青活动。

此后，我有意识地渐渐远离一切所谓知青话题。北京以及其他各城市的知青，也再没发起过算得上任何社会现象的知青活动。传媒中五花八门的话题层出不穷。"花边儿"炒成大块儿新闻的事例比比皆是。中国已进入空前的泡沫话题泛滥成灾的时代。城市人被此泡沫整日淹没其中，谁都烦得要命但是无处逃避。我每每暗自庆幸所谓知青话题的归于寂然。心想这对知青们首先是天大的好事。不是明星，不是演艺圈内人，终于被整体地忘却了，终于不再被整体地说长论短了，也终于都能够面对身为父母身为中年人的现实而"相忘于江湖"，这比总被整体地当成件似有分量其实已毫无分量、不关大多数城里人痛痒之事而一再地旧话重提、老生常谈要强得多啊！

有时候被忘却简直意味着是被仁慈地赦免。

而今年，是"上山下乡"运动三十周年，是知青返城二十周年——会有不甘寂寞的知青发起什么纪念活动吗？我想，肯定不会的。我想，我的大多数同代人，经历了十年的农村"再教育"又经历了二十年的城市"再教育"，对于自己远逝了的昨天肯定早已是欲说还休了。这后十年的欲说还休与前十年的欲休还说心理况味大为不同。并且，也该终于省悟，改写了各自命运的那件三十年前的大事，原来从任何方面都是无须以任何形式纪念的。不管是多少周年，其实对自己们的"现在时"，都已经毫无必要毫无意义了。

　　由别人们想着，达到的纯粹是别人们之目的。自己念念不忘，继续蚀损的纯粹是自己的心智。我想，即使有人又策划什么活动，那人也许反而非是知青。因为若是知青，当能理解知青们甘于消弭掉知青情结甘于寂寞的心。当然，书还是尽管出，唱片还是尽管制作，专题片访谈录还是尽管拍摄。因为许多人毕竟还得做自己职业要求做的事情。这才是从现在至以后知青话题老生常谈的真相。但是谁若企图使知青话题又热起来，恐怕演习浑身解数也是枉然了。而我此篇，将是我关于知青话题的最后一堆文字。一堆告别式的文字。

同代人赋

一、英雄与疯子

　　改革不唯是人改造时代的举动，亦是时代改造人的措施。对时代而言，人其实只分为四类——推动它的、顺应它的、抗拒它的或被它甩弃的。推动它的不仅有普罗米修斯，而且有"威尼斯商人"——他们是时代巨乘的两排轮子。时代不是，从来不是独轨列车……

　　结束旧时代的是英雄，抗拒新时代的是疯子，置身于二者之间的是理想主义者。时代派生出英雄和疯子的数量大致相等，而理想主义者的数量从不曾超过前两者的总和……

　　理想主义者是这样一些人——他们赞美玫瑰却道："倘无刺多好！"理想主义者是任何时代都曾有过的仅供欣赏的副产品……

　　被时代所甩弃的却常常是将自己完全典当给了昨天，并且彻底丧失了赎回自己愿望的人。时代甩弃他们如同旅者毫不犹豫地丢掉穿烂了的鞋……

　　恰恰相反，任何一个时代都无法甩弃那些懂得最充分地利用它的人——哪怕他们是些极其贪婪的人。牛尾甩得再频也驱赶不尽企图叮住它噬血的牛蝇……

改革不是集体春游或观光,其过程中乐趣必然少于浮躁。

于动物界,未来将在许多方面与过去相同。千年前的蜂巢与今天的蜂巢构筑得同样好。千年后的蜜蜂也许还要构筑同样的六边形。而于人类,未来将在许多方面与过去不同。尽管人的寿命比蜜蜂的寿命要长久许多许多倍,但人绝不甘连续三代构筑同样的东西。所以人有历史,而蜜蜂只有传统……

在时代和时代之间,我们看到一批又一批被转折的骤力夹扁了的身躯……

愿未来的人们研究这样的"标本"时,发现可归类于我的同代人的,比我今天预测得要少……

鲸的巨大身躯直竖于海面,然后猛烈地拍击下去——这一壮观的情形更酷似时代的转折,于是某些吸附生物肢残甲碎,某些无着无落……

于是它泅向更广阔的海域……故此篇是为你作,是为他作,是为她作,是为己作,是为我们大家作的一次反省……

人:给我公平!

时代:那是什么?

人:和别人一样的一切!

时代:你曾和哪些"别人"一样?

……

寒冷。

疏星冻在天,枭鸟僵于树。前无村,后无店。公路两旁的原野,屏息敛气地寂静着。严寒酷冷在寂静中企图将从天到地之间的一切冻脆。那些树的秃枝像被剥了皮的世界裸露的神经,并且是被冻死了印在夜的凛冽的底片上。那只枭鸟仿佛已在树上僵栖一万年了。一万年里不曾舒过脚爪也不曾发过一声枭叫。一万年里绿眼圆睁。

"吴振海，老子捅了你！"

"别乱来！别……"

"你他妈的放开我！我今天非捅了他不可……"

人的激吼声充满绝望。

猫头鹰俯瞰而视，绿眼闪烁着幸灾乐祸。

西北风啸过，仿佛有一队士兵整齐地吹了一阵口哨……

世界的神经瑟抖不止……

树皮冻裂的响声可闻……

北方冬季最寒冷的那一夜并不曾使多少人感受到，也不曾使多少人留下特殊的记忆。那一时刻你我他她都在拥被酣眠，严寒在夜里仅只对极少数人——和动物构成威胁。那一年是一九八一年。哈双（哈尔滨—双鸭山）公路上，两辆超期"服役"并且分明超载的卡车，"趴窝"在公路边上。车厢内装的是煤。这是一次"倒煤"行动，也是一次"倒霉"行动。一路行行复停停，停停复行行。不断受到盘查、罚款、敲竹杠。

因为"倒煤"而"倒霉"的男人中的一个，高，瘦。长脸缺乏立体感，脸上的线条似素描般的随意。没有任何特点因而仿佛便有了某种特点。唯一能给人留下较深印象的是那双眼睛，因它们的细小而使那张脸显得五官疏散。寻常它们总是闪烁着热情的、自信的，有时甚至是令人怀疑的、自负的目光。当它们静望着你的时候，仿佛在对你请求——快告诉我一些新鲜的事情吧！告诉我和我一样年龄的别人们都在怎么活。指给我一条发财的途径，或者成名之路吧。我不会忘记你的指点之恩的……

而当时它们，那一个因为"倒煤"而"倒霉"的男人的眼里，充满了沮丧和焦急，还有从心底燃烧上来的一股无名火。你如果能想象得出一头熊在舔了大量芥末之后的样子，便不难想象他当时是什么样子。当然是熊，当然不是猴子、豹或者狮虎。猴子在受到辛辣的刺激之后，比人脸所能做出的表情还要丰富并且夸张。而猛兽在同样的情况之下无疑将会暴跳和咆哮。只有熊，你不大容易看得出它刚刚舔了芥末还是蜂蜜。熊在最快感的时候和在最狼狈的时候，所做出的外在表现都不过是不停歇地在原地绕圈子……

他已经不知围着两辆卡车绕了多少圈了——问题出在两个小小的部件上，大概属于自行车气门芯那一类部件。此时由于严寒，根本发动不起来了。

"你他妈的瞎绕晃什么呀？！"

两名司机是他雇的，而车是他另租的。他们不停地骂骂咧咧。一名司机高高在上瞪着他来气，推开车门又对他吼。

他望望对方，什么都没说，掏了烟敬给对方，并且替对方划火柴。

他明白，现在他连围着卡车绕圈子也是被禁止的了。尽管绕也白绕，但不绕他更想骂人。

他的目光流露出几分乞怜。受了委屈的熊常以那么一种目光望着驯兽师。

这个人很能忍，十分能忍，非常能忍。只要他认为是必须忍的，那么一切的屈辱、一切的不公、一切的尴尬、一切的苦辣酸麻，两片薄薄的嘴唇抿住，便全忍了。起码当年是这样的。

他心里弥漫着悲哀。春节前的这一天，他特别想他的儿子。他总想活出个样来给他的儿子看。而儿子被白血病夺去生命的时候，是他比现在更落魄的时候……

终于天渐亮了。

终于有朝哈尔滨方向开去的车辆——第一辆没拦住。第二辆，没拦住。第三辆，还没拦住。给钱也没用。从双鸭山朝哈尔滨开去的车，只要是辆车，没有还能再挤下一个人的。他已经冻得半死。两名司机不忍再袖手旁观，和他一起拦住了一辆从哈尔滨开向双鸭山的卡车，载的是冻肉。塞给对方二十元钱，对方正欲发作的表情平复了下来——"上车吧。"

"师傅，多谢！"

"甭谢。后边去！前边路上还等着个熟人呐……"

冻得半活半死的他，被两名司机又托又举弄上了别人的卡车，缩在满车冻肉的缝隙间……

在双鸭山他凭一张站台票混上了火车。到哈尔滨他马不停蹄四处奔波买两个小小的汽车部件。买到后没回家喝一口水，又凭一张站台票混上了返往双鸭山的火车。下了火车又付出二十元，坐在另一辆卡车的车厢里。所不同的是，这一辆卡车也是"倒煤"的。不过不像他那么"倒霉"罢了。西北风卷着雪卷着煤屑一阵阵扫荡着他的脸……

十年后他对我说，在别人的煤车上他曾失声痛哭，像一个被父母抛弃的孤儿……

他是我的中学同学。

他的名字叫吴振海。

他和我的经历截然不同。一九六八年我作为学校的第二批志愿者下乡。他因父亲去世，是长子，照顾留城。所以他和我们这一代人中的大多数"分道扬镳"了。他是"上山下乡"运动的一条"漏网之鱼"。这是一种侥幸，但于他谈不上"福星高照"。他是最底层市民的儿子，他是在大杂院里长大的孩子。无红烟护其左，无紫光罩其右。城市并不因他侥幸留在它身边了，便怎样的青睐于他。城市恩赐给他一份工作——每月十八元，从徒工干起。三年后他可以挣到三十二元。以后——以后他将照例被城市归入工人阶级的行列。这意味着当他退休那一年,他也许可以挣到每月八十几元钱。那是工人所能企望的最高工资——八级工的工资,相当于当干部的人当到了科长级。前提是——他如果被认为是一名好工人的话。他显然不打算以过来的人们为榜样,便不可能被认为是一名好工人。结果是到了一九八一年他已不再是工人队伍中的一员。用我们当年常说的话是——没有了"正式"工作。

"正式"工作——最典型的中国话。在当年一个没有"正式"工作的中国人,即使头脑再聪明,身体再健壮,也仿佛不是一个作为人的资格起码完备的人。几乎没有一对中国父母,心甘情愿同意自己的女儿嫁给一个没有正式工作的男人。今天的姑娘们择偶的条件之一是身高一米七以上。一米七以下的男人据说被她们戏称为半残废。当年一个没有"正式"工作的男人,也等于是一个半残废的男人。岂止是半残废而已!

"这个人没有'正式'工作……"——此话包含许多许多意会胜过言传的内容。没有"正式"工作的人才和没有"正式"工作的人交往。有"正式"工作的人大抵是不屑于和没有"正式"工作的人交往的。没有"正式"工作的女人才肯嫁给没有"正式"工作的男人。没有"正式"工作如同没有"红色"的成分。没有"正式"工作的人,在城市的社会坐标系上,首先是人下人,其次才是好人或坏人。一个没有"正式"工作的人,无论男女,希望被公认为是一个好人,如同一只鸭子希望被欣赏。而"正式"工作"="国营企事业单位,"≈"大集体企事业单位。这一点犹如社会约定俗成的"上等"和"中等"公民徽章。佩戴上了这一徽章,才有资格享受社会的种种"优越"——房子、劳保、公费医疗等。

当年中国在归类学方面的经验是足可以笑傲世界的。我们的先人曾说过"三百六十行,行行出状元"的话。中华人民共和国成立以来的同胞发现自己并非面对那么多种可选择的职业,甚至缩小十倍——言三十六行也还绰绰有余。小学教师无一例外地在课堂上讲解——"三百六十行是一种夸张的比喻……"而与此同时,在世界上,尤其在某些发达国家,现代人却面临着职业分工越来越细密、越来越丰富的选择的犹豫和困惑。一个外国人在其一生中可能至少变更过数种职业,而在改革开放前的中国,你若面对一个调动过工作的人,你则不禁地会对他刮目相视。因为那意味着他"很有门路"并且"很有能耐",大概非是一个"等闲之辈"。

这一种情形持续到二十世纪七十年代的最末一年八十年代的最初一年,在北京,在上海,在天津,在哈尔滨,东西南北中,在中国许多大城市,我们看到了一幕幕具有悲怆意味的都市话剧演出,埋下了"黑色幽默"式的伏笔……

工作!工作!!工作!!!

国营!国营!!国营!!!

正式!正式!!正式!!!

共和国的长子长女们,终于结束了长达十年之久的"洗礼"。他们一个个疲惫不堪,一无所有地回到了城市。当年在每一座城市里,你都会从他们那种特殊的背影和他们脸上那种特殊的表情,将他们从人群之中一眼分辨出来。

怎么?如今三十来岁三十大几了,姑娘不算姑娘,媳妇不是媳妇,说年轻早已没了小伙子的朝气,说老了连有个家是哪一种体会都不知道,现如今连个工作都不给么?当然要"国营"的!当然要"正式"的!不是"国营"的那还算是"正式"的么?

他们凄惶。城市也凄惶。它慌乱地安顿他们,但是没那么多"国营"的、没那么多"正式"的足以容纳下他们。还有几批没考上大学的呢!手心手背,难道不都是城市"母亲"的"儿女"么?城市,你要一碗水端平……

怎么？——你们年纪轻轻，发扬点儿风格不成么？怎么？——你们当年"造反"有功，倒成了资本啦？为了工作，城市的这一批儿女和那一批儿女互相嫌恶。仿佛都认为对方是多余的，仿佛都被对方严重地侵犯了最根本的利益……吴振海当年冷眼旁观这一幕幕话剧——他有过工作，但是他却主动放弃了……工作，这一件大事对每一个人来说，大到"悠悠万事，唯此为大"的地步。没有谁教导这一点。现实生活使人明白了。工作！工作！！工作！！！国营！国营！！国营！！！好的或较好的工作，任何一个年代总是有的。

于是，一代人的价值观念又被引导向传统的"隧道"……

为了一份"国"字号的工作，为了这样一个单位的工作证，为了这样一个单位的一身工作服，那些遭它拒弃的我的同代人，究竟如何煞费苦心，究竟如何百折不挠，如何梦寐以求又是如何各种手段无所不用其极不达目的死不罢休、死不瞑目，也就只有自己知晓了。个中酸楚岂堪言……

吴振海当年冷眼旁观这一幕幕话剧——他们的企图，他曾有过；他们的手段，他曾用过；他们梦寐以求的，他曾得到过；他们达到了目的之后那一种由衷的欣喜，和仿佛从此可以终生从容不迫的泰然无虑的安定感，他也曾体会过，也曾真的自我吮咂过那一种慰藉，如同婴孩津津有味地吮咂自己的手指头一样……

但是他却毅然放弃了……

西方任重而道远的传教士到非洲去布道，说："相信上帝吧，他将指引你们去天堂的路。"

黑人说："不，我们连人间的路还没找到呢。"

而当他们相信了上帝以后，教廷却拿不出那么多钱为他们盖教堂。并且，以其上帝全权代理人的身份向他们宣布——上帝也是分成白色的和黑色的……

一代人中不能穿上"国营"某单位的工作服者——当年他们为数不少——感到又被戏耍了似的。正如相信了上帝的黑人不能心理平衡地接受他们只配吻非"正式"的十字架一样……

而穿上了的，在此后两三年内便穿腻了。他们开始煞费苦心地要脱下，其愿望之急迫和强烈一点儿也不亚于他们当初要穿上。他们开始关注本单位、本系统哪些办公室里，又有谁退休了或即将退休，调走了或即将调走，病故了或即将病故，要增添一个或即将要增添一个人……

当有幸终于脱下工作服时，他们前面的人生道路已变得十分明确，也十分狭隘——副科长、科长、副处长、处长、副局长……

人一旦迈上这一条路，便仿佛认为世界上原本只有这么一条路……

除了农民，尽管每几百个中国人里只有一两个在"中国式"的人的价值观念的导向之下成功地或自认为成功地走完了他们的一生，但是谁也不能够反驳，几乎百分之九十以上的中国人，望着一位局长的身影或他坐的小车时，会认为那是最好的人生……

二、傻瓜，大傻瓜

倘当年促成我的同学吴振海和我的许多同代人之间的一次对话，结果只有一个——双方都认为对方是傻瓜。

一九八二年，也就是在吴振海那次倒霉的"倒煤"行动之后，他出现在北京，出现在我面前。还有他的妻子，比我低一届的校友。他们要到北京来找有关部委批准他们挂靠成立一个什么公司。那是自一九六八年我下乡后第一次见到他。他风尘仆仆，他面容疲惫。他在发着三十九度高烧，他找不到地方住。也许还为了省钱，当晚就住在我的单身宿舍，和他的妻子挤在我的单人床上。而他一个人睡在上面也会使那张床显得太小。第二天我请他们夫妻在北影食堂吃了一顿早饭。无非馒头、咸菜、米粥。记得在他走前，我很郑重也很语重心长地劝过他。

梁晓声："振海，求求人情，走走后门，重新回到一个国营工厂去吧！"

吴振海："那又怎样？"

梁晓声："一切从头开始，三十多岁，尚为时不晚，好好干……"

吴振海："那又怎样？"

梁晓声："只要你真的好好干，领导眼睛不瞎的话，是会看到的……"

吴振海："我总在想——那又怎样？我想了十几年了。"

"你……"

我望着他，像望着一个不肯回头是岸的大龄"失足青年"。像望着一个根本对不起母亲的儿子。像望着一个根本不将"丈夫"和"父亲"的责任当成一回事儿的家伙……

我暗想——这个吴振海，不可救药，完了……

倘大气环境是不变的，天空与拼块地板何异？

倘时代是不变的，司马迁所作与织布女何异？

倘社会是不变的，度日与经年何异？

倘命运是不变的，人与蝼蚁何异？

无论任何人，当其作为人具有典型性的时候，归根结底，意味着其"窃取"了时代的典型特征。乞乞科夫是沙俄时代农奴制产生的怪种。爱迪生是美国资本主义科技童年时代的儿子。雅科卡则是当代西方市场经济激烈竞争中的骄子。所以雅科卡才会说："都是这个国家给了我这样的机会!"而伊索的不幸恰恰在于,时代不曾给予他渴望的自由……

十年之后,我第二次见到我的中学同学吴振海时,他已是"哈克森公司"的董事长,是引进哈尔滨市第一笔外资的人。今天,当我写此文时,"哈克森"已是一家综合开发的合资公司,已在世界许多国家拥有十个子公司。

十年中我只回过哈尔滨几次。每次行止匆匆,这是我每次不曾见到他的原因之一。原因之二,或者坦率说更主要的原因是——我对中国第一代创办公司的人们,一向持一种极轻蔑的态度。爱默生曾说过——"那些咒骂商业的人将会看到,并且不得不承认,正是商业的规律改变了美国,摧毁了它的封建制,建立起一个美国。"非常惭愧,几年前,我仍属于"咒骂商业的人"中的一个。在我的那一本自白性的小册子《从复旦到北影》中,读者不难发现我振振有词而又偏激的言论。其中还谈到我在中央党校的一次"报告"。那之后有位女性给我写过一封信,友好地"批驳"了我对商业的敌意。她论述了与我上面所引的爱默生的话大致相同的思想。这使我甚为恼怒。复函乏善,言词咄咄,还用了几串"国骂"。斯年一九八五年或一九八六年。倒并非是因为我狂妄自大到一点儿也经不起"批驳"的地步。何况于对方而言,根本谈不上什么"批驳",不过是互相探索而已。我之恼怒在于——当年我并没有看到公平的商业原则。老百姓自谋生路的愿望,当年仍被体制的玻璃钢隔在商业时代的外面,有如饥汉被拒在餐馆的门外。商业的原则如果是不平等的,商业除了使人憎恶,不可能获得人别的态度。

基于以上对现实的看法——不管这一看法是否仍属偏激,它当年确是我对现实的看法——我对大多数公司之类持很不屑的态度。对大多数是"老板"的人,打定主意"老死不相往来"。中学同学也罢,兵团战友也罢，昔日之友也罢。

　　是中学同学的一次全班性的聚会，促成了我和吴振海的见面。聚会需要场所，需要钱。于是大家想到了吴振海，我也想到了吴振海。在需要物质方面的支持和协助，尤其在需要钱的时候，我们会想到许多我们一向似乎早已遗忘了的人。承认这一点固然使我们很尴尬，但事实往往如此。

　　那一天，我和另外三名中学时代与他非常要好的同学去拜见他。他诚心诚意地、出手阔绰地请我们吃了一顿昂贵的晚餐。不但爽快答应包揽同学聚会的一切费用，而且高高兴兴地请我们到他家中去叙谈。一谈我们竟没完没了，谈到凌晨三点钟！毕竟的，当年同是贫家子，少小饥时分糠馍。他向我们讲述了十年来的经历。成功者的高级皮鞋，包装的仍是一双被坎坷之途所磨砺的伤痕累累的脚。他是我们同代人中第一批与国营单位毅然辞别的人，十几年前那无异于精神病者的毅然。他是我们同代人中第一批加入过"倒爷"行列的人，十几年前那需要有坚韧的心理承受能力，以抵御来自社会各方面的歧视、轻蔑和种种心理压迫。他是我们同代人中第一批办公司的人，办起来了，垮了，又办，又垮，还办——十几年前那是需要破釜沉舟、开弓没有回头箭的勇气的。他是我们同代人中第一批组建施工队的人，十几年前那是需要具有江湖老大的本领的。他是我们同代人中第一批搞房地产开发的人，而哈尔滨市乃至黑龙江省，他当然应被列为最早的"先驱者"之一。

　　跻身于同代人中的"第一批"的行列，在经历了十年的类乎"无名小子闯江湖"的不服气、不认输、不撞南墙不回头，撞了南墙也不回头，仿佛非要把南墙撞个大窟窿的倔而坚的跟跄奋进之后，他成功了。是在第五个回合才成功的。贷款，盖楼，预售——以预售资金补充周转，再盖再售。这是当年霍英东在香港开发房地产业的谋略，也是十年前深圳、海南的第一批房地产开发者们的袭用经验。吴振海当然地应被视为第一批学深圳、学海南的哈尔滨人。这不啻是一场人和时代所进行的赌博。他押上的是他后半生和他的家庭的存亡。如果在这一回合他也输了，那么他将极可能是我的同代人中命运和下场都很悲惨的一个。也许可以这样说，是时代终于给了他一次做赢家的机会。否则，他不但不可能主办我们哈尔滨市第二十九中学三年级九班全体同学的聚会，也许连我们通知他参加，都不知该到哪儿去找他。

成功了的吴振海如是说："是时代给了我这样的机会！"

诚哉斯言！尽管他还算不得是雅科卡式的传奇人物。但我的确感到，他和雅科卡一样，对时代满怀由衷的感激之情。

苏轼在《代侯公说项羽辞》中有言——"来而不可失者，时也，蹈而不可失者，机也。"

十年里，吴振海是一个时时刻刻伺机而动的人。十年来，他活着的态势时时刻刻犹如箭在弦上。十年来，他活得比我的同代人中的许许多多都累。十年来，我的同代人中许许多多人在似有似无中寻找悠闲，而这一个吴振海在一无所有中寻找冒险。

我们稍对时代加以研究，便会发现时代原来具有这样的禀性——它一向只欣赏两类人——甘愿按照它的要求去活的人和违逆它的愿望并且最终成为它的挑战者的人。它因欣赏前者而奖赏他们，它奖赏他们为的是使他们更符合它的要求，对它的圈限更不敢越雷池半步。它对后者照例是不予奖赏的。非但不予，且每以惩剑悬其头上。它欣赏他们大抵在它确感需要他们的时候，亦即我们叫作"转折"的时候。这种时候他们的叛逆和挑战的勇气及其精神，是促它嬗变的催化剂和促它"转折"的推动力。正如蛇有时需将身体夹在树杈之间完成它的蜕皮一样。没有它的那些叛逆者和挑战者，一个时代是不能从它的旧的躯壳之中摆脱出来同时获得新生的。为此它才慷慨地奖赏他们。这种奖赏往往是一次性的,是无比丰厚的。其后它不再赐惠于他们,因为它已经奖赏给了他们对人而言至关重要的千载难逢的时机,而且一并加上了明天。事实也正如此,那些在时代的"转折"关头把握住了时机,并且由此获得到了成功的人,成功将具有令人信心十足的延续性,因为他们乃是和一个新时代同时诞生的,而一个新时代的寿数,通常是按世纪来计算的。新时代需要它的推动者陪伴同行。至于那些曾被它欣赏过、青睐过甚至恩宠过的人们,或者被它留在旧皮上,或者在它完成痛苦的"转折"的时候,分担它的痛苦并和它一起嬗变。它最不欣赏的也许是那样一些人们——在昨天里既不曾被它当做过典范而重视,今天对它的"转折"又麻木不仁的人。它在今天里不暗示给他们任何机会,它也不在明天里留给他们什么。它对他们无辙亦无奈,正如他们对它也是那样……匪今斯今,亘古如兹!

我听着吴振海的讲述,望着他那张二十多年后并未改变多少的我所那么熟悉的脸,头脑中飘飞着纷乱的思想絮片。我在心里对自己说——梁晓声你必须重新认识你这个中学同学。他身上生长着和你截然不同的鳞,你如果搞不明白这是为什么,你又如何能认识现实?

我问:"你当年究竟怎么想的?"

他反问:"哪一时期的当年?"淡淡一笑,又说,"今天以前对于我都是当年。"

我说:"八二年,你到北京,我劝你'改邪归正'的当年。"

他说:"那也太便宜了吧?"

我又问:"什么意思?"

他说:"如果我当年听了你的规劝,现在又能怎样?一个中国人,如果从二十岁起便将自己永久地、完全地交付给一个单位，到他退休，不过从单位那里得到十几万人民币，合两万多美金。我们的父兄辈不都是这么活过来的么？可一个人最好的四十年生命，难道真的就值两万多美金么？换一种活法的可能性真的就没有么？我们中国人都说活得很累，其实最累的是国家。精疲力竭的国家，终于不得不换一种存在方式了。所以不管是谁，不管情愿不情愿，都必须换一种活法了。"

我问："你从什么时候开始这么想的？"

他说："从我父亲病退那一年。干了一辈子，以领取的工资而病退。百分之七十当年还是对他的特殊照顾。可靠那每月四十来块钱，我们一家五口怎么生活？我父亲那天一到家里就哭。我躲出家门，躲到一个别人看不见的地方，也哭了。我对自己发誓——将来我如果不能走一条和我父亲不同的路，我根本就不活到退休那一年……"

他的林肯车将我送回家。我彻夜难眠。

闭上眼睛我仍能忆起当年他家的情形——五口人窘居两间小屋。外间是厨房，搭了窄铺睡人，似乎便是他睡。里外间合起来不足二十平方米。他是长子，上有一姐，下有一弟、一妹。幸而他的母亲是位很善于持家的母亲，缓解了穷困对这样一个家庭的压迫。我也清楚地记得当年他家厨房在哪个位置摆放碗橱，碗橱上放着一个怎样的糖罐。在他家学习的我，隔会儿便借口出去一次，为的是从那糖罐里抠一勺砂糖吃。学校组织春游，他带的饼被我一路吃掉了一半……

他是班里最早的团员之一，一个时期内还担当过我的入团"发展人"。从初一到初三，始终是班干部，他是班里最具凝聚力、号召力的同学之一。对弱小男女生，惯以保护人自居。当年我们之间很要好。

他最大的"毛病",便是他极其强烈的"自我表现"意识和"自我证明"意识,以及他那一种凡事都积极到根本不顾别人对他会有何看法、有何想法的"参与"意识。他是我从中学时代到兵团、到大学、到社会所认识接触过的一切人中,"自我表现"和"自我证明"意识最突出的一个。是的,迄今为止,尤其在我同代人中,我没遇到过在以上方面像他那么愿望强烈的人。某些时代,某些活动,无论班级的,抑或年级的,全校的,一开始可能并未将他列入"中心人物"的名单,不知怎么一来,他竟成了"中心人物"之一。他似乎总在以他的行为昭示别人——这件事怎么能少了我呢?那件事我不参与怎么行呢?仿佛别人行的,他都行。别人不行的,他也行。这难免会使他遭到非议、抨击。可他一向不在乎,"一往无前"。至于别人们怎么想、怎么说、怎么看,他仿佛认为那是别人的自由,随别人的便好了。冬季里,刚上了几次滑冰课,他便开始学健将级运动员驰骋冰场的姿态,戴一顶滑冰帽,不顾惜耳朵和脸腮冻得通红,倒背双手,神气活现,屡屡摔倒却无窘色亦无怯色。他爱打篮球,不是校队但极渴望代表学校参加正规比赛的机会。机会一经获得,横冲直撞地来"三步篮"。犯规就犯规,被罚下场就罚下场,反正他体验了参加正规比赛那一种刺激。在我的同代人中,这一个吴振海,当年就是一个不合格的"标本"。我想当年的时代瞪着他,好比一只母鸡瞪着一只雏火鸡或者雏鸵鸟吧?

而我们传统的社会的综合教育,几乎可说是以限制人的"自我表现""自我证明"意识为己任的。溯望远久的中国历史链,可发现这一点在古典文化中尤其道貌岸然。《老子》中就一再地说些"自见者不明"之类的话,意谓谁"自我表现"了,就不可敬也不聪明了。《礼记·中庸》中说:"莫见乎隐,莫显乎微,故君子慎其独也。"

意谓在最细小的事情方面，在独处无人的时候，也要行为规不越矩。做到怎样才算典范呢？——"天盖高，不敢不蹐；地盖厚，不敢不蹐。"意谓天是何等的高，可是一个楷模人物站着不敢不弯腰曲背；地是何等的厚，可是一个希望获得别人尊敬的人，不敢不小步缓行。而老子则干脆沾沾自喜地说"吾有三宝"——"三日不敢为天下先"。

于是，"文化大革命"成了我们这一代人唯一普遍获准的一次可以理直气壮地表现自己、证明自己的机会。其表现方式是演习"革命"，其证明内容是"无限忠于"，其理论基础是"造反有理"，这是整整一代人心理能量的一次性的大释放、大宣泄。它耗掉了作为每一个单独的人来说，至少需用三分之一生命进行储备的那一种"自我表现"的激情。同时严重挫伤了整整一代人将这一种激情化为自我实现的冲动，此后十年内他们只能听凭时代的摆布。其中某些人"自我表现"的种种努力，实质上体现为一种低级的本能，一种自我异化，一种自我安抚的虚幻的追求。所以，被这一代人的群体客观上遗弃在城市里的吴振海，二十多年中却不被城市的简单而粗暴的"价值秩序"所降服，甩头晃角地始终予以反抗，其"自我表现""自我证明"并借以实现自我的强烈欲望始终野心勃勃地保持着中学时代的原生态，使我不能不觉得简直是奇迹，使我无法不对此赞叹和赞赏。对于我的同代人，他这个人具有极其特殊的鉴定价值和研究意义。起码证明了这样一点——在我的同代人中，原本是应该产生许许多多吴振海的。可是于今放眼看去，浮出于社会水面的，十之七八乃大小官员。而社会却终于不得不承认，前一个时代在这方面的"生育"是不够节制的。它不但使它自己尴尬，而且使一代人尴尬。难道不是么？政府部门要转变职能，机关单位要缩编，于是我们同代人中多少人迷惘，茫然，惶惶不知所措。有些人忙不迭地扑通扑通"下海"，但是已比吴振海们晚了十年甚至更长的时间。于人生而言，有时晚了十年其实意味着晚了一辈子……

一九九二年我回过哈尔滨数次。

我的许多同代人总是问我:"中国今后还会怎样……"——这句话的注脚是——今后我们还剩哪些福利仍有保障?今后我们还将失去什么福利?

我回望我们这一代走过的路,心中不免怆然。

吴振海及其公司的人们也总是问我:"中国今后还会怎样……"——这句话的注脚是——今后我们还将拥有什么样的时机?

想象他当年在哈双公路上"倒煤"而且"倒霉"的情形,心中不禁肃然。

不少哈尔滨人嫉妒属于一种恐惧;它和那种想维护我们对某物的占有欲望相一致。嫉妒使我们去考察疑惑中最微不足道的方面,并把它们作为焦虑的最不得了的根据。

不少我的当然也是吴振海的同代人问——这公平么?

我曾替吴振海回答——是的,这很公平。安于现状的人不必忧患冒险者将承担的风险降临在自己头上,但是也永远没有资格获得冒险者才能理直气壮地获得的一切。如果非说不公平,那么已如昨天时代太褒奖我们而太歧弃吴振海们是一样的。时代仅只能在一点上体现它的公平,那就是给人以普遍的机会。

有了一个"哈克森",便有二百多哈尔滨人解决了就业问题,包括大学生和研究生,他们的福利待遇比国家单位还要高。有人说——进"哈克森"那要凭关系!言外之意,仿佛是它的一条罪状。但是,如果哈尔滨有一百家一千家这样的公司,在福利待遇方面与"哈克森"竞争,并且竞争过了"哈克森",进"哈克森"还要凭关系么?

有了一个"哈克森",只要它运作着,又将有何止千百人有了干活挣钱的机会?长久的没有这种机会社会将会怎样?

有了一个"哈克森",至今已有近千户哈尔滨居民住上了楼房。如果一概等待市里解决,又将等待多久呢……

有了一个"哈克森",去年春节前夕,十几名台商包括一位台湾立法委员,才应邀来哈尔滨考察投资项目……

有了一个"哈克森",一幢四星级饭店,正在筹划兴建之中。北方的第二大城市,连一幢四星级饭店都没有的话,是不能适应改革开放、大批吸引外商的新形势的……

今天的中国人毕竟都恢复了寻找时机的本能,但时机注定不属于以下两种人。

一种人企望着某一天早晨醒来,时代像宠爱自己的阿姨一样,将自己轻轻抱起来,让自己骑在时代的颈上招摇过市……

一种人企望着某一天早晨醒来,以什么听来正当的名义,将原先和自己一样,而如今和自己不大一样的成功了的人打翻在地……

我的同代人呵,我的兄弟姐妹,我愿你我他她之中,第一种人少一些再少一些。我愿你我他她之中,第二种人少一些更少一些!

南方和北方都有一种草叫"节股草"。一种生命力极强的草,一节一节地生,一节一节地死,哪怕还有一节不死,它便活着,并且会一节一节地再生。我的同代人呵,我的兄弟姐妹,我们就是那"节股草"似的一代啊!如果说我们已失去了很多很多,那么我们所获得的,则是一种顽强的复苏能力和再生能力。一切附着于我们的浪漫色彩传奇色彩,自甘的苦难和无奈的磨难早已是往事。在我们四十岁的这一年龄,我们除了依赖于我们的复苏能力和再生能力,还能依赖什么呢?让我们彼此呼唤起鼓励起策动起我们的这一种能力吧!

看哦,时代的巨鲸已将它沉思的头潜入世纪的"海"面,它那别无选择的庞大身躯已然渐渐竖起,纪元的旭日正从明天的时空中冉冉升起,照耀着那蓝灰色的庞大身躯,照耀着它竖起,竖起……

一切感觉才不过是倾斜,是失重,并非那猛烈的拍击造成的真正的阵痛迫临……

我们怵然,我们肃然……

我的同代人哦,我的兄弟姐妹,让我们吸入足够的一口空气和一口勇气,准备做我们这代人的第二次人生拼搏吧……

变成海绵

许多朋友,不仅是文学界的朋友——各行各业的朋友总爱对我说:晓声你太爱讨论了!一有你在场,话题就无休止了!轻松的话题被你"引导"成了严肃又沉重的话题。闲谈不知怎么一来,就成了由你"主持"的专题讨论。你累不累呀?

这话中有调侃的成分,甚至有挖苦和嘲讽的意味儿,当然都是朋友式的、善意的。

坦率讲,我知道也有人非常厌恶我这一点。比如别人正在大谈风月、谈绯闻、谈名人的隐私,或报刊上的花边内容,被我冲淡谈兴,扭转了话题,怎能不索然呢?

其实我非是出于无礼,更不是存心要使别人不快。只不过几乎出于本能地,将自己变成一块海绵,总企图使闲谈成为有意义的讨论,从有意义的讨论中吸收有价值的营养。再进一步坦率地讲,我的创作每受此营养的滋补而冲动不已……

我有不少经济界的朋友——学者、专家、教授,经由和他们的讨论乃至辩论,我接受了一些经济学的观点。于是我看现当代中国社会的眼光,不复是从前小说家的单纯眼光了。

我还有不少企业界、伦理学界、史学界、法学界的朋友,他们都使我受益匪浅。我更有不少同代人、民工、下岗或半下岗的工人朋友。最后一类朋友的存在，常常提醒我，对于中国现当代社会，一个小说家的感觉，无论良好或不太良好，只不过就是一个小说家的感觉罢了，有时可能与众多中国人的感觉截然相反，甚至有天壤之别。我非是"个人体验"派的小说家。我很在乎自己是否了解众多的中国人的中国现当代感觉……

那么，便该说到《司马敦》这一篇小说了。它是我与一位影视导演朋友、几位法学界朋友，以及我家的"阿姨"小芳共同看电视，多次由拐卖妇女儿童案例进行"讨论"的结果。只不过"讨论"的当时，我并未有意识地想要写一篇小说。

不久前，《中篇小说选刊》的章世添同志打来电话，言及转载《司马敦》之事。于是我们竟又在长途电话里讨论起法与善、法与恶、法与罪、法与贫穷和邪恶的关系。如果不是顾及到长途电话费，我们也许会讨论得更深入的……

章世添同志由于常年担任《中篇小说选刊》的副主编，对于全国中篇小说的创作动态，常有颇具权威性的看法。我认为可以说他是一位研读家。起码，他要经常细读大量的中篇小说，肯定比任何一位作家读的都要多。他对我的小说所提出的意见，对我的创作实践每每有点悟性的帮助。

就《司马敦》一篇，他在电话中问我："你小说中，也是现实社会中，另一名往往'逍遥法外'的'罪犯'是……"

我在电话这一端打断他，请他先别说，由我自己来说。

我说："那就是贫困，咄咄逼人的贫困。"

他说："还有邪恶。某些人之所以成为罪犯，本性中的邪恶，或堕入'犯罪命运'的'人文'条件的邪恶，也就是还有一个未被推上审判台的'罪犯'……"

我说这正是我力图表现的……

他听了很高兴。

我说人由本性中的邪恶成为罪犯是可恨的。而人由"人文"条件的邪恶堕入"犯罪命运",以及社会促使的犯罪因素,就不但可恨,亦复可悲了……

我由衷地感谢各行各业的朋友们与我进行过的社会方方面面的讨论。这是我要保持对一个大中国,而非一座城市,非一个阶层的中国感觉的方式之一。从某种意义上讲,他们也都是我的许多篇小说的"合作者"之一呢!

站直了，不容易

有一部国产影片的片名叫《站直啰，别趴下》，反映的是中国小知识分子的俗常生活形态。

这部影片的片名每使我联想多多。

像世界上一切封建帝王统治史漫长的国家一样，中国也是一个"官本位"影响深厚久远的国家。

于今，其影响虽已缩敛，但仍强劲地左右着许多中国人，包括许多大小知识分子的命运状况。故中国人，以及中国大小知识分子头脑中一再滋生出犬儒思想的陋芽，并玩世地将犬儒思想的方式，当成一种成熟、一种人生的大智慧、一种潇洒似的活法，委实也是可以理解，甚至应予体恤的。

在"官本位"的巨大投影之下，从献身于官体制的官们，到依存于官体制的大小知识分子们，到受治于官体制的庶民百姓们，谁想站直了，都非是容易之事。

相反，千万别站直了，倒真的是一种有自知之明的表现。而且，只要习惯了，感觉也不是多么的不好。有时甚至会获得较好的、很好的感觉。会获得比企图站直了还好的感觉。

由这一种见怪不怪的现实，又每使我联想到谢甫琴科。众所周知，谢氏生长在农奴家庭，从小失去双亲，孤苦伶仃，实际上便开始做一个小农奴。尽管他的身份似乎比农奴高一等，叫"使唤人"。

后来，他成为乌克兰民族的画家和诗人，名声远播，于是受到沙皇的召见。

其刻，宫殿上文武百官都向沙皇三躬其腰，口出颂词，惟谢甫琴科一人挺身于旁，神情漠然。

沙皇愠怒，问："你是什么人？"

诗人平静地回答："我是塔拉斯·格里戈耶维奇·谢甫琴科。"

沙皇又问："你不向我弯腰致敬，想证明什么？"

诗人不卑不亢地回答："陛下，不是我要见您，是您要见我。如果我也像您面前这些人一样深深地弯下腰，您又怎么能看得清我呢？

……

这一次召见，决定了诗人一生的命运。

如果，他和沙皇面前的那些人一样；如果，他哪怕稍微装出一点儿卑躬屈膝——这在当时实在算不上什么耻辱，许多比他声名显赫的人物都以被沙皇召见过为莫大荣幸——那么他也许将从此成为沙皇的宠儿。

但是由于他的桀骜不驯（这乃是由于他的出身和经历，从一开始就在他内心里种下了轻蔑王权的种子），使他几乎一生都成为沙皇耿耿于怀的人。

在王权的巨大投影之下，无论什么人，若想站直了，就必付出代价。

谢氏为此付出过代价。

法国的雨果也为此付出过代价。

还有俄国的普希金。

还有许许多多在王权的巨大投影之下企图站直了的人……

民主之所以对于人民毕竟是好事，就在于它彻底驱散了王权的巨大投影之后，使人人都有可能从心理上获得解放，弯腰与不弯腰，完全出于自愿，出于敬意的有无，而根本不必假装作戏。倒是反过来了，有权之人，每每在人民面前作秀，以获得人民的好感。因为人民几乎无时无刻都有资格以民主的名义理直气壮地说："你的权力是我们给的，我们想收回给予别人，便可以那样做！"

王权巨大投影之下的任何人，却不得不经常告诫自己："我现有的一切是王权的代表者们给的，他们想把它缩减到多么小的程度就可以把它缩减到多么小的程度。他们一旦想收回它，不愁没有正当的理由。"

中国的民主局面、法制成就，近年发展得很快，有目共睹。

但我们中国人毕竟在王权的巨大投影之下弯腰弯得太久了，似乎成了一种遗传病，鼓励站直了，许多人可能一时反而不习惯，感觉反而不自然。

扫描社会，观察这一种现象，所见是非常有趣的。

"我认识××厂长！"

"我认识××处长！"

"我认识××局长！"

"我认识××部长！"

在社会的各个阶层中，都时常会听到这样一种炫耀。而其炫耀，效果往往又立竿见影。仿佛炫耀者本身，顿时脑后呈现七彩光环似的。倘不直接认识官员们，那么认识他们的秘书、儿女、三亲六戚，也似乎足以令人刮目相看。尤以认识官员们的夫人，最是资本。

一些人公开宣布自己拥有这些特殊关系时，其实是想证明——我是一个有条件站直了的人！但所认识的官员一旦"趴下"了，或从官体制中隐退，一度站直了的某些人，又必然会一如既往地弯下腰。

于是他赶紧弯下腰去认识另外的官。因为他毕竟曾靠认识官而站直过,体验了站直的感觉之良好……

如今,一个中国人站直了,已不需付出以往时代那种代价。那种代价太沉重,有时甚至很惨重。在中国以往的时代,只有几千万分之一的人尝试过。

但如今,一个随时准备弯下腰的中国人,依然肯定地比一个随时准备"站直"了的中国人获益多多。

某一天这种情况反过来,中国就将成为一个前途更为光明的国家了……

第四章

歌者在桥头

达丽之死

达丽是友人的女儿,是友人唯一的女儿。达丽是初中二年级的学生,是个秀气的少女,也是个文静的少女。友人原是一家大报的编辑,年长我七八岁,那么今年该是五十二三的人了。十年前我们认识的,后来渐渐断了来往。一日我乘坐出租汽车,路遇一个招手截车的男人。那是冬季的一日,风很大,天气很冷。司机跟我商量:"问问他去哪儿。如果顺路,就把他捎上,行不?"我说:"这么大的风,行啊!"于是司机停了车,摇下车窗问他去哪儿?他回答说去亚运村那边儿。而我回家,正好同路。不待他央求,我就开了车门……他上了车,坐我旁边了。看了我一眼,在我膝上猛拍一掌,友好惊诧地叫出我的名字。于是我不禁扭头注视他,却想不起在哪儿见过他。"唉,唉,当年,你可是以'老师'称我的啊!现在却对面不相识了……"他以批评的口吻说,显出挺感伤的样子。可我还是回忆不起来。他说出了他的姓名。我虚伪地说:"是你呀?真巧!……"其实还是没想起他是谁。他将一张名片塞我手里,爽爽快快地对司机说:"快开车吧,我付两份儿车钱就是了!"司机说:"你们各付各的。你上车,是他同意的。你们原先认识,也不能算同路。不图多挣一张,我车上已经载客了,还停下问你去哪儿干什么……"我下车时,他不许我付车钱,说由他付了。回到家里,我细看那张名片,见他的身份是,某某文化广告公司副经理。

不知为什么,我要求自己必须回忆起这位巧逢的"老师"。我一册册地翻阅名片夹,终于又发现了一张印有他姓名的名片。那上面他的身份是报社文艺部副主任,业务级别是副编审⋯⋯

晚上我给他打了一次电话——因在出租车上没能立刻认出他,尤其是在他已认出了我并说出了他自己的姓名后,居然一时还回忆不起他来,几分不好意思掺杂着几分虚伪地说了些请多原谅之类的话⋯⋯

他在电话那一端哈哈笑了。仿佛在通过那一种朗朗的笑声,向我证明着他目前对自己的自信和对自己新职业、新身份的良好感觉,以及目前对自己的活法和生活现状的满足⋯⋯

我问他:"哪一年离开报社的?"

他说:"一九九零年。"

我问:"是辞职还是兼职?"

他说:"当然是辞职。"说像他这样的人,一旦想通了,决心下定了,那就破釜沉舟,开弓没有回头箭了。他明白了我的意思。他说这不安上电话了么!说房子住得也宽敞多了。公司为他在亚运村买了三室一厅⋯⋯"我受之无愧!"——他说——因为我为公司创收三百余万,这点儿奖励是公司完全应该给的!他特别向我强调——他已经是一个有小车坐的人了。只不过那一天他吩咐司机送客人去了,所以才"打的"⋯⋯"我已经两年多没有挤公共汽车和骑自行车的体验了,也两年多没'打的'了⋯⋯今天真狼狈,沾了你的光⋯⋯"听他的口气,似乎还挺留恋当年那种挤公共汽车和骑自行车横穿大半个北京的体验似的。我忙说哪里哪里,说其实是我沾了他的光。我将我家里的电话号码告诉了他⋯⋯以后他就常来电话,和我进行一般性的感情联络。如果说也有什么目的性,那也无非是怂恿我去听国内或港台歌星们的什么什么演唱会……

渐渐地他使我重新认识了他——看来他已经是国内专门组织歌星演唱会的"大腕"了。据他自己说,好几场火爆的演唱会,票价高得令人咂舌的演唱会,都是他策划的。

"现在策划人太多了。阿猫阿狗,往往也摇身一变成了策划人。可有名望的策划人是不多的。真的,中国应该产生超级策划人!……"有一次他在电话里这么对我说。听得出,他以五十多岁的年龄而踌躇满志,仿佛为自己确定了后半生努力奋斗的目标——成为超级歌星演唱会策划人。仿佛他已经接近着那样的目标了。起码给我的印象是那样……

终于有一天他光临我家,还领来了宝贝女儿达丽。我也就是在那一天,第一次见到了那秀气的、沉静而又举止斯文的初二女学生。"叫叔叔!"一少女就略显拘谨地叫了我一声叔叔,并且腼腆地羞红了脸。而后依偎地坐在她父亲身旁,低着头翻阅一册画报。"你看我女儿怎么样?"我一时没领会他的话是什么意思,怔愣地瞧着他,不知如何回答才好。"你看我女儿形象如何?"生平第一次,有一位父亲,当着自己初中二年级的女儿的面,那么问我。我很是愕异,觉得他问得实在唐突。我看了那少女一眼,对她的父亲说:"小达丽形象很清纯嘛!将来也许能当演员呢!"

"是么?你真的这样认为么?……"——我的话使他顿时高兴起来。他将女儿往自己身旁搂了搂,使她更亲昵地依向自己,望着我坦率地说:"其实我来,是有求于你。"

我说:"你讲,只要我能办到,绝不推诿。"他说:"我是为女儿来求你的,要不我也不带她来了。"我又看那少女一眼,沉默着,期待着。而达丽则停止了翻阅那一册画报,分明是在低着头猜测地想象我的表情反应。"我这个宝贝女儿,是我唯一的安慰。她妈七年前去世了,我当年一门心思在工作方面,生怕评不上副编审。副编审倒是评上了，可孩子自小的学业给耽误了。当年没入上一所好小学，我对她的学习关心得又不够，现在也就只能在一所很差的中学里混着读。我不打算培养她考大学了。她自己也没这份儿心劲了。好在我这女儿形象不错，嗓子也挺好……达丽，站起来给叔叔唱支歌儿……"

于是那少女迟疑了一阵，站起来，低着头问父亲："唱什么呀爸？"他说："随便。觉得自己哪首唱得好，就唱哪一首。"那些日子电视里正播放台湾电视连续剧《新白娘子传奇》，那少女便轻声唱起了"千年等一回"……

她唱完，瞧着她父亲，似乎在问——爸，我唱得还好么？还要再唱一首么？而他的父亲则望着我——似乎在同样地问我……

我说："达丽，你坐下吧！"她这才款款重新落座。我望着她父亲说："唱得真是怪不错的！"其实我并不觉得唱得多么好，也听许多女孩子能唱到那种水平，

虚与委蛇地应酬着罢了……

她父亲说："达丽，听到了吧？你在学习方面没了信心，也就算了。一个女孩子家，读到初中，不搞学问，不教书文化够了……"

他说着，吸着了一支烟。

近些年来，我虽然听到过许多抱怨文化和知识贬值的悲观言论，但还是头一次听到一位曾当过大报社编辑部副主任的父亲，当着自己女儿的面，并当着外人的面说这样的话。我暗想，副编审，在中国，也可以算是一位高级知识分子了。享受副高级知识分子待遇嘛！尽管那待遇可能不过是空头支票，尽管他已经改行当副经理了……

他又轻轻推着女儿，怂恿道："既然叔叔给了你公正的评价，那你就再给叔叔唱一首！"那少女刚欲站起，我忙制止："不必了不必了，你就直说你到底求我什么事吧！"

他说："我想朝影视歌这三方面培养我的宝贝女儿。歌这方面

嘛，我自己的能力绰绰有余了。影视圈里，我还不太熟。想劳你今后替达丽，当然也是替我多关注关注，操操心，如果有什么合适的角色，给推荐推荐……"

我吞吐地说："这个……看机会吧！如果正好有合适的角色，又赶上孩子放假……""放假不放假的不必太考虑！"他打断了我的话，"只要机会难得，还上的什么学啊！"达丽这时就站了起来。她说："爸，我先到叔叔家对面那个花园里去玩会儿行吗？"毕竟是初二的女学生，即使在父亲眼里仍是个孩子，她那自尊心肯定早已变得极其敏感了。我很是体恤她处在我和她父亲之间的窘迫，不待她父亲开口，我抢先对她实行了"放逐"。我说："去吧去吧，那花园很美……"她迅速地瞥了我一眼，转身离去了。在那少女的一瞥之中，我破译了许多感激。那是回报给理解的感激……

房门一关上，我瞪着她的父亲，非常郑重地，以批评的口吻说："你不该当孩子的面说那些话啊！她才初二么！我看她不是一个笨孩子。你完全可以替孩子请位家庭教师补补课嘛！离考大学还有四年呐，来得及嘛！……"

他掐灭烟蒂，又吸上了一支。吸两口，慢条斯理地说："非要读大学的话，当然还来得及。我这女儿又不弱智。"

我说："那为什么……"

他说："为什么不给她请位家庭教师？目前现状明摆着嘛！"

"请不起？"

"那才几个钱，看看我吸的什么烟？'中华'！除了'中华'，别的烟我不吸。一个月少吸两条'中华'，请位赋闲的教授也有人愿意！"

"那究竟还有些什么别的原因呢？"

"什么别的原因也没有。她偏文科，所以将来考也只能考文科。大学文科毕业生，又是个女孩子，会有什么出息？硕士又怎么？

博士又怎样？博士后又怎样？当了教授又怎样？每个月最多还不是八九百一千来元么？那得学多少年，还得学八年。八年后才大学毕业啊！读得满腹经纶，学富五车，一直读到博士，那就至少得再读十二年！十二年啊！十二年后中国什么样都不知道啦！可换一种思维，替孩子选择另一种人生，兴许三年后，十五六岁，我就把她培养成一名小歌星了。哪怕三流歌星，一场演出费，就顶大学教授一年的工资了。我这个副编审，没当经理前，不才一百五十多元基本工资嘛！八年时间，一名三流歌星，玩似的也挣下七八十万了！如果唱红了呢！做一次广告够高级知识分子一辈子享受不完的啦！我为什么那么傻？非鼓励孩子走刻苦读书这一条老路？孩子累，我也累，图的什么？你倒说说究竟图的什么？我还能干几年？再干三五年，别人仍抬举，让干也干不动了。那时如果女儿正读大学，我这几年辛辛苦苦积攒下的钱，全得为她交了学费。等到她毕业，一名一无所有的大学生，或者硕士生、博士生，供养一位同样一无所有了的老爸，那将会是一种多么绝望的生活？达丽她若能早出息成一名歌星，我晚年不是也跟着享享福么？我又当爸又当妈，还不就指望晚年享享女儿的福么？……"

我也吸着了一支烟。我不知再说什么好。觉得他的话，自有一番道理……

"我要从现在起，努力将我宝贝女儿培养成一个影视歌三栖明星！将来这三个行当，竞争肯定激烈，淘汰也快。所以必须朝三方面的全才去培养。又唱歌，又演电影，又演电视剧。这行受挫了，兴许在另外两行还红着……"

他说完凝视着我。

我问："你怎么给孩子起名叫达丽？"

我是无话找话，总得说句什么。而且暗想"达丽"这个名，太像有些人给喜爱的小狗起的名字了。

"我和她妈,不都是看《钢铁是怎样炼成的》成长起来的一代人嘛!她妈怀她时,我们讨论过,如果是男孩,就叫保尔。如果是女孩,就叫保尔妻子的名。后来时代变了,我们对自己的理想主义情结,也就越来越轻蔑了。先是被别人轻蔑,后是觉得被时代轻蔑,最后是自己轻蔑自己,自己嘲弄自己。所以,女儿上小学时,我和她妈讨论,就将女儿的名字由'丽达'改成'达丽'了,表示一点儿对理想主义情结的背叛情绪吧!知识分子,也就这点儿能耐,就小小不言地表达点儿背叛情绪……"

我说:"原来是这样……"

他说:"终于理解我这位父亲的良苦用心了?"

我说:"理解了……"

他说:"那,肯帮忙了?……"我说:"放心,我一定像为自己的女儿操心一样,一定尽力而为……"直至我送他出家门,达丽还没回来……

几个月后,我收到他提前寄来的一张票,夹在信纸内。信很短,只有几行字——说他女儿在那一次演出中,和一个什么什么少女合唱团一起,将荣幸地登台为某"天王巨星"级的香港歌星伴唱,请我无论如何要抽时间去听听。

那天晚上我已有安排,没去。我心里挺不安,觉得太辜负人家的一片诚意。对他求我的事,更加铭记不忘了。又几个月后,我替达丽抓住了一个机会,是一部三集电视剧,是一个有几十句台词的串场大群众角色。可是达丽没接那角色,据说嫌戏太短,戏也太少。我很怀疑是达丽本人不愿接,还是她父亲……

他就再没来过电话……

渐渐地,联络又中断了。我也就渐渐地又把他们父女俩从记忆中排挤出去了……

今年春节期间,似乎是初五的晚上,我接到了一次电话。"喂,晓声么?听得出来我是谁么?"声音很低,无精打采的。我没听出来。"我是……达丽她父亲啊……"我赶紧说:"听出来了,听出来了!故意说没听出来,跟您开玩笑呐……"他告诉我达丽住院了,是破伤风,很希望有人看望看望她。他想来想去,只有请求我成全他女儿的这一种小心愿。我一向是个最好说话的人,何况对那少女,我内心里其实挺喜爱的,于是满口答应,第二天带了礼物到医院去看她……

那是我第二次见到她。她脸色极苍白,虚弱得说不出话。一双大眼睛,也丝毫没了光彩,没了生动。她得的根本不是什么破伤风而是败血症。这么说也不对。应该说,是由破伤风引起了严重的败血症。

我看过她以后,在病房外问她的父亲:"怎么会这样?"

他起初不肯说。我一再逼问,才说了——达丽的班上,以达丽为核心,由十几个初二女学生,组成了一个什么"少女追星大家庭"。她是她们那个"大家庭"的"家长"。她的一个女同学,也是她们那个"大家庭"的成员之一,在一块手帕上,绣了大大小小十几颗心,寄给了香港某男歌星。结果她得到了一张他的照片,四寸的,背面有他的亲笔签名。其实究竟是不是亲笔签名,她是无从知道的。她以为是,当然便是了。于是这一张照片,成了她们"大家庭"中的无价之宝似的,引起了另外一些少女们极大的嫉妒。其中最嫉妒的是达丽,她想,她一定要从他那儿得到一件比一张照片更宝贵的东西。其实她究竟要得到什么,连她自己也不十分清楚。这痴情的少女,竟割破自己的手,滴了半小碗血,就沾着自己的血浆,给自己的崇拜偶像写了一封血书——三四千字的一封血写情书,每一句,每一个标点,都是用他唱过的歌的歌词串联写成的。然而信寄出后,仿佛泥牛入海,空谷无音……

她的手却渐渐感染了……

"这孩子,她为什么就不对我讲呢!不就是一张歌星的照片么!

十张我也能替她要来呀!为什么要这么傻呢!……"

他哭了。眼泪顺着脸腮往下淌,哭得一塌糊涂……

"破伤风引起败血症的,百分之一还不到,怎么偏偏让我的女儿摊上了呢!……"

我意识到情况严重,去找医生问,医生果然说——她到医院来得太晚了,因为不但血液,而且心肌也受到了严重的病毒感染……

她的父亲策划了一场又一场大型港台歌星演唱会,使他们一个个席卷巨款乐滋滋喜洋洋地离开大陆,为公司累计创收五六百万,也同时制造了一阵又一阵的"追星热",直接培养了一批又一批大陆少男少女的"追星族"。

她无疑是她父亲培养得最成功的一个……

却也成了最失败的一个……

破伤风危及生命的百分之一还不到的比例,在这一种成功和这一种失败之间那么荒唐地划了一个等号……

我心中涌起极大的悲哀。为达丽这少女,也为她的父亲。我没话可安慰他……

我第三次见到达丽,已是在火葬场了。那是一个人少得不能再少的哀悼仪式。五六个成年男人,哀悼一个十四岁的少女……

她一只手放在胸前,持着某香港歌星的一张照片——是我从一册画报上剪下来,是我以模仿的笔体在背面签上了那香港歌星的姓名。我原以为,能在她活着的时候,给她一点儿心理安慰——谁知却成了她死后的陪葬品……

五六个成年男人中,除了她父亲,除了我,再就是他公司里的人了……

哀悼仪式还没完,他们就悄悄谈论起策划下一场演唱会的事儿来……

我听一个人很有把握地说——获利一百多万似乎不成问题……

歌者在桥头

我有点儿拿不准该怎么叫他,就是那我见过多次的瘦脸的青年;倘在从前,比如一九四九年以前吧,我若叫他卖唱的那是绝对没叫错他的。但我要是那么叫他,则今天一概的歌星们,似乎便也都成了卖唱的了,所以我不愿那么叫他。那么叫他,对他是多么的不敬;而我,起初只不过默默地欣赏他,后来,竟生出一种挥之不去的敬意了。

我家附近有条小河,两畔皆公园,对于城市而言,确乎算得上是两处风景区了。一年四季,那里是周边居民流连忘返的地方。尤其从五月至十月的半年,又尤其在傍晚,简直可以用游人如织来形容。

小河上有数座桥,其中一座桥被马路贯通,自然车来车往。但桥面并不因而全都成了马路的路面,马路两旁的人行道也从桥上延伸而过,每一边的人行道都有三米宽左右,于是成了小摊贩们摆摊的宝地。

小摊贩们偏偏选择那儿卖些小东小西是有他们的道理的,那儿有公园的一处入口,进出之人络绎不绝。

事实上那里是禁止摆摊的,然而我们都知道的,小摊贩们想要赚点儿钱贴补家用的决心都是很坚定的,于是那桥头便成了他们与城管人员们的心理博弈之地。某一时期小摊贩们占上风,某一时期城管人员们占上风。今年的六七月份,小摊贩们占了上风。就是在那两个月里，我多次见到那瘦脸的青年。

偶尔，我也是喜欢散步的。

一日傍晚，我正在河畔走着，忽被一阵歌唱之声吸引。那首歌我十余年前是听过的，当年挺流行，我也很喜欢。但歌名却不记得了。至于歌词，也仅记得一句而已，便是"家中才有自由才有九月九"。

听到久违了又曾喜欢过的歌，我的心情因之一悦。然而我听出不是谁放的录音，分明是有人在用麦克风高唱。并且，依我听来，唱歌的人嗓音不错，唱的水平也几近专业。

出于好奇，我循声而去，至桥头，见唱歌的人是一个瘦脸青年。

天已经黑了，白天的暑热却一点儿也没降，估计还有三十度高。一概的人们，皆穿得短而薄。有的男人，着短裤，趿拖鞋，手持大扇，边走边忽搭忽搭地扇。

相形之下，那瘦脸的青年，实在是穿得太与众不同了。他穿一套绿军装，非是正规军装，是摊上买的那种。脚上是一双解放鞋。那是我年轻时春夏秋三季常穿的鞋。在气温三十度左右的那一个晚上，不出汗的脚穿一双解放鞋，一会儿工夫那也会捂出两脚汗来。解放军穿解放鞋，同时是穿吸汗性良好的棉线袜的。他提起裤腿挠了一下脚踝，我见他根本什么袜子也没穿。他头上还端端正正地戴着一顶绿军帽，也非是真正的军帽，同样是摊上买的那一种。

桥头有路灯。在灯辉下，我见他脸颊上淌着汗。

他的脸形瘦得使我联想到一个印象深刻的人，一个苏联的青年——保尔·柯察金。他的眼睛也像保尔那双眼睛那么大。帽檐下，那双眼睛被桥头灯的灯辉映得亮晶晶的。

有灯也罢，无灯也罢，人一过了朝气蓬勃的青春期，眼睛就再也不会那么明亮了。

我看不出他是否是一个朝气蓬勃的青年，但他唱得朝气蓬勃，而且，感情饱满。

> 又是九月九重阳夜难聚首，
> 思乡的人儿漂流在外头。
> 又是九月九愁更愁情更忧，
> 回家的打算始终在心头
> ……

我觉他唱得好极了。

那么，他真的是一个卖唱的青年么？

真的是。桥面两侧的人行道上聚满了人。看去，大抵都是在北京打工的人，都一动不动地听他唱。那一时刻，除了有车辆从桥上驶过发出声响，除了他在唱歌，可以说周围一片安静。连小贩们，也停止了叫卖。

然而，听他唱歌的人，并没谁丢钱给他，这是他与卖唱者的区别。只有当别人也想唱时，才须付钱给他。于是他将话筒恭恭敬敬地递给别人，之后深鞠一躬，大声说谢谢。说得真挚。

桥头停着一辆经过改装的三轮脚踏车，车上是边角严密的铁皮箱，有门可以双开对关；箱内是一台二十几寸的电视，电视上是卡拉OK装置。别人要点唱什么歌，由他代为调出。他实际上是在租设备，用他的麦克风，用他的设备唱一首歌两元钱。

他所服务的对象是些和他一样的外地青年。他们是进不起北京的歌厅的，但他们既为青年，某时某刻，肯定也会产生想唱一首歌的冲动的。他显然了解此点。也显然的，自以为发现了所谓商机。大概，还希望通过这一种亚文艺性的谋生手段掘到第一小桶金吧？

他唱，分明是企图通过自己的歌声激发起别人也想唱歌的兴致，但那一个晚上,事实证明他的想法大错特错了。因为他唱得那么好(在我听来唱得那么好),别人们在他唱完之后,反倒缺乏勇气当众唱。只有一个小伙子和一个姑娘向他讨过了麦克风。小伙子勉强唱罢一首,任凭他再三鼓励,怎么也不肯唱第二首了。姑娘连一首也没唱完就将话筒还给他了。他呢,躬也鞠过了,谢也说过了,还将两元钱退给那姑娘了。姑娘不肯接,他硬塞到人家手里……

我听到有人议论:"唱得还不赖,可我不喜欢他那身打扮!""那叫行头!为了引人注意呗。""八成也为了省钱。可惜没什么公司包装包装他,要是有,不久又多一歌星!"站在我旁边的居然是两名城管人员,一个年轻,一个中年。年轻的问中年的:"管不管?"中年的说:"该管则管,不该管别管嘛。""到底管不管?""起码现在先别管。"两名城管人员一块儿走了。那歌者,也就是那瘦脸的青年,见冷场了,一时有点儿不知所措。突然有人高叫:"再来一首!"于是,竟响起一阵掌声。青年四面鞠躬,接着唱起了李白的《静夜思》。

床前明月光,
疑是地上霜。
举头望明月,
低头思故乡。

他唱出了一种如诉如泣的意味。斯时,一轮明月悬于桥头上空,我见有人不禁地仰起了脸……

那晚,我听他接连又唱了五六首歌才离开。我离开之前,他再没挣到一份儿钱,但掌声又响起了几次……

我回到家,见电视里也有歌星们在唱。他们身着的演出服华美夺目,他们背后的布景红烟紫气,叹为观止。他们都比那桥头歌者唱得好听，可不知为什么，萦绕在我耳畔的，却依然是那桥头歌者的歌声。

连续数日，每晚我都去到那桥头，每晚都能听到那青年歌者唱几首歌。我听到的议论也多了，对那青年歌者的了解也多了。有人说他会唱一百几十首歌……有人说他曾当过挖煤工，遭遇塌方，砸伤了腿，而煤窑主逃了，他没获得补偿……有人说他还在一部什么电视剧中演过一个戏份不少的瘸腿的群众角色；但不知何故，那部电视剧一直没播出……

肯向他讨过麦克风唱歌的人竟也渐多，他的生意也就自然好起来了。然而，两元两元地挣钱，好起来了也分明是挣不到几多的。

某晚，人们都散去了，他正要蹬上车离开时，我见那两名城管人员又出现了。

中年的城管人员问他："挣够路费了吧？"

他点头。

年轻的城管人员说："'十一'快到了，你还是趁早离开北京吧。以后我们再不管你，我们可就太失职了！"他点头。

后来有一天晚上九点多时，下起了一场瓢泼大雨。我伫立家窗前看雨，似乎听到他的歌声。起初我以为自己是在幻听，但他的歌声持续不断，东一句西一句的。我疑惑，推开了窗子。不是似乎，果然是他在唱！

> 天上有个太阳，
> 水中有个月亮，
> 我不知道我不知道我不知道……

他唱的还是根据我的小说《雪城》改编的同名电视剧之插曲！他已不是在唱歌，而是在喊歌。

我不但疑惑，以至于惊诧了。寻到伞，打算到桥头去看究竟。突然的，他的声音中断了。我愣了愣，没出门。

第二天早晨，天气晴好。我怀着满腹疑惑，匆匆走到了那座桥头。

桥头已经聚了不少人，围着一地碎玻璃。

人们议论纷纷："一掉雨点儿，咱们不都散了吗？就那疯子没走，拽住他非要他再唱。疯子说他如果不唱，自己就跳河。这河水两米来深，疯子真跳下去，那还不淹死啊？……"

"疯子？……"

"那几天总蹲这儿听他唱歌的那个疯子嘛！不少人都注意到过那疯子，你没注意到过？"

"你也走了，怎么会知道走后的事？"

"我听路对面那杂货铺子的主人说的。他站在门口，把事情经过全看在眼里了！为了那疯子不跳河，他就一直唱。疯子和他，都淋得落汤鸡似的！杂货铺子的主人终于被他唱明白了，赶紧拨打110。可警车来晚了一步，疯子捡块砖砸了他的电视，还把他的头拍出血了……"

如今，桥头已被围上了美观的栏杆，摆摊已成严禁之事。

我，也再没见过那瘦脸的、瘸腿的青年歌者。不知他还会不会出现在北京？不知他又在哪一座城市以他那一种方式挣钱？如果确有所谓上帝的话，我愿上帝眷顾于他。上帝岂可抛弃好人？……

关于"家"的絮语

即使旧巢倾毁了,燕子也要在那地方盘旋几圈才飞向别处——这是本能。即使家庭就要分化解体了,儿女也要回到家里看看再考虑自己去向何方——这是人性。恰恰相反的是,动物和禽类几乎从不在毁坏了巢穴的地方又筑新窝。而人几乎一定要在那样的地方重建家园……

"家"对人来说,是和"家乡"这个词连在一起的。

贺知章的名诗《回乡偶书》中有一句是"少少离家老大还",遣词固然平实,吟读却令人回肠百结。当人的老家不复存在了,"家"便与"家乡"融为一体了。

在山林中与野兽历久周旋的猎人,疲惫地回到他所栖身的那个山洞,往草堆上一倒,许是要说一句——"总算到家了"吧?云游天下的旅者,某夜投宿于陋栈野店,头往枕上一挨,许是要说一句——"总算到家了"吧?即便不说,我想,他内心里也是定会有那份儿感觉的吧?一位当总经理的友人,有次邀我到乡下小住,一踏入农户的小院,竟情不自禁地说:"总算到家了"……他的话使我愕然良久。切莫猜疑他们夫妻关系不佳,其实很好。为什么,人会将一座山?一处野?乃至别人的家,当成自己的"家"呢?

我思索了数日，终于恍然大悟——原来人除了自己的躯壳需要一个家而外，心里也需要一个"家"的。至于那究竟是一个怎样的所在，却因人而异了……

"家"的古字，是屋顶之下，有一口猪。猪是我们的祖先最早饲养的畜类，是针对最早的"家"而言，是最早的财富的象征。足见在古人的观念中，财富之对于家，乃是相当重要的含意。

在当代，一个相当有趣的现实是——西方的某些富豪或高薪阶层，总是以和家人待在一起的时间的多少，来体会幸福的概念的。而我们中国的某些富豪和高薪阶层，总是要把时间大量地耗费在家以外，寻求在家以外的娱乐和花天酒地。仿佛不如此，就白富豪了，白有挥霍不完的钱财了。

这都是灵魂无处安置的结果。心灵的"家"乃是心灵得以休憩的地方。那个地方不需要格外多的财富，渴望的境界是"请勿打扰"。是的，任何人的心灵都同样是需要休憩的。所以心灵有时不得不从人的"家"中出走，去寻找属于它的"家"……建筑业使我们的躯壳有了安居之所，而我们的心灵自在寻找，在渴求……

遗憾的是——几乎我们每一个人都有家，而我们的心灵却似无家可归的流浪儿。朋友，你倘以这一种体会聆听潘美辰的歌《我想有个家》，则难免不泪如泉涌……

爱读的人们

我曾以这样一句话为题写过一篇小文——"读,是一种幸福。"我曾为作家这一种职业作出过我自己所理想的定义——"为我们人类古老而良好的阅读习惯服务的人。"我也曾私下里对一位著名的小说评论家这样说过——"小说是培养人类阅读习惯的初级读本。"我还公开这样说过——"小说是平凡的。"现在,我仍觉得——读,对于我这样一个具体的、已养成了阅读习惯的人,确乎的是一种幸福。而且,将是我一生的幸福。对于我,电视不能代替书,报不能代替书,上网不能代替阅读,所以我至今没有接触过电脑。

站在我们所处的当代,向历史转过身去,我们定会发现——读这一种古老而良好的习惯,百千年来,曾给万亿之人带来过幸福的时光。万亿之人从阅读的习惯中受益匪浅。历史告诉我们,阅读这一件事,对于许许多多的人曾是一种很高级的幸福,是精神的奢侈。书架和书橱,非是一般人家所有的家具。书房,无论在西方还是东方,乃富有家庭的标志,尤其是西方贵族家庭的标志。

而读,无论对于男人或女人,无论对于从前的、现在的,抑或将来的人们,都是一种优雅的姿势,是地球上只有人类才有的姿势。一名在专心致志地读着的少女,无论她是坐着读还是站着读,无论她漂亮还是不漂亮，她那一时刻都会使别人感到美。保尔去冬妮娅家里看她，最羡慕的是她家的书房，和她个人的藏书。保尔第一次见到冬妮娅的母亲，那林务官的夫人便正在读书。而苏联拍摄的电影《保尔·柯察金》中有一个镜头——黄昏时分的阳光下，冬妮娅静静地坐在后花园的秋千上读着书……那样子的冬妮娅迷倒了当年中国的几乎所有青年。

因为那是冬妮娅在全片中最动人的形象。

读有益于健康，这是不消说的。

一个读着的人，头脑中那时别无他念，心跳和血流是极其平缓的，这特别有助于脏器的休息，脑神经那一时刻处于愉悦状态。

一教室或一阅览室的人都在静静地读着，情形是肃穆的。

有一种气质是人类最特殊的气质，所谓"书卷气"。这一种气质区别于出身、金钱和权力带给人的什么气质，但它是连阔佬和达官显贵们也暗有妒心的气质。它体现于女人的脸上，体现于男人的举止，法律都无法剥夺。

但是如果我们背向历史面向当今，又不得不承认，仍然以读为一种幸福的男人和女人，在全世界都大大地减少了。印刷业发达了，书刊业成为"无烟工业"。保持着阅读习惯的人也许并没减少，然而闲适之时，他们手中往往只不过是一份报了。

我不认为读报比读书是一种幸福。

或者，一位老人饭后读着一份报，也沉浸在愉悦时光里。但印在报上的文字和印在书上的文字是不一样的。对于前者，文字只不过是报道的工具；对于后者，文字本身即有魅力。

世界丰富多彩了，生活节奏快了，人性要求从每天里分割出更多种多样的愉悦时光，而这是人性合理的要求。

读，是一种幸福——这一人性感觉，分明地正在成为人类的一种从前感觉。

我言小说是培养人类阅读习惯的初级读本，并非自己写着小说而又非装模作样地贬低小说。我的意思是，一个人的阅读习惯往往是从读小说开始的。其后，他才去读史、读哲、读提供另外多种知识的书。

我言小说是平凡的，这句话欠客观。因为世界上有些小说无疑是不平凡的、伟大的。有些作家倾其毕生心血，留给后人一部《红楼梦》式的经典，或《人间喜剧》那样的皇皇巨著，这无论如何不应视为一件平凡的事情。这些丰腴的文学现象，也可以说是人类经典的文学现象。经典就经典在同时产生从前那样一些经典作家。但是站在当今看以后，世界上不太容易还产生那样一些经典作家了。诺贝尔文学奖的质量和获奖作家的分量每况愈下，间接地证明着此点。然而能写小说、能出版自己的书的人却空前地多了。也许从严格的意义上讲这些人不能算作家，只不过是写过小说的人。但小说这件事，却由此而摆脱神秘性，以俗常的现象走向了民间，走向了大众。于是小说的经典时代宣告瓦解，小说的平凡时代渐渐开始……

我这篇文字更想谈的，却并非以上内容。其实我最想谈的是——在当今，仍保持着阅读的习惯并喜欢阅读的人群有哪些？在哪里？这谁都能扳着手指说出一二三四来，但有一个地方，有那么一种人群，也许是除了我以外的别人们很难知道的。那就是——精神病院。那就是——精神病患者人群。当然，我指的是较稳定的那一种。

是的，在精神病院，在较稳定的精神病患者人群中，阅读的习惯不但被保持着，而且被痴迷着。是的，在那里，在那一人群中，阅读竟成为如饥似渴的事情，带给着他们接近幸福的时光和感觉。这一发现使我大为惊异，继而大为感慨，又继而大为感动。相比于当今精神正常的人们对阅读这一件事的不以为然、不屑一顾，我内心顿生困惑——为什么偏偏是在精神病院里？为什么偏偏是在精神病患者人群中？我百思不得其解。

家兄患精神病三十余年。父母先后去世后，我将他接到北京，先雇人照顾了一年多，后住进了北京某区一家精神病托管医院。医护们对家兄很好，他的病友们对他也很好。我心怀感激，总想做些什么表达心情。

于是想到了书刊。我第一次带书刊到医院，引起一片惊呼。当时护士们正陪着患者们在院子里"自由活动"。"书！书！""还有刊物！还有刊物！"……顷刻，我拎去的三大塑料袋书刊，被一抢而空。

患者们如获至宝，护士们也当仁不让。医院有电视、有报。看来，对于那些精神病患者们，日常仅仅有电视、有报反而不够了。他们见了书、见了刊眼睛都闪亮起来了。而在医院的外面，在我们许多正常人的生活中，恰恰的，似乎仅仅有电视、有报就足矣。而且，我们许多正常人的文化程度，普遍是比他们高的。他们中仅有一名硕士生，还有一名进了大学校门没一年就病了的——我的哥哥。

我当时呆愣在那儿了。因为决定带书刊去之前，我是犹豫再三的，怕怎么带去怎么带回来。精神病人还有阅读的愿望吗？事实证明他们不但有，竟那么强烈！后来我每次去探望哥哥，总要拎上些书刊。后来我每次离开时，哥哥总要叮嘱："下次再多带些来！"我问："不够传阅吗？"哥哥说："那哪够！一拿在自己手里，都舍不得再给别人看了。下次你一定要多带些来！"患者们，往往也会聚在窗口门口朝我喊："谢谢你！""下次多带些来！"那时我的眼眶总是会有些湿，因他们的阅读愿望，因书和刊在精神病院这一种地方的意义。

我带去的书刊，预先又是经过我反复筛选的。因为他们是精神病患者。内容往往会引起许多正常人兴趣的书刊，如渲染性的、色情的、暴力的、展览人性丑恶及扭曲程度的、误导人偏激看待人生和社会的，我绝不带去。

我带给那些精神病患者的，皆是连家长们都可以百分百放心地给少男少女们看的书和刊。而且，据我想来，连少男少女们也许都不太会有兴趣看。

正是那样的一些经过我这个正常的人严格筛选的书和刊，对于那些精神病患者，成为高级的精神食粮。而这样的一切书和刊，尤其刊，一过期，送谁谁也不要。所以我从前每打了捆，送给传达朱师傅去卖。

我这个正常之人在我们正常人的正常社会，曾因那些书和刊的下场而多么惋惜啊！现在，我终于为它们在精神病院这一种地方，安排了一种备受欢迎的好命运。我又是多么的高兴啊！由精神病院，我进而联想到了监狱。或者在监狱，对于囚犯们，它们也会备受欢迎吧！书和刊以及其中的作品文章，在被阅读之时，也会带给囚犯们平静的时光，也会抚慰一下他们的心灵、陶冶一下他们的性情吧？

谁能向我解释一下，精神病患者们竟比我们精神病院外的精神正常的人们，更加喜欢阅读这一件事情——因而证明他们当然是精神病患者，抑或证明他们的精神在这一点上与我们精神正常的人们差不多地正常！

阿门，喜欢阅读的精神病患者们啊，我是多么地喜欢你们！也许，因为我反而与你们在精神上更其相似着？……

读书与人生——在国家图书馆的演讲

讨论读书是一件幸福的事

入冬的第一场雪使北京变得有点儿寒冷,很像我的家乡东北。非常感谢大家在这么冷的天里赶到国图来。我和国家图书馆的陈力馆长(主持人)都是中国民主同盟的盟员,我们达成一种默契,民盟的同志为中国文化事业做任何事情、举办一切和振兴文化有关的活动,我们都要踊跃去参加。仔细想来,这世界以前和现在发生着许多灾难性的事件,许多国家还在流血,还有死亡,有这样那样的灾难,而我们这样一些人,在这样一个日子里,聚集在国家图书馆里讨论读书的话题,应该是一件欣慰和幸运的事情。即使在中国也依然如此,我们还有那么多地方没有脱贫,还有那么多孩子想读书、想上学而不能够实现这个愿望。此时此刻我们谈论读书的话题和读书的时光都是一件幸福的事。

二十世纪九十年代日本经济衰退与文化的颓唐没落有关联

最近我一直在想,一个国家的文化肯定和这个国家的经济、科技的发展有密切联系。当一个国家的经济和科技将要振兴或开始衰退，几乎可以从十年前就看出它在文化上的端倪。二十世纪九十年代上旬我访问过日本，那时候日本的经济还没有像今天这样呈现比较明显的衰退迹象，但当时我已经非常震惊了。我是第一次到日本，作为一个文化人，我首先利用一切机会考察它的文化，我感到奇怪的是，这个国家的文化在那时已经开始处于颓唐、没落的状况，它的经济为什么还能支撑着呢？我当时不解。后来事实证明它的经济开始衰退了，我从这之间找出了联系。八十年代初，有一批日本七八十年代的电影在中国放映，如《野麦岭》《望乡》，电视剧《阿信》，还有《寅次郎的故事》《幸福的黄手帕》《远山的呼唤》，以及写工业家族的《金环石》《银环石》。再往前看五十年代的日本电影和书籍，我们发现二战后的日本文化由三方面的元素构成：第一个元素是反思意识，第二个元素是卧薪尝胆振兴民族的精神，第三个元素是危机意识。这三种文化因素培养了日本二战后的新一代，这种文化背景在他们身上是起了作用的。而到八十年代后期，在日本的文化中就几乎看不到这样一种反省的意识了，到处呈现着颓唐和没落。我的感觉是，日本文化总想从现实中抓取到能够构成民族和国家精神的那种文化核心，但此时这种文化已经失去了精神核心，处在一种极其颓唐的娱乐状态。一九九三年，我和翻译走在银座大街上，翻译指着一个行色匆匆的男人说："这是我们日本非常著名、家喻户晓的一个青年主持人，你今晚一定要看他的节目。"那天晚上，我在电视上看到的现场直播节目中，主持人用两团胶泥出一个话题，他问女性的左乳房和右乳房是不是一样大？令我吃惊的是，竟有那么多的女性上台当场脱下衣服，她们脸上已经没有了作为人类女性的任何羞涩感。我看得发愣，这不是午夜十二点以后的节目，而是黄金段的正规节目，大人、孩子都可以看。第二天晚上我走到地铁站口，突然看到电视台摄制组在现场拍摄，内容是从地铁站口出来的年轻女孩子们如果谁能穿上那件价值一万日元的紧身衣，就送给她，当然她必须当场脱下衣服试穿。很多人脱下衣服，虽然是在白布后面，但晚上打着灯会映出一个女子脱衣服的影子来，主持人还时常做些怪脸。美国人写了一本书叫《娱乐至死》，我感觉日本那时的文化就处在一种大面积的娱乐状态，书店里写真集比比皆是。我想到日本曾经拍过那么好的电影，那些电影在资料馆里放映的时候，北影只有专业人员才能够观看，有一次一位老导演居然把数学家华罗庚夫妇请来观看。我们确实感觉到日本电影中有着一种精神。但是当日本文化一旦翻过这一页，进入全面娱乐化的时候，我也非常真切地感受到这种精神的衰落。回国后我曾写过一篇长文叫《感觉日本》，其中写到：我感觉到某些日本的青年，尤其日本的女青年脸上有一种单纯，但是那样一种单纯使我震惊，几乎和我们汉语中的"二百五"没有什么太大的区别。什么样的文化能使人们变成那样？我觉得文化肯定不止带给人们审美和娱乐，文化还造就一代人。一个国家的科技也罢，精神也罢，它是不是可持续发展，关键还要靠人。虽然此后大江健三郎获得诺贝尔文学奖，渡边淳一、村上春树的作品目前在中国非常时尚、畅销，我的学生中相当一部分都是村上春树的书迷，因此我也很认真地读了他的几本书。我从这些书中也确实看到了日本当代人，尤其是日本当代青年那样一种精神上的迷惘、困惑和颓唐。这和文化有关，这个文化恰恰是当一个国家经历了最艰难的一段历史之后，当一个民族开始享受她的经济、科技、文化成果之后，当这种享受的过程经历了十年之后，上一代人的某种精神可能是会蜕变的。

文化的基因和无厘头文化的启示

文化的影响是什么？我在想文化可否是基因，我认为是可能的，要不为什么说出生于书香门第的人，长大后他身上就有这种气质呢？

一定是在一代代的基因里就体现着的。最近香港电影演员周星驰被中国人民大学聘为教授。周星驰电影的特色叫"无厘头文化",在大陆,尤其是在大学校园里影响非常广泛。我非常喜欢周星驰,最早看他的电影是《龙蛇争霸》,那时他还是个小青年,演一个配角,非常不错。在拥有着许多优秀演员的香港,他独辟蹊径,形成了自己的表演特色,相当不容易。香港演艺界,尤其男演员中,有一批苦孩子出身,他们是奋斗者,所以我喜欢周星驰,把他的影片都定为娱乐片,什么《少林足球》《大内密探零零发》等。在他的娱乐片中,虽然大部分情节是搞笑的,包括《大话西游》,但其中有思想或思想的片段。这些片段是深刻的,情节和细节的设置是机智和俏皮的,这些都是我所喜欢的。我跟香港的教师们探讨过关于周星驰电影在香港大学里有没有构成一种影响的问题,是不是周星驰的电影一演,整个香港大学里一片这样的文化呢?回答是相反的!它不会影响到大学校园的文化。香港人只是把它当成电影,看过就过去了,然后还是接受大学文化。为什么在大陆就变成了校园里一片"无厘头文化"呢?这究竟是怎么造成的呢?我作为大学的中文教师,有时候在教学的时候极为困惑,而扭转这一点要费九牛二虎之力,其效果并不好。现在凡女孩子,无论是诗歌、散文、书评、影评、日记,几乎都是一个主题——情爱。凡男孩子,除了极少数还能看到庄重之作,差不多都好像流水线上、复印机上出来的一样,行文都是"周星驰"式的。我说可以换一种行文的方法,可以写一点其他的,但无论如何号召,都是成效甚微,可见其影响之大!这个问题可供我们去思考。我们有些文化现象绝对不是世界性的,比如读书,全世界有一个共性,就是读书的人和以前相比不是多了而是少了。因为先是有电台,有报纸,有刊物,然后有电视,有网络。人们获取一切信息或趣味的东西可以通过各种渠道和形式,书本和人的关系松弛了。但比较特殊的就是中国人与古老的阅读习惯更快地疏远了起来。还有就是这种"无厘头文化"在我们第二代身上所呈现出来的这样一种状况。再有就是手机短信息和网上聊天现象,不要以为这是世界共同的,绝对不是。手机短信息只是中国特色的,国外也有手机短信息,但不会发出那么多俏皮的、娱乐的信息。手机短信息我见过质量非常高、非常深刻、非常有理念的,而且有些几乎是名言,是我们读名人录、名言集的时候所不能读到的一些相当隽永的话语,但大多数的只不过是小聪明而已,没有意思。这些东西构成一种文化的泡沫,只有意思而没有任何意义。

中国的"启蒙文学"使改革顺理成章

中国改革开放的成就,有目共睹。但是如果没有二十世纪八十年代到九十年代那一时期特殊的文化影响,改革开放对于我们国民来说会在心理上、精神上变得那样顺理成章吗?当我们读西方文化史的时候,当我们读到启蒙文学那一时期,我觉得八十年代的中国文化包括中国文学就是启蒙的。当时有那么多的文学作品,反映了那么多的社会现象,正因为这个启蒙的作用,才有了今天所看到的经济成果、科技成果。应该看到在八十年代整个新时期文学所起到的作用。那个时代在我头脑中留下了一些深刻的文化印象,说起美术,就会想到罗中立的《父亲》,在那样一个年代那样一幅关于陕北老农的油画里,它使我们所有看着、欣赏着这幅油画的人想到了什么?油画本身就传达出了一种思想——有知识、有能力的中国人要奋斗啊!为了我们这样的父亲,它给人的鼓舞是从内心发出的。尤其是油画中的一个细节,老农耳轮所夹的那半截铅笔,老农脸上那一道道深深的皱纹,还有老农的微笑,几乎是对生活没有要求的那种微笑,这就是我们新中国的农民,对于物质生活的诉求那样的低,能吃饱饭他们脸上就有笑容。作为这个国家的青年人,一想到这样一些农民父兄们就察觉自己所负的责任。我还想到另一幅油画《心香》,它的整个画面就是一颗卷心菜,只有少许的几片叶子,已经没有了水汽,没有了支撑力,耷拉在土垅上,而且被菜青虫咬过,但就在卷心菜的正中翠生生地长出了菜花。一看这幅油画,我们立刻知道它所表达的内涵,顿时那个时代的每位知识分子,无论是青年的、中年的、老年的,都知道我们就应该像那卷心菜长出的花一样,即使是在那样的环境中我们也要生长。印象深刻的还有一幅油画好像是叫《穿白色连衣裙的少女》,在还没营业、还没打开小窗的书刊亭旁边,一位穿一袭白色连衣裙的女孩早早地站在那里等待着买书,她手里在看《中国青年》,那显然不是为《中国青年》这本杂志在做广告,而是标志着、传达出那个时期中国青年们的学习热潮。尤其是有的出版社重新出版了古典名著的时候,排了长长的队伍,谁敢说后来为国家振兴做出贡献的那些人士中,与这一文化背景无关。没有这样的文化背景所呈现出来的整个民族向上的精神状态,这些成就能凭空而来吗?它能够成为一个国家的整体成就吗?

读书是造就文化灵魂的工作

谈到读书,我希望孩子们从小多读一些娱乐性的、快乐的、好玩的、富有想象力的书,不应该让孩子们看卡通时仅仅觉着好玩。

我希望青年们读一点历史书籍,不一定从源头开始读起,但至少要把近现代史读一读,至少要"了解"一些,这个了解非常重要!我刚调到大学时曾经想在第一学期不给学生讲中文课,也不讲创作和欣赏,只讲从五十年代到九十年代中国人的生活状况,怎样过日子,怎样生活。当年一个学徒工中专毕业之后分到工厂里,一个月工资十八元,三年之后才涨到二十四元。结婚时,他们的房子怎么样?当年的幸福概念是什么？我在那个年代非常盼望长大，我的幸福概念说来极为可笑，当时我们家住的房子本来已经非常破旧，是哈尔滨市的小胡同、小街、大杂院，大杂院里边窗子已经沉下去的那种旧式苏联房，屋顶也是沉下去的，但是一对当时的年轻人就在那个院子里结婚了，他们接着我家的山墙边上盖起了只有十几平方米的小房子，北方叫"偏厦子"，就是一面坡的房顶，自己脱坯拣点砖，抹一点黄泥。那个年代还找不到水泥，水泥是国家的紧缺物资，想看都看不到。用黄泥抹一抹窗台，找一点石灰来刷白了四壁就可以了。然后男人要用攒了很长时间的木板自己动手打一张小双人床、一张桌子。没有电视，也买不起收音机。那时的男人们都是能工巧匠，自己居然能组装出一台收音机，而且自己做收音机壳子。我们家里没有收音机，我就跑到他们家里，坐在门槛上听那个自己组装、自己做壳子的收音机里播放的歌曲和相声。丈夫一边听着一边吸着卷烟，妻子靠在丈夫的怀里织着毛线活儿，那个年代要搞到一点毛线也是不容易的。那就给我造成一种幸福的感觉，我想自己什么时候长到和这个男人一样的年龄，然后娶一个媳妇，有这样一个小屋子，等等。今天对年轻人讲这些，不是说我们的幸福就应该是那样的，而是希望他们知道这个国家是从什么样的起点上发展起来的，至少要了解自己的父兄辈是怎样过来的。应该让他们知道能够走进大学的校门，父母付出了很多。现在年轻人所谓的人生意义，就是怎么使我活得更快乐，很少有孩子想过，爸妈的人生要义是什么？如果许多父母都仅仅考虑自己人生的意义、人生的得失、人生的损失，那么可能就没有今天许多坐在大学里的孩子，或者这些孩子根本不可能坐在大学里。我们的孩子如果连这一点也不懂的话，那是令人遗憾的，所以要读一点历史。

中年人要读一点诗呀、散文呀，因为我们要理解这样的事情，就是孩子们今天活得也不容易，竞争如此激烈。我们总让他们读一些课本以外的书，但如果一个孩子在上学的过程中读了太多课外书，他可能就在求学这条路上失策了，能进入大学校门绝对证明你没读什么课本以外的书。孩子们的全部头脑现在仅仅启动了一点，就是记忆的头脑、应试的头脑，对此，要理解他们，不能求全责备，他们现在是以极为功利的方式来读书，因为只能那样。但对于中年人，从前叫"四十而不惑"，我已到知天命之年，应该读一点性情读物。我不喜欢看所谓王朝影视，因为有太多的权谋，我从来不看权谋类的书。我建议，首先女人们不看这类书，男人们也可以不看。我们的人生真的时时刻刻与权谋有那么紧密的关系吗？到六十岁的时候，哪怕你就是权谋场上的人，也可以不看了吧！可以看一些性情读物，想读什么就读什么，而且要看那种淡泊名利的。你能留给自己的人生还有多少时光呢？

建议老年人要看一些青少年的读物，了解青少年在看什么书，用他们的书来跟他们交谈。老同志不妨读一点儿童读物，也要看一点卡通，同时要回忆自己孩提时读过哪些书？格林兄弟的、安徒生的童话中是不是还有值得讲给今天孩子们听听的。我感觉下一代在成长过程中是特别孤独的，他们很寂寞。父母在很大程度上不可能成为儿童成长过程中的玩伴，他们工作非常紧张，孩子到了幼儿园，老师和阿姨们如何管理呢？第一听话，第二老实。然后呢，最多讲讲有礼貌、讲卫生，唱点儿歌，如此而已，所以孩子们在幼儿园这个学龄前阶段是拘谨的，孩子在一起玩也是不放松的，在孩子们成长的过程中，如果家庭环境是上有哥哥下有弟妹，并能够和街坊四邻的孩子一起任性地玩耍，那是最符合孩子天性的。现在的孩子非常孤单，非常寂寞，孩子身上有总体的幽闭和内向的倾向。爷爷、奶奶读书之后和他们做隔代的交流、做隔代的朋友，而孩子读书时不和他们交流，书就会白读。有些书的内容、书的智慧一定是在交流过程中才产生出来的。

仅仅谴责是不够的

一个仅仅三岁的男孩被他的亲父遗弃在一所"公立"医院里——因为那男孩患了白血病,而他的亲人们,首先是对他负有抚养之法律责任的父亲,再也没有经济能力为他提供医疗费用了。按照院方的说法,要维持那孩子的生命,每天至少需要三百元的医疗费。而要保住那孩子的生命,则必须进行骨髓移植,那又至少需要三十万元。

孩子的父亲是一个农民。我们都知道的——在中国,一户普通农民是决然承担不起那么高额的医疗费的。除非那孩子有十个身强体健的亲人,每个亲人都甘愿为他每月卖一次血,那么十年以后,才能够攒足三十万元。但是,十年中每天三百多元的医疗费又从何而来呢?那得需要一个农户人家的孩子有多少甘愿为他轮番献血的亲人呢?

事实也确乎是,那父亲已然倾家荡产束手无策了。连负责寻找到他的调查人员,都不禁对着电视摄像机说:"虽然他的做法是应该受到谴责的,但面对他的家庭的实际情况,我却开始有些同情他了。"

见诸媒体的类似的事情,在中国已经发生得不少了。可以预见,以后还会渐多起来。

我认为,此类事情首先并不仅仅是什么亲情伦理性质的现象,而更是明明白白的社会问题,所以,仅仅作出亲情伦理方面的谴责是不够的。

电视台还在报道中采访了一位院方的代言人,一个表情严肃得接近严峻的男人。如果我没记错的话,似乎是一位团委书记。他口中说出了这样的话:"这算什么事?难道要通过这一种方法来要挟社会吗?"我极不赞成他的看法。

我真是忍不住要坦率说出我对他的话的看法,那就是——我很反感有人居然如此这般看待类似的事情。

明明只不过是一个父亲要救自己儿子的命却又凭自己的经济能力救不成了,明明是一种贫困现象,明明是一种需要全社会都来关注的社会问题,为什么非要把它说成是什么"要挟社会"的性质呢?

"要挟社会"——此言重矣!这么看待事情,岂不是将社会问题属性的现象直接上升为政治问题属性的现象了吗?

"要挟社会"——这等于在说同类事情皆属对社会采取恐怖行径了啊!幸而只不过是团委书记,若是职位很高的人,头脑中居然有这样的思想,那才更是对构建和谐社会有害无益的思想啊!

当然,我也绝不支持那位当父亲的人的做法。不是事情一经报道,不久便有善良的人们为其捐赠了三十余万吗?这再一次说明,在我们的社会中,尤其在民间,在千千万万普通民众中,互助的意识不但没有完全丧失,而且有时作出的反应是那么迅速,所体现的热忱是那么可贵,因而也动人。

我想,此事给一切遭遇不幸并且无力自救的人们的启示当是:倘若不知该求助于何方,那么就赶快先求助于传媒吧!遗弃肯定不是理性的做法,更不是唯一的选择。

而此事给予传媒的启示当是:传媒并不仅仅是客观之事的载体,有时候还应该是而且简直必须是主观之事的载体。唯其主观,所以便更加能动。也就是说,传媒当是有人性之社会公器,否则传媒承担社会良知的义务就没有了自信自觉的前提。在中国，由传媒而替弱势群体的走投无路之境况不遗余力、义不容辞地大声疾呼，乃是传媒报道价值的最大意义之一，绝非最小意义。传媒做这样的事情，比特别主观地、热忱饱满地为这个星那个星的知名度而不遗余力，而似乎义不容辞，意义要巨大得多。传媒担此义务方显可贵。在对于此事的报道中，我以为有关传媒已做得相当之好，并未一味仅加痛斥，所以那报道是较为人性化的报道。而唯有人性化的报道，才更有利于唤起民间的互助心肠。

此事给医院的启示当是：我前边提到这一所医院时，用了"公立"二字，乃是相对于"私立"而言的一种姑且的说法。我认为，学校、医院是特殊之单位，倘具有公共产业的性质，便也同时具有了"公立"之品格。而"公立"医院之品格当是什么呢？永远奉行人道主义的原则为第一原则的原则而已。而公众则以此原则来对国家精神进行理所当然的评估。大也罢，小也罢，省市一级的也罢，乡镇一级的也罢，凡属"公立"，皆与国家精神相联系耳。也就是说，倘一所私立医院面对伤病之人居然奉行金钱第一的原则，公众鄙视和诅咒的是它的经营者；而一所公立医院若也那样，大受其损的必是国家形象无疑。

在此事中，院方的反应和表现是良好的。医护人员的反应和表现也是良好的。医院并没有因为一个患白血病的儿童显然被遗弃在医院里了、显然没有人替他负担医疗费了而就根本不对他进行必要的医治。正因为一所"公立"医院在奉行人道主义是第一原则方面已做得相当周到，无可指责，社会公众的救助之心才体现得那么及时、那么踊跃。于是国家精神与公众意识达成了一次良好的呼应。

而近年来，某些医院，虽属公立，其做法却令公众瞠目结舌，除了愤慨，再就不可能被激发起另外的任何良好的思想感情，更别说行动了。那些医院的主管者遇到同类事情的第一反应和表现是——我这所医院怎么这么倒霉？没钱还想看病，世上哪有此理？人命宝贵是生病的人个人的事！医院若因收治了这等病人而亏损了一笔钱是我的责任！谁为我的责任负责任？由于他们的第一反应和表现完全背离医院的人道主义原则，那么他们除了将急需救治的病人抬出医院抛在什么地方了事，自然不可能再有任何一点儿善良的行动可言。据报载，去年年底医院通知殡仪馆将活人拉去火葬的恶劣事件，正是以上极端不人道的恶劣心理所导致的。这样的"公立"医院的如此这般的恶劣行径，将使公众对国家精神大为质疑。国家形象严重受损几成必然之事。而此无形之大损失，往往非是金钱所能弥补的。

此事给国家亦即政府的启示当是：任何一所医院，哪怕它的规模再大，都根本不可能一厢情愿地替国家一揽子承担起免费拯救弱势公民生命的大善事。中国有十三亿多人口，弱势群体数以亿计，一烛数烛之光，岂能照明百千人家？医疗保险虽为良策，但既已不幸沦为弱势，那笔保险费肯定是上不起的了。何况，遥见帆影之舟，哪里又救得活眼前沉波之人呢？民政部门来关爱吗？我们都知道的——在中国，它只具有促进赈灾活动的职能，国家每年并未拨给它数目可观的救助款。中华慈善总会吗？我们也知道的，它虽是有一笔苦心募集来的款项，但相对于中国弱势群体的庞大基数，实在也是杯水车薪。何况，它的分支机构，也只不过设到了省一级，在许多省里，不过是徒有其名。

那么，就真的没有什么办法了吗？办法当然是有的。而且只能由国家来决定那么做不那么做。即鼓励有经济能力的公有的或私有的企业，按其总的应纳税额的一定比例，抽取百分之一至百分之五，成立公司或企业名下的慈善基金。这一笔基金当然应是免税的。千条江河归大海的局面，也就是说——慈善之心只能以捐款方式汇总到一处实行"计划经济""统购统销"的策略，早已被证明根本不适应弱势群体越来越看不起病、求不起医的严峻情况了。慈善之事，乃全社会之事，为什么不欢迎全社会来做呢？

至于顾虑有人打着慈善的幌子"合理合法"地避税逃税，我以为实在是因噎废食了。中国有能力管理那么多"中国特色"的复杂之事，难道还管理不了区区小事？责成各级民政部门检查名曰慈善基金是否每年用于慈善救助了，民政部的职能不是也被更切实地调动了吗？

还有两点乃是极具经验性的社会学真相，那就是一方面，文明社会的文明的企业和有文明素养的企业家，它们和他们是愿意亲自来做被社会认为高尚的事情的。慈善事业即是。仅仅将它们和他们视为慈善捐款的大户，采取你出钱、我收钱的简单办法，是有悖于企业人性化、人性高尚化的社会发展规律的。长此以往，此规律受到漠然对待，企业便不再真的向往人性化、人性便不再追求高尚化。和我一样愿意思考慈善问题的人们，请读读报吧——在某些大饭店里，一百九十八万元一桌的酒席业已预售一空，是不是很引人深省呢？而另一方面，以为只要传媒善作悲情报道，平民百姓之善良心肠是很容易随时被调动起来的——这一种认识观是完全错误的。

不，社会的真相并非如此。慈善之事也绝不仅仅应该是平民百姓的事。百姓之人道精神需要国家之人道精神来引领，百姓之悲悯情怀需要国家之悲悯情怀来衬托。

论"不忍"

"不忍"二字,曾人言颇多。指谁将做什么狠心之事,却受一时恻隐的干预,难以下得手去。于是,古今中外的小说和戏剧,便有了大量表现此种内心矛盾的情节。倘具经典性,评论家们每赞曰:"人性的深刻。"前些日子唱红过一首流行歌曲《心太软》。"不忍"就意味着"心太软"。"心太软"每每要付出代价,最沉重的代价是搭上自己的命。一种情况是始料不及,另一种情况是舍生取义。

京剧《铡美案》中有一个人物叫韩琪——驸马府的家将。陈世美派他去杀秦香莲母子女三人,"指示"复命时要钢刀见血。那韩琪听了秦香莲的哭诉哀求,明白了她的无辜,目睹了她的可怜,省悟了驸马爷派他执行的是杀人灭口的勾当。天良起作用,又没第二种选择,横刃自刎……

某日从电视里看到这一场戏,感动之余,突发篡改之念。原因是,似乎只有篡改了,才能更符合当代之某些中国人的思想观念,才能更具有现实性,才能"推陈出新"……于是篡改如下。

韩琪:"秦香莲,哪里走?留下人头来!"秦香莲:"啊,军爷,我秦香莲母子女的可怜遭遇,方才不是已说与军爷听了么?"韩琪:"听是听,可怜么,倒也着实的可怜。但却饶你们不得!"秦香莲复又双膝跪下，并扯一儿一女跪于两旁，磕头不止，泗泪滂沱，咽泣哀求："啊，军爷呀军爷，既听明白了，既信真相了，既已可怜于我们了，缘何不放小女子一马，又非要我们留下人头来？"

韩琪："嘟！秦香莲，你也给我仔细听着！想我韩琪，乃驸马府家将。驸马爷与当朝公主，一向对俺不薄。并言事成之后，定有重赏。杀你们母子女三人，对俺易如反掌。区区小事，驸马爷挚诚秘托，俺韩琪身为家将，岂有欺主塞责之理？倘不曾堵得着你们，还则罢了。已然堵你们于此庙中，心软放之，教俺如何向驸马爷交待？！韩琪也乃一条好汉，站得直，坐得正，驸马爷与公主面前深获信任。言必信，行必果，驸马府里美名传。若今放了你母子女，我将有何面目重见我那恩主驸马爷？！"

秦香莲："军爷呀军爷，难道没听说过'仁以为己任，不亦重乎'这句古话么？"

韩琪："秦香莲，难道没听说过'受人好处，替人消灾'，这句古话么？我今杀你们，天经地义，理所当然！不杀，倒特显得我韩琪迂腐了！"

秦香莲："军爷呀军爷，我们母子女与你往日无冤，近日无仇，军爷还是开恩饶命吧！"

于是再磕头，再哀求；于是子与女皆磕头如捣蒜，皆咽泣哀求……

不料韩琪怒从心起，喝道："嘟！好个罗唣讨厌的秦香莲！都道是'理解万岁'，你怎么只一味儿贪生怕死，丝毫也不理解我韩琪的难处？！真真一个凡事当先，只为自己着想的女子！难怪世人说——可怜之人，必有可恨之处！韩琪从前不信，今日信了信了！"秦香莲："军爷呀……"韩琪："休再罗唣，哪个有耐心听你哭哭啼啼，看刀！"

遂手起刀落，将那香莲人头削于尘埃；又刷刷两刀，结果了那少年与少女的性命……

当然的，开封府包大人帐前，韩琪也就免不了牵扯到人命官司里去了。包大人铡了世美，自然接着要铡韩琪的。

当然还要一番篡改。

韩琪："包大人，冤枉啊，冤枉！韩琪虽死，理上也是不服的！"

包大人："韩琪，似你这等冷酷无情，替主子杀人灭口的恶仆，铡了你，你有什么可冤枉的？你又有什么理上不服的？！……"

韩琪："包大人，韩琪有自辩书一份，容读。请大人听罢再作明鉴……"

自辩书云："君命臣死，臣不得不死；父叫子亡，子不得不亡。此乃我中华民族昭昭纲常之首义也！推而及主奴关系，则可引申出主之忧，奴当解之；主之托，奴当照办的道理。家将者，府奴也。犹如臣惟命于圣上，子依从于父训。违之，殊不义也？抗之，殊大逆不道也？又常言道——有奶便是娘。奶者，实惠之物也。娘者，至尊之人也。如君相对于臣，如父相对于子，亦如主相对于奴也！臣奉君旨而行事，虽错虽恶，错恶在君耳！子依父训而差谬，虽差虽谬，差谬在父耳！奴为主杀人灭口，当诛者，主耳！在家将，只不过例行公事也！小的韩琪杀人，实在也是出于为奴仆者尽职尽责的一片耿耿忠心呀！所以包大人若连韩琪也铡了，韩琪到了阴曹地府也是一百个不服的！"

《赵氏孤儿》中，也有一个与韩琪类似的人物，叫钮麂，是奸臣屠岸贾的家奴。屠岸贾命其深夜去行刺忠臣赵盾。他勾足悬身于檐，但见那赵盾，秉烛长案，正襟危坐，批阅公文。他心里就暗想了，早听说这赵盾是大大的忠臣，今日亲见，果然名不虚传！此夜此时，良辰美景，哪一王公大臣的府第之中，不是妖姬翩舞，靡音绕梁呢？满朝文武，像赵盾这么家居简陈，尽职至夜者实在不多了呀！我若行刺于他，天理不容啊！他这么一想，他可就一时的"心太软"了。"心太软"，他就做出了太愧对自己的正义冲动之事来了——纵下檐头，蹿立厅堂，朗声高叫："赵大夫听了，我乃屠岸贾之家奴钮麑是也！今夜屠岸贾命我前来行刺大夫，并许以重赏。钮麑每闻大夫刚正不阿之名，心窃敬之。岂忍做下世人唾骂之事！然大夫不死，钮麑难以复命，故钮麑宁肯自尽了断恶差！我死之后，那屠岸贾必派他人继来行刺，望大夫小心谨慎，处处提防为是……"

小时候读过这戏本，台词意思记了个大概。于今想来，这钮麑其实也是不必自己死的。他不妨向赵盾说明自己的两难之境，请赵盾反过来同情于自己，体谅于自己，对自己"理解万岁"。想那赵盾，既要于昏君当道之世偏做什么刚正不阿之臣，必有思想准备，早已将生死置之度外。绝不会香莲也似的魂飞魄散，咽泣哀求。而那钮麑，杀人前先便获得了被杀者的理解和同情，天良也就不必有所不安了。即使后来因而受审，也可以振振有词地自我辩护——赵盾当时都理解我了，你们凭哪条判我的罪？难道我当时的两难之境就不值得同情么？……

联想开去——罪恶滔天的德国军党战犯，后来正就是以此种辩护逻辑为自己们的罪名开脱的。

侵略的无罪是——"军人以服从命令为天职。"

屠杀犹太人的无罪是——"执行本职'工作'。"

连希特勒的接班人戈林在战后公审的法庭之上，也是自辩滔滔地一再强调——我有我的难处，对我当时的难处，公审法官们应该"理解万岁"……

日本大小侵华战犯，被审时的辩护逻辑还是如此，现在，这逻辑仍在某些日本人那儿成立……

联想回来，说咱们中国，从"文革"后至今，同样的逻辑，在某些"文革"中的小人、恶人、政治打手那儿，也仍被喋喋不休地嘟哝着——大的政治背景那样，我怎么能不服从？我的罪过，其实一桩也不是我的罪过,全是"文革"本身的罪过……

"文革"中狠心的事、冷酷的事太多了。

"不忍"之人的"不忍"之心体现得太少了……

联想得再近些,说现在——大家都知道,现在的人们,是很有一些人肯当杀手的。雇佣金高低幅度较大,从几万十几万二十几万到几百万不等。而且,时兴"转包"。每一转再转,中间人层层剥皮。最终的杀人者,哪怕只获几百元也还是不惜杀人,甚至不惜杀数人,不惜灭人满门。

他们丝毫也没了"不忍"之心。

当然,也断不会像小说、戏剧以及近代才有的电影中的情节那样,给被杀者哀求和陈诉真相的机会,自己也完全没有希望被杀者死个明白,要求被杀者对自己"理解万岁"的愿望……

一旦接了钱,他们往往是举枪就射,举刀就砍,举斧就劈。

其过程是那么地符合现代的快节奏——想了就议,议了就决,决了就干,干就要干得干脆。自己没"废话",也不听"废话",人性方面绝对的不会产生什么"不忍"……

但是,倘被缉拿归案,又总是要找律师替自己辩护,强调自己只不过是被雇佣的"工具"。既是"工具",似乎便可以超脱于人性的谴责。就算有罪,仿佛也罪不当诛。犯死罪的,似乎只应是雇佣者们了……

可以想象,韩琪和钮麂那样的杀手,那样的刺客,也许,再也不会产生了。

他们显得太古典了,因而也未免显得太迂腐了。

我心里,有时却不禁地产生一种崇古之情,每每竟有些怀念他们那样的古代杀手和刺客。于是也不禁地每每自嘲自己的古典情节和与现代格格不入的迂腐……

若联想得更近些,说我们大家人人身边的事——读者诸君,你们是否也和我一样,对"不忍"二字有点儿久违了似的呢?你们是否也和我一样,经常能听到的,倒是"别心太软"的告诫,或"只怪我心太软"的后悔之言呢?

我们大家人人身边的事,当然都只不过是些"凡人小事",并不人命关天——比如小名小利……千万别心太软!……有什么忍不忍的?这年头,你不忍,别人还不忍么?……你不忍了?那么你等着吃哑巴亏吧!……于是,我们往往也就正是为了那些小名小利,将别人,甚至将朋友抛出去"变卖"一次,或将友情、信任出卖一次。当陷别人于窘境,于困境,甚至可能毁了别人的名誉之时,我们又往往这样替自己辩护:我不过是奉行了合理的个人主义啊!如今这年头,谁不像我一样呢?真的,我眼见的这类人和这类事,多得早已使我的心有些麻木了。于这麻木之中,我竟每每很怀念"不忍"二字。难道这"不忍"二字,真的将从我们某些中国人的日常用语中废除了么?难道我们某些人迅速地"现代"起来了的头脑中的观念,真的半点儿古典的缝隙也不存在了么?阿门,给我们一些人的人心,留下一条还能夹住"不忍"二字的缝隙吧!……

现实中的"不忍"渐少,小说、戏剧、电影中的"心太软"自然就泛多起来。人想要的,总会以某种方式满足。画饼充饥的方式,于肚子是没什么意义的,于精神,却能起到望梅止渴的作用。

在小说、戏剧和电影中,情节(而且往往是尾声情节)通常是这样设置的——即使是坏人、仇人,一旦落到任凭摆布之境,主角们便顿时地恻隐起来,"不忍"起来。于是坏人、仇人大受感动,幡然悔悟,放下屠刀,立地成佛。于是人性的力量光芒四射……

但在近当代的小说、戏剧和电影中,这样的情节已不常见,被认为是陈旧的套路。事实上也确实成为陈旧的套路。

近当代的小说、戏剧和电影,在处理类似的情节时,似乎更愿告诚和强调人性恶的顽固。那情节一般是这样的——主角们手起而刀不落，枪逼而弹不发，虽咬牙切齿，却终究有几分心不忍……

于是遏敛杀心，刀归鞘，枪入套，转身而去……

被放条生路的坏人、仇人们却不领情，爬将起来，从背后进行卑鄙又凶恶的暗算……

于是惹得英雄怒发冲冠，慈悲荡然，不复心软，灭绝有理……

这类情节所证明给人看的，乃鲁迅先生"费厄泼赖应当缓行"的主张，或"东郭先生可以休矣"的理念。

还有另一种处理——坏人、仇人暗算成功，主角扑于尘埃，卧于血泊，绝命前指着说出一个字是："你……"

倘我们用现今生活中的惯常话替他说完，那句话大概是——"你怎么这样？！"

坏人、仇人则冷笑不已。或说什么，或什么都不说，趋前再加残害。台词也罢，表情也罢，行为语言也罢，总之是这么个意思——你活该，谁叫你对我心太软？后悔晚了！……

从此等情节，可反观出我们近当代人对人性善与人性恶的大矛盾——我们是多么地希望自己的心有所不忍啊！我们又是多么地恐惧于一旦不忍导致的悲剧结果啊！

港台的武侠片、江湖片，外国的黑社会片，几乎片片都有相似情节，亦成套路矣。

《这个杀手并不冷》冲击过不少影碟发烧友的感观，故事也比较地动人心魄。我也曾是影碟发烧友，当然也动我心魄。

此片名译为中文，真有点儿怪怪的。我们将近当代之人心不冷的希望寄托于冷酷杀手，让他替我们去义无反顾、出生入死地完成人心不冷的"任务"，足见我们自己的心已经多么承受不起"心太软"的人性的负担和后果，也多么渴求人心别太硬的温暖……

此片问世后,同类故事的影片相继而出。仿佛这世界上心并不冷心最不冷的,倒仅剩下些杀手们似的了。

比如另有一部美国电影,片名译为中文是《黑杀手》。因为那杀手乃五十来岁、人高马大、外表迟钝木讷的老黑哥们儿。他属于职业杀手。他也自认为杀人是他的职业,与歌唱、经商、体育、拳击、从政等职业没有什么两样。他从事此业二十余年仍能混迹人群、逍遥法外,证明他虽外表迟钝木讷,于业务方面还是有不少"宝贵经验"的。他无忏悔之心,因为他每次进入"工作阶段"之前,都被告之对方是坏人。坏人们消灭不过来,他就"替天行道"。他也是人,也有物质的需求,所以"替天行道"也不能白干。他又认为他从事的是"风险行业",索费颇高。但是他觉得廉颇老矣,厌倦了"工作",打算自己允许自己"退休"了。偏偏在这样的情况之下,又有人花钱雇他杀人了。若不干,对方威胁要告发他。那他岂不就只有"退休"到监狱里去么?他没了选择,违愿地接了钱。一接钱,黑社会内的规矩,就等于签合同了,就负有信誉责任了。而当时接头匆匆,竟忘了问明白将要被杀的是什么人,自己"替天行道"的前提充分不充分?……

及至骗开了门,面对一位三分清醒七分醉的水灵小少妇,他不禁地暗暗叫苦不迭,因为他还从未杀过女性,因为那小少妇怎么看都不像坏人恶人,而且,似乎还未成年……

他冒充检修电路的。她也就相信他是,让他顺便检修一下电视插板——当晚有她喜欢看的肥皂剧,她正因看不成而寂寞而沮丧。他佯装检修,打开工具箱,取出手枪时,她奔入厨房去了,咖啡洒了,而卧室里传出了婴儿的哭声。他蹿入卧室抱起婴儿拍,哄,惟恐哭声引来多事儿的邻居。此时这杀手,内心不但暗暗叫苦,简直还恼火透了!杀女人已经违反他的职业原则,捎带着还得杀一个不满周岁的孩子!事情明摆着,只杀小母亲,那孩子没人哺乳,很可能也饿死。一不做二不休地一块儿杀了吧，雇主付给他的可是只杀一个大人的钱！杀了再去讨一份儿"工钱"吧，雇主肯定不认账，肯定会说我也没要求你多杀一个孩子呀！发慈悲不杀孩子呢？万一自己刚杀了母亲，前脚才出门，孩子的哭声就引来了人呢？公寓管理人员看见他进这房间了，那他还能继续逍遥法外么？……

接下来，读者能想象得到的，开始了一连串的喜剧情节。

他抱着孩子问她："你怎么小小年纪就结婚，并且做了母亲？"

他问的当然是气话。因为她的特殊性，使他这一次要完成的"工作"复杂化了——想想以前，"工作"多么简单啊！

她正有对人诉说的愿望，经他一问，于是珠泪成行，娓娓道出一名失足少女值得同情的经历……

在他以前的"工作"中可没有过这种插曲。

他听了，就"心太软"起来。他一"心太软"，就更加生气。因自己竟他妈的"心太软"而生气；因将被杀的是女性而生气；因只收了杀一个大人的钱，有一个孩子的死也将算在自己账上而生气……

他一会儿要杀，一会儿不忍；他要杀时她恐惧，可怜；他不忍时她接着娓娓诉说，显出涉世太浅心地单纯的可爱模样……

他有一句台词十分精妙："住口！你已经使我没法儿进行我的'工作'！"

潜台词当然是你已使我不忍杀你！……

此片算不上一部高品味的电影。只不过因为喜剧风格，情节还有意思，表演还逗哏，台词还俏皮……

我喋喋不休地讲这部二三流电影，归根结底想要说的是——我真希望从某些报刊上有一日也读到类似的报道——被雇的杀手终于不忍下手，就像《黑杀手》的结局一样。而不是频频读到——一切杀手杀起人来就像干"工作"一样，数千元就"包一次活儿"。甚至，数百元也"包一次活儿"。更甚至,像某些工程一样,中间人多多,吃回扣的多多,层层转包,层层剥皮,永远的只有心狠手辣,而人心似乎永远的没有不忍的时候……

而我也真希望——现实生活中喜剧多发生一些,甚或闹剧多发生一些。若人心不能在庄重的情况下兼容"不忍"二字的存在,于喜剧和闹剧的发生中出现"心太软"的奇迹,也是多么的好啊!

读者,你近来可曾听到你周围的人说他或她在某件事、某些小名小利的关头"不忍"过?

"不忍","不忍"。人心中的"不忍"哦,真的,我们是不是久违了?……